李汉荣 著

植物记

百花文艺出版社
天津出版传媒集团

图书在版编目（CIP）数据

植物记 / 李汉荣著. -- 天津 : 百花文艺出版社, 2019.12(2025.5 重印)
ISBN 978-7-5306-7792-6

Ⅰ. ①植… Ⅱ. ①李… Ⅲ. ①散文集-中国-当代 Ⅳ. ①I267

中国版本图书馆 CIP 数据核字(2019)第 264847 号

植物记
ZHIWU JI
李汉荣 著

出 版 人：薛印胜
选题策划：汪惠仁　张　森　　封面制作：任　彦
责任编辑：沙　爽
出版发行：百花文艺出版社
地址：天津市和平区西康路 35 号　　邮编：300051
电话传真：+86-22-23332651（发行部）
+86-22-23332656（总编室）
+86-22-23332478（邮购部）
网址：http://www.baihuawenyi.com
印刷：山东临沂新华印刷物流集团有限责任公司
开本：787 毫米×1092 毫米　1/32
字数：220 千字
印张：12.25
版次：2019 年 12 月第 1 版
印次：2025 年 5 月第 2 次印刷
定价：58.00元

如有印装质量问题，请与山东临沂新华印刷物流集团有限责任公司联系调换
地址：山东省临沂市高新技术产业开发区新华路 1 号
电话：(0539)2925886　邮编：276017

目录

第二辑　植物传奇

第三辑　草木忠厚

第四辑 水果诗篇

与植物相处 | 自序

不管如何，与人相处多了也会有烦的时候。即使孔夫子在世，天天接受他老人家的教导，恐怕有时候也想请两天假在家里闭门思过，享受独处的宁静。即使李白在月光下复活，与他三五天喝醉一次是可以的，甚至是“不亦快哉”的，但如果日日狂饮，夜夜醉倒，不仅诗写不出来，还会喝垮了身体。“圣人”和“诗仙”尚且如此，何况世上并非都是你喜欢和热爱的人，产生“烦”甚至更不好的情绪就难免了。

宠物大约就是由此“宠”起来的，人们养猫、养狗、养鸟，养一些可爱温驯的动物，动机之一恐怕就是想适度地拉开与“同类”的距离，而在与“异类”的相处中感受一种无忧的情趣。与这些动物相处，人可以回复到一种简单的心境，不必戒备和算计，也不必那么多的礼节，更不用点头哈腰献媚讨好。这一切都免了，动物不欣赏人类的文化，你只要喜欢它，它就给你回报：猫就偎在你的怀里，狗就向你撒娇，鸟就向你唱歌。在简单、纯洁的动物面前，人也变得简单、纯洁了，人就有了从容、宁静、无邪的心境，领略生命与生命交流的喜悦。

但是人能与之相处的动物的种类还是太少了，宠物是人精心选择和驯化了的。人不能和狼相处，麻雀好像压根儿不想与人类建立什么亲近的关系，它们只喜欢给人类制造一些小麻烦。人更无法考虑与虎、豹等凶猛的动物相处，只能在动物园里隔着铁栅远远地欣赏它们的英姿。

这样，我们就格外思念大自然中的植物了。于是我来到植物们面前，它们是我的老师、医生和朋友。

这泛绿的青草可是从白居易的诗里生长出来？蒙蒙细雨里，我几步就走进了唐朝，隐约间仿佛看见了李商隐、王维们的背影，青草绿了他们的诗，绿了古中国的记忆。我看见了车前草，还是在《诗经》里那么优美地摇曳着。狗尾巴草，那么天真地守在路边，谁家的狗丢了尾巴？遍地好看的狗尾巴，令千年万载的孩子们想找到那一定很好看的狗。三叶草，三片叶子指着三个方向，哪一个方向都通向蝴蝶的翅膀。趁我伏在泉边喝水的时候，野百合悄悄地开了，洁白的手在风里打着手势，似乎谢绝与我相握，它嫌我的手太粗糙，嫌我的气息太浑浊？太阳花开了，这么灿烂的笑，我看见太阳的颜色了，我比天文学家看得清楚，我不用到天上去看，太阳的亲生女儿全都告诉我了。

茉莉、菊、栀子、玫瑰……轻轻地叫一声它们的名字，就感到灵魂里生出温柔、芬芳的气息。是的，许多植物的名字太美了，美得你不忍心大声呼叫它们。含着感情轻轻叫一声玉兰,那洁白如玉的花瓣会撒落你一身，你就感到这个春天的爱情又纯洁又慷慨。静静地守在昙花旁边,不要为天上的星月缭乱了视线,注视它吧,它漫长的一生里只有这一个灿烂的瞬间。竹子正直地生长着;芭蕉粗中有细,准确地捕捉了风的动静;仙人掌握着满把孤独,又用一手的刺拒绝轻薄的同情;一不留神,青苔就爬上了绝壁;野草莓想走遍夏天,却被一条蛮不讲理的溪水挡住了去路。我也被挡住了去路,于是就躺下来。一觉醒来,野草莓包围了我,多亏不远处松林里那五颜六色的蘑菇向我不停地递眼神,让我看见一条通向远方的幽径,否则,我怎么能走出这温柔而芬芳的围困?

有一小块自己的庄稼地多好啊！看一会儿书种一会儿庄稼,写一首诗侍弄一会儿花草。书里的思想抖落进泥土,会开出奇异的花;泥土的气息漫进诗,诗会有终年不散的充沛的春墒。看青翠挺拔的玉米怎样抱起自己心爱的娃娃,看聪明的辣椒怎样在寒冷的土里找到一把一把的火,看豆荚躺在小床上如何构思,看韭菜排列得那么整齐,像杜甫的五律……

与植物待在一起,人会变得诚实、善良、温柔并懂得知恩必报。世上没有虚伪的植物,没有邪恶的植物,没有懒惰的植物。植物开花不是为了炫耀自己,它是为自己开的,无意中把你的眼睛照亮了。植物终生都在工作,即使埋在土里,它也不会忘记自己的责任。你无意洒落一滴水,植物来年会回报你一朵花。没有谁告诉它生活的哲学,植物的哲学导师是深沉的土地。

第一辑

蔬菜情意

到蔬菜地看看

你若遇到想不开的事情，一定要想开，千万不可对着身边的绳子啦，刀子啦，触景生情甚或一念之差，竟把它们套上或架上脖子，千万别啊，想开些，再想开些，有什么想不开的呢？

万一还是想不开，我建议你出去走走，就跟着我，一同到蔬菜地里走走，坐坐，看看。

好，咱就坐在田埂上，和蔬菜面对面，你看，蔬菜也在看我们呢。

你看啊，你就好好看看这些蔬菜。

你以为这被埋没的土豆，就真的埋没了，会在埋没它的土里苦闷自杀？不，哪会啊，在被埋没的日子里，正是生长的好日子，土豆在暗暗使劲长呢。

你以为西红柿被谁的风言风语气红了脸，肺都快气炸了？怎么会呢？那是人家高兴，西红柿的想法就这么简单和坚定：只要住在土地的家里，就没有什么不高兴的。它经常为能又一次看见阳光高兴到狂喜的程度。

你当然不会偏执地以为葫芦把自己挂起来是在上吊自尽，从古至今，从来没有出过这样的闷葫芦。乐天达观、心胸宽广的葫芦，总是沿着春天的线索，尽可能把自己挂到一个合适的位置，当然，最好是挂在月亮经过的那个农家大嫂的窗口。

嗨，你看见菠菜了吧，屎尿都往人家身上泼，这下脸没处放了。可是，人家菠菜不这样想，泼吧，屎尿们，庄子曰："道在屎溺。"屎里有道，屎里有营养。在屎尿们的污蔑和丑化下，菠菜却长得更体面，出落得更漂亮了。

你再看刚刚被刀割过的韭菜，你以为它从此完了？完了的是它的旧我，在刀痕里，它获得了新生。什么是绝处逢生，什么是向死而生？这死而复生、不断新生的韭菜，在给我们一次次耐心讲解生与死的辩证法。

你看这包包菜，上面有虫咬过的口子，多厉害的虫的牙齿。但是，人家包包菜并不为此绝望和诅咒，或者心里从此就充满对世界的仇恨。不，人家包包菜有度量，也有方法。它谨慎地关上一扇扇窗和一扇扇门，保护着自己那颗清纯的心。虫眼不是季节的句号，它该怎样生长还是怎样生长。至于那些虫眼和伤痕，倒成了它无公害、无毒素的显著标志。有经验的人都会说，能被虫虫看上，能容得下虫虫，说明这棵菜心地善良，清香可口，能养虫，肯定也养人。

那些躺在地上的西瓜啊南瓜啊冬瓜啊，绝不是因为没有被挂在高处或没有被摆在显眼的位置，而颓废而厌世而气急败坏而在地上打滚撒泼，不，他们天生是一群快乐的傻瓜，也是一群大智若愚的傻瓜，更是一群多情的傻瓜。它们憨憨的外表后面，是随遇而安的好脾气，是宽厚能容的心，在它们宽厚的心里，洋溢着充沛的情感和鲜美的思想。

你再往远处看：

甘蔗在本没有糖甚至有些苦涩的土里，酿造出糖来。

花生在根本就没有花生的地方，长出花生来。

辣椒在冰凉幽暗的土里，硬是把火焰捧了出来。

含辛茹苦的玉米，此时把娃娃们搂在怀里，扛在肩上，成长的娃娃在安慰着慈爱的妈妈……

看着，看着，你渐渐眉宇舒展，脸色也开始有了晴朗。

当然用不着我说什么了。

该说的，蔬菜们都说了，远处的庄稼们也给予了必要的补充。

无言的植物，在向我们讲授着大地的哲学，生存的美学和成长的营养学。

四季豆

四季豆好吃，与猪肉、萝卜、土豆熬在一起，特别有味，在民间是很普及的一道好菜。

多年前，我还是光棍汉的时候，日子疏于料理，经常冰锅冷灶，只好去街上餐馆凑合，吃得不干不净半饱半饥，长时间下来，人也就面黄肌瘦。已经成了家的朋友见状，心生恻隐，有时就邀请我到他家里改善改善，我吃得最满足的，是米饭加土豆萝卜四季豆熬肉。

至今想起，仍然口有余香。想起那味道，就想起那情景，就想起朋友妻子围着厨巾、戴着袖套于厨房忙碌的样子，想起我与朋友一家围着餐桌吃得津津有味的场面，想着想着，就忍不住想立刻去见那朋友，围炉而坐，共话往事。若是真的见了面，我定要特别感谢他那四季豆熬肉，还要趁与他妻子握手的时候，看看那双已经不再年轻的手，我要向这双手问候。在这双手还十分白净娇嫩的时候，为了让那个光棍汉吃一顿可口饭，她把手伸进冬天冰冷的水里,刮土豆,洗萝卜,择四季豆。现在,这双手已经粗糙了,这与岁月有关,也与那一次次做饭熬肉有着或多或少的关系啊。

据此,我对友谊就有了自己的体会。真正的友谊是单纯的,也是丰富的。性情趣味、精神境界相近的人,若有缘相遇,就有可能成为朋友。朋友是决不能当工具使用的,像现在的人把朋友作为“人力资源”去经营开发利用,那不是在交朋友,那是在经商谋利,朋友只是他经营的一个店铺门面,利润最大化是其核心目标。可想而知这样的所谓友谊是多么可疑,多么庸俗,多么虚假。利益交换不是朋友,酒肉关系不是朋友,投桃报李者,虽具“共赢”特征,但也未必就是真朋友,一旦投了桃而没有收到回报之李呢?还友谊吗?

友谊不应该承担过多的世俗事务,不应该肩负额外的繁杂使命,不然,会拖垮了友人,榨干了友情,最终丢了友,失了谊,只剩下遗憾,甚至留下伤口。

友谊是人生的温暖记忆,若是有了精神默契、心灵共鸣等等高贵元素的加入,友谊就具有了精神品格,就具有了温度、深度和厚度。真挚的友谊,能让我们降低人生的成本,减轻生存的孤独感、苦累感和虚无感,使人生成为一个虽然没有终极意义却在过程里充满着感人细节的诗意之旅和情义之旅。

这样说,并不是友谊就不能有一点实际的内容,不是的。当朋友困苦时,你情同手足般施以援手;当朋友落难时,你及时出现在他那门庭冷落的门前；当朋友负重爬山时，你分出你的左肩，缓解他那红肿的右肩……这就是有人说的：得意时，朋友认识了你；落难时，你认识了朋友。这种危难中的深情厚谊，能温暖心灵，拯救苦厄，升华人生。

在日常生活里，那些朴素而饱含情感的细节，都会使日子温暖，使友谊加深。比如：焦渴时的一杯清茶，苦闷时的一句安慰话，蒙昧时的一本启人心智的书，日子窘迫时的一顿可口饭，等等，都会使我们对生活心存感恩，都会改变我们对人性的负面理解，尽管生活中有阴影，人性里有缺陷，但那点点滴滴的真情，使我们有理由相信，人心毕竟是肉长的，而肉长的人心，总是有温度的，总会有柔软的时刻。

写到这里，我又想起那四季豆熬肉了。我又想起我已有多年没见的那位朋友和他朴实的妻子了。多年前的那些冬天，在他们那不大的屋子里，在那烟火缭绕、香味诱人的厨房里，他们忙碌着，他们在烹调可口的四季豆熬肉，也在烹调友情，烹调难忘的记忆。

朋友，你们都好吧？

蚕豆花

淡紫色的蚕豆花，有一种忧郁的情调，它是典型的平民，却透出骨子里的贵族气质。说是贵族，它又那么安分守己，长在哪里都心气平和，安静地过自己的日子。在我的家乡，它很少被种植在整块的田地里，多数是插播在田埂上、沟坎边，有时就被随意种在满是尘土的村头路边。它很少有过体面的生存环境，但是它的样子总是体面的。

我媳妇在城里长大，小时候没见过多少农作物。那年第一次到我家，看见路边的蔬菜豆苗，很是惊喜，尤其欣赏那刚开的蚕豆花，说它有点忧郁，细看能看出一种高贵。我说，它平常到不能再平常了，你这样夸它，它会害羞的。

正说着，我自小就叫三娘的那位老妇人从河边洗完衣服往家里走，路上与我们相遇，我们就站在蚕豆花旁，向三娘问候，叙了一会儿家常。三娘走了，从背影里看见她衣服上打着几处补丁，走路的步态却显得端庄，有风度。我是略知三娘一些身世的，她幼时上过学，爱好古典诗文，后来嫁给我三堂叔。三叔不识字，那时乡村大多数人是不识字的，更不会欣赏什么诗啊文啊。乡亲们说三娘有自言自语的毛病，背后议论她可能神经有问题。其实那是三娘一生都保持着自己的诗文爱好，时不时就把那些古色古香的句子默念给田野上的庄稼蔬菜，在鸟声虫鸣清风月光里，体会着那种意境和趣味，享受着近似于私密的诗意慰藉。

听了我的讲述，我媳妇说，难怪我看你三娘很有些忧郁，忧郁里又透出一种藏得很深的华贵。怎么说呢，她衣服上甚至有补丁，那无疑是清苦的标志，但我总觉得她有一种贵族的气质。

这时候，我们不约而同地，把目光投向路边的蚕豆苗，它正在开花，是淡紫色的、忧郁的那种花。它是植物里的诗，它是隐藏于乡野民间的贵族。

我对我媳妇说，它不仅仅只是我三娘的化身，不妨把它看作乡土女儿心的集体象征。世世代代，多少乡村的女儿们，都有着纯真的心，也许多数并没有读过诗，但她们的心是诗一样、梦一样的。她们怀着单纯的愿望，相夫教子，做饭纺织，在清苦的原野辛勤劳作，从生活的阡陌上一茬茬走过。从她们的脚印里，生长出随处可见的蚕豆花。

在每一种寻常植物的心里，都藏着高贵的气质，但它们并不是养尊处优的贵族阶级，而是地道的平民。这就是为什么我们看见的，大都是寻常的植物，却从它们寻常的身影里，分明能感受到一种尊贵气息。被这些美好植物厮守着的故乡,总是令我们长久眷念。

土　豆

土豆，也叫马铃薯、洋芋。虽然样子土气，但营养丰富，含有多种矿物质，故又有人叫它“土人参”。

无论叫它什么，甚至把它抬到“人参”的尊贵高度（就如同把某个人抬到天才、奇才、大师、巨匠、泰斗、圣人的吓人高度），土豆都木讷沉默，安分守己地，在泥土里安安静静做它的土豆。

土豆对农民是有大恩德的。当年，粮食短缺，尤其冬荒难过，乡亲们就把夏天收的土豆，提前储藏在地窖里，到了冬天，就取出来食用，或焖，或烧，或蒸，味道可口。因为有丰富的淀粉，它就既是菜蔬，也是粮食，有时就吃几碗土豆，也能当顿饭，结实顶用。我父亲就说过，金蛋蛋，银蛋蛋，不如几颗土蛋蛋。土豆一物多用，一身多任，从瘠薄的土地努力积攒营养，体贴着贫苦的人民。

我曾经趁大人不在家的时候，偷偷将梯子伸进地窖，爬了进去，借着窖口透进来的天光，我看见了在这里过冬的土豆。在幽暗中，它们一排排相挨着，安静地坐着，像我们小学生下课了挤在一起扎堆取暖。但不像我们那般吵闹，它们是这样乖，这样安静，这样听话，这样听我父亲的话。我父亲叫它们坐在这里，坐在幽暗里，坐在土地的体温里，它们知道这是父亲看重它们，也是心疼它们，它们知道父亲在心疼它们的同时，也在心疼着自己，心疼着他的孩子们。于是，它们就听我父亲的话，来到了低处，来到了比生活更低、更暗的低处。它们知道，正是它们在低处、暗处的生活，帮助着高处的生活，帮助着阳光下的人们。

土豆至今也不知道人民对它们是如何的感恩，不知道有多少光荣的称号、热情的赞美都献给了它。除了静静生长，它不知道还有什么别的身外之物值得它去格外看重；除了与大地相依相守，它不知道还有什么比这更满足更有归宿感。

它不会自命不凡，它不会显山露水，它不会发表声明宣布自己将要由土蛋变成银蛋，甚至要变成金蛋，马上就要出土升天，就要身价百倍，就要引起植物界的轰动。

不，土豆，它就是那朴素木讷的土豆。它安静地在土里生长，即使被埋没了，埋是埋了，怎么会没呢？即使被埋没了，在埋没的日子里，正是安心生长的好日子。

是的，土豆宁静的内心，土豆内心的情感，是我们这些浅薄张狂的人类不能理解的。我们虽然吃了那么多土豆，我们仍然不理解土豆。

空心菜

人心要实，火心要空。吾乡老一辈人，常用这句格言教育后辈儿孙。

在吾乡，那些虚来晃去的“空心人”，一向是不受欢迎的。

然而，在吾乡，人们却喜欢空心的植物。

空心的竹子，吾乡的人们夸其虚心有节，是君子。

空心的莲藕，吾乡的人们赞其身处暗室，心却通着净土慧光，是赤子。

空心的灯芯草，吾乡的人们爱其掌灯于荒野僻地的慈悲身影，采其入药，相信它也能照亮身体里那些暗昧疾苦之地。

而对偶尔空心的萝卜啊，莴笋啊，吾乡的人们并不嫌弃，而是轻轻一笑，说：看这老好的娃娃啊，对土地多孝敬，把心都交给土地了，但它对我们是没有二心的，明年，它会在土里把心找回来捧给我们的。

这就说到可爱可口的空心菜了。

空心菜为什么是空心的呢?

吾乡有一个说法:鉴于许多植物都是实心的,实了有实的好,但太实了,就少了点灵气,有时就听不见土地在说什么,露水在说什么,也听不见人以及虫虫鸟鸟在说什么。于是有一种菜,就决定让自己的心保持一点空,保持一些空灵的感觉,而让自己的叶子努力长成耳朵的形状,去听风的声音、人的声音、虫子的声音和流水的声音。那空着的心,就想啊想啊,它很想想明白土地上的事情。

这样,长着长着,就长成了空心菜。

吾乡的智者说:将心比心,菜的心,也是想知道人的心的。

但是,它知道人的心在想什么吗?

智者反问:你呢,你知道菜的心在想什么吗?

将心比心,用心换心,我们和万物的关系,我们和空心菜的关系,其实都是在交换彼此那颗神秘的、通灵的、有情有义的心啊。

空心菜的心,就那么空着,思量着,在露水里等待着。

黄　瓜

不止一个小孩发问：都把黄瓜叫黄瓜，怎么所有的黄瓜都是绿的，没见过一根黄色的黄瓜？

是的，吃了多少辈子的绿色黄瓜，谁见过哪根黄瓜是黄的？

可是我们都黄瓜黄瓜一个劲地叫，从不更改。

这是为什么呢？黄瓜的名字是怎样来的？

是否，最初发现黄瓜的那个人姓黄，就让黄瓜与自己同姓，以便让后人见了黄瓜就想起他这个姓黄的人？但这不大可能，因为远古先民生活在神性笼罩的天空下，他们绝不贪天功为己功，绝不崇尚虚名，他们追求的是“圣人无功、神人无我、至人无名”的天地大境界，他们把一切存在都归于造化的原创和神的赐予，对之心怀感恩和敬畏。那些远古的伟大创造，如金字塔、万里长城、希腊神话、黄帝内经、流传千古的诗歌珍品《诗经》、长达几千万行的民族史诗，等等，都没有留下设计者、建造者、创作者的名姓，都成了没有著作人和知识产权的“天书”，假若要署名,怕只能署上神的名字。而神是不需要名字的。(哪像现在的人,贪得无厌,浅薄嚣张,拜权拜金、追名逐利到了疯狂的状态。若是弄出一个丁点大的东西,就声称自己有了天大的发现,就要卖个天大的价钱;即使不是自己的东西,也要想办法偷来归于自己名下,以图欺世盗名,赚取金银。)这样一想,就可以断定远古那个姓黄的人让黄瓜和自己同姓以图不朽是无稽之谈,我们实在是以小人之心度君子之腹,我们实在是躲在鸡肠狗肚锱铢必较的现代门缝里看古人, 把伟大的古人看扁了,看矮了,看小了,看贱了。在古代,多少伟大的创造都不署名,都无名,发现一根小小黄瓜却要署名,让黄瓜和自己同姓,让黄瓜去世世代代传扬自己,这可能吗? 这绝对不可能。

那么,黄瓜的来历到底是怎样的呢?我一边遐想一边瞎猜,我想,很有可能是这样的,我说出来与大家商榷:

在古早古早的时候, 是没有多少可吃的粮食蔬菜瓜果的,因为还没有来得及辨别和培育出来。所以到处寻找可吃的食物成为部落首领和先知们的头等大事。一天黄昏,一个为部落寻找食物而遍尝草木的先知, 忽然发现一种野藤上悬着的瓜,亲口尝了,味道不错,无毒而有营养,于是通知部落成员开始种植。这时候,夕阳已经落山,天地玄黄,群星出现,为纪念这黄昏里的伟大发现,先人脱口而出,就为这神赐的礼物命名:黄瓜。

这名字,在当时,是天经地义的,是实至名归的,是其来有自的,当时无人质疑,后世也无人质疑。因为,在那个神圣的黄昏，夕阳落，神恩降，我们的先人，在蛮荒大野里，发现了一种可爱可口的瓜：黄瓜。

现在有人开始质疑，这是因为时间太久远了，记忆漫漶，往昔的事情变得越来越模糊，以致曾经发生的天大的事也如同根本没发生似的。

时间的特性，就是一路奔跑，一路践踏，一路遗忘，一路埋葬，跑到最后，什么都没有了，就只剩下了时间自己在跑，它一路所见所遇，都被它埋进了泥沙，扔进了忘川，哪怕不可一世的帝王将相，惊天动地的大业奇功，时间都将它们统统化为尘埃废墟。时间只顾奔跑，根本就不知道自己到底往哪里跑，根本就不知道一路看见了什么。它只知道跑，它不为什么，它为跑而跑，这就是时间的脾气。从苍茫到苍茫，从虚空到虚空，时间就这样永无止境地奔跑，永无止境地埋葬。所以有一位诗人说：时间是奔跑着的坟墓。

你想想，不可一世的帝王将相、跋扈一时的魑魅魍魉、名满天下的荣耀桂冠，全都被时间埋葬了，全都被时间遗忘了，你想让健忘的时间记住你是省部级或司局级干部，记住你出了一本或几百本书，记住你在电视台露脸当了三秒钟名人，记住你刷了多少微博微信，记住一根小小黄瓜的来历，这可能吗？笑话！

但是，时间健忘，我们却不应该过分健忘。那些高尚的事物，天地间养育我们生命、温暖我们心灵的事物，哪怕是一个朴素的黄昏，一根小小的黄瓜，我们也不应该忘记。

所以,为了纪念那个遥远的黄昏,纪念黄昏里那位先人,纪念先人的那个发现,纪念那只神赐的瓜,就不用质疑了,让我们把这个名字永远叫下去:黄瓜,黄瓜……

庙里的丝瓜

半山上，有一个废弃的破庙。庙里草木丛生，遮住了断墙残壁，远远地，只见草木，不见庙，已无人知道这里曾经香火旺盛，经声、法号、佛光、禅意，普度了多少善男信女。

一天，几个小孩上山采蘑菇，拾松果，其实主要是玩，追着一阵紧似一阵的蝉鸣，他们钻进了这片杂木林。一看，噫，林子里有墙，有瓦，还是翘翘的檐；嗨，还有石像，像佛。他们记起了随大人去过的寺庙。对对，是庙，是佛，就是破一些，也没人管，佛住的地方，为什么就没人管呢？

小孩是喜欢操心的，操心星星会不会掉下来，操心地球会不会把头转晕了，操心河水走累了如何坐下来休息，操心燕子妈妈怎样给小燕子治感冒……此时，他们又在为佛操心。

他们忽然有了一个发现，几根丝瓜藤东缠西绕，终于在佛的前后，恭恭敬敬结了几个丝瓜。其中一只丝瓜，端端正正挂在佛的肚子下面的两腿之间。

一个小孩就喊：佛爷长鸡鸡了，佛爷长鸡鸡了。

几个小孩都喊：佛爷长鸡鸡了，佛爷长鸡鸡了。

于是他们掏出自己的小鸡鸡，和佛爷比鸡鸡。

他们说，佛爷小时候，也和我们一样是小鸡鸡。

他们天真地说着，无邪地笑着，寂静破庙里，荡漾着清脆的童声。

那佛也返老还童了，孩子们的笑，把他逗笑了。笑，抖落了身上的苔藓和尘埃，他笑成了一个笑佛。

说了一阵，笑了一阵，孩子们就把佛的事情、鸡鸡的事情，全忘记了，追着一声声鸟叫，他们又去别处找蘑菇、拾松果去了。

孩子们的心，是单纯的、干净的，而只有单纯、干净的心，才能随时随地得到快乐，这快乐也是单纯的，干净的。一个破庙，一个佛，一根丝瓜，一个小鸡鸡，都给了他们单纯、无邪的快乐。

当我来到这座破庙，孩子们已经走远了。我看见了佛，他只是石头的雕像，他不笑，石头当然不笑；我看见了佛身下的丝瓜，我想，可以把它摘回家炖一碗汤。

仅此而已。仅此而已。我无聊地站了片刻，走了。

甜　菜

小时候，家贫，日子过得清苦。粮食不够吃，瓜菜帮了大忙，几乎每一顿饭，菜都是主角。白菜、萝卜、芹菜、土豆、红薯、茄子、冬瓜、丝瓜……我这一米七左右的个头，这一百来斤重量，是这些菜啊瓜啊打的底子，要不然，即使不饿死，也许只能长得很矮，或成病弱之身。所以，我对蔬菜，延伸至对一切植物，都怀着特别深的感情。古人说，"一餐之恩不忘"，蔬菜们提供给我们的岂止百餐千餐，可以说恩重如山。直到现在，我一看见苗苗草草，就感到亲切，心情变得柔软湿润。一看见谁砍树斩草除苗，就很生气。即使大扫除时，有人要拔掉小区的杂苗杂草，我也禁不住要制止，我说，世上根本就没有杂苗杂草，所有植物都是好苗好草。

我吃过的众多蔬菜，现在多数仍在吃着，但有一种菜，叫作甜菜，有二三十年没吃过，甚至再没见到过。那可是我小时候，家里经常吃的菜。

记得甜菜生长在冬春季节，冬天居多，在那寒冷的日子，甜菜来到我们简陋的饭桌，进入我们的身体，用它微弱的热量，支援我们单薄的青春和艰苦的日子。

说是甜菜，它其实并不甜，而且似乎还不太好吃，有点苦涩。但为什么叫它甜菜呢？至今也不明白。

菜的名字也许是不必较真的，就像人的名字一样，我记得的乡亲，有人名叫干娃，人却绝不干瘦，倒是高大壮实；有人名叫福娃，却受了一辈子苦；有人名叫国柱，家里穷得到老也没立起房的柱子；有人名叫鸿儒，也只是表达了一个志向，人虽然聪明好学，无奈家境贫寒，小学没毕业就辍学打工。

甜菜虽然不甜，还有点苦，但这甜甜的名字，却也诱导了我们对甜的渴望和想象，因为那时候吃到甜的东西很不容易，逢年过节或来了亲戚，才能吃到几颗水果糖，过年才能吃到馅里有糖的汤圆。我们的口里经常是苦的、寡淡的，以至于有时做梦竟梦见了糖，幸福的口水打湿了童年的枕头。

在这样的境况里，甜菜及时出现了，甜菜来到我们中间，我们总算吃到名叫甜的菜了，虽然它不甜，还有点苦。

我就想，也许，甜菜被无数人无数次叫着，它也很着急吧，它甚至很惭愧：那么多人殷切地叫着唤着它的甜，它怎么就不甜呢？也许它一直在暗暗想着办法，想改变自己，想在某个时刻忽然给人们一个惊喜：它浑身含着糖分，它真正成为甜菜了。

所以，当我随母亲来到地里，看见甜菜碧绿碧绿的，脸色有点发青，我就想这可能是甜菜正在心里用劲，想让自己变甜，它内心的愿望憋得太久，脸都憋青了。当剜回甜菜，被母亲放在锅里熬煮，我竟十分同情甜菜，那沸腾着的水里，煎熬着的，是甜菜鲜嫩、善良的心啊。

一晃几十年过去了，被甜菜喂养过的那个孩子早已是大人了，而甜菜，却不知在何时离别了他，他竟有好多年没见过甜菜的面了。一种进入过我们的身体、支援过我们的青春、唤起过我们对生活的渴望和想象的植物，是永远不能被遗忘的，它已经是我们身体和记忆的一部分，它给我们的恩惠，是绝不亚于恩人、朋友的。其实，它就是我们的恩人和朋友。

我相信甜菜还活着，在大地的某些地方、某些菜园，保持着它碧绿的容颜，保持着安静平和的性格。

也许，它已经不叫甜菜了，因为它略带苦涩，被植物学家另改了名字。但是，在我的心里，它就是甜菜，它的名字永远叫甜菜。

我一定要找到它，还要找到它的种子，将来退休了，我就回到乡下，在一片菜园里，种上各种心爱的蔬菜，当然少不了它——我一定要恭恭敬敬种上一畦甜菜。

每天清晨或黄昏，望一眼远天，看一眼菜园，唤一声甜菜，往事就盈盈而来，满眼满身满心，都是土地的气息和岁月的芳泽……

茄　子

关于茄子，不说它的营养价值，也不说它对我们生活的帮助，以下说的三个情景，是属于我的私人化的记忆。而最深的感受，才能沉淀为私人记忆。

情景一：记得小时候第一次在菜园里看见茄子，就被它与众不同的颜色抓住眼睛，不红，不绿，不黄，也不白，大大小小的茄子，都是这么个脸色。啥脸色？三岁小娃不懂，我妈告诉我，这叫紫色，茄子是紫色的。它怎么是紫色的呢？我妈说，茄子天生就是紫色的。为什么天生是紫色呢？我妈说，问茄子，茄子也不知道。那问谁呢？我妈说，长大了上学问老师。后来上小学了，上中学了，上大学了，上研究生了，毕业了，成了所谓的知识分子了，不得了了，可到现在还是不知道茄子为什么是紫色的。只知道有个基因的说法，茄子是紫色，是由它的基因决定的。那么，基因又是谁决定的呢？不知道。这才想起我妈早就给了标准答案：茄子天生是紫色的。

情景二:二十世纪七十年代初,我十岁左右,读小学。开学了,我爹为我凑学费,就摘了两大筐茄子,挑到叫元墩的集市去卖。一百二十斤茄子,卖了六角钱。五厘钱(也即半分钱)一斤。确实便宜,太便宜了。现在的茄子三元一斤,是四十年前的六百倍。同样的茄子,价格形同霄壤,除了说明物价和消费的变化,也看出土地、农业和农民境况的变迁。要是茄子知道了自己身价的巨大涨幅,脸色本就发紫的它,会不会惊讶得变成酱紫?会不会吓晕过去?很有可能。不过更有可能的是,茄子一旦镇定下来,就会变得心气平和,觉得做一个茄子也是值得的,土地和人都没有小看它。它也许会立即想找到我父亲,要跳进他的筐子再进一次城,用它换来的收入,好好慰劳我勤苦的父亲。可是我父亲早已走了,世上生长的茄子,与我父亲永远没有关系了。

情景三:记得上中学时,有一次与父亲到菜园里摘茄子,看见茄子苗身上都挂满了大大小小的茄子,向阳处长得壮实的,结的茄子又大又胖;背阴处长得不很欢实的,也没有少结茄子,只是略微瘦小一点。有的茄子苗,可能生长期受了虫咬或别的什么伤害,个儿矮,瘦,能活下来就很不容易了,按说结不结茄子,是会被谅解的,可是它却老老实实结了很多个茄子,挣挣扎扎扛在瘦弱的肩上。我把我的想法说给父亲,说,这一苗可能受过伤,害过病,发育不良,它即使不结茄子,我们也会原谅它。想不到善良的父亲却说了一段很不善良的话:不原谅它。原谅了它,人就要饿肚子。它要是不开花,不结茄子,我早早就要除掉它的，不许它白占土地。这几句话，当时深深触动了我，至今我仍然这样想：都说人活着不容易，牛活着不容易，驴活着不容易，猪活着不容易，羊活着不容易，狗活着不容易，虫虫鸟鸟苗苗草草活着都不容易，只要是个命，谁活着都不容易。就是一苗茄子，你说，它容易吗？

红　薯

红薯藤很长很长，一苗红薯的藤，要是不限制，不及时割掉其狂枝野蔓，它可能延伸到十几米之外。记得父亲在世的时候，他地里的红薯藤总是疯长到紧挨着的别人家的地里，有时人家的地里也种着红薯，两家的藤儿互相纠缠在一起，无法收拾，怕割错了，伤了人家的苗也毁了自家的藤，就只好随它们相依相守苦缠苦恋。到了秋天，挖红薯的时候，忠厚的父亲就送一些红薯给那户人家，算是赔礼道歉和补偿，说是自家的藤影响了人家的苗。过一段时间，那户人家的主人却笑眯眯来到家里，送父亲一篮粉条，是红薯加工的，很好吃，分量大大超过了父亲送去的，因为父亲送去的红薯是加工不出这样多的粉条的。

两家的藤在交换着地气和露水，两家的人在交换着厚道和情义。一种寻常的植物，生长和传承着的，不只是淀粉、糖分、矿物质等营养成分，也传承着大地的情怀，传承着世代相传的古朴民风，传承着农耕文明的伦理道德。

如今的农业是大棚作业，粮食和蔬菜，有许多都已住进了塑料大棚，现代化种植，标准化操作，市场化营销。像我父亲那样崇拜土地、眷恋庄稼、古道热肠、重情重义的传统庄稼人已渐行渐远，背影越来越模糊。如今留守土地的人未必就热爱泥土和庄稼，他们已经没有了前人那种对泥土和庄稼的宗教般的尊敬之情，许多人操持农业营生只是万不得已，他们被潮流驱赶着，艳羡着城市的灯火，又不得不委身于塑料大棚里，孵化那点残剩的农业，各种各的，各长各的，各卖各的。人心和人格，也钻进各自的塑料大棚，各种各的，各长各的，各卖各的。现代化了，标准化了，商业化了，老实厚道的红薯，喜欢串门的红薯，多情善感的红薯，也标准化商业化了，从今再不在自家利益地盘之外牵藤挂蔓浪费感情了，就守在自家的塑料棚里，精心盘算，闷头生长，力争占领市场，卖出个大价钱。

豌豆菜

豌豆,豌豆,豆嘛,怎么成了豌豆菜呢?

问菜农,才知道豌豆也有分工。有专门结豆的,那是传统的豌豆,叫豆豌豆;只提供菜芽的那种,叫菜豌豆,它生长的苗蔓,就叫豌豆菜。

可是,菜豌豆上也结着豌豆嘛,成熟了,不也是豌豆吗?

答曰:它结的豆豆长不大,颗粒不饱满,叶芽倒是又大又嫩,好吃。挂几粒果,只是说明它豌豆的身份。它就是一种菜嘛。

以前,是没有菜豌豆这一说的,偶尔吃点豌豆芽儿,是从豌豆苗儿开花前采一点下来,豌豆苗还是结它的豌豆,不影响。

是将某种蔬菜与豌豆苗嫁接后繁殖出来的?还是被修改了豌豆基因后丧失了结豆子的能力?我不清楚菜豌豆的来历。

总之,菜豌豆是不能生长饱满的豆子了,它身上挂几片薄薄的长不大的豆角,只是表示它的豆类身世,表示它曾经也是结豆子的。

菜豌豆，春夏都种，一场雨后，长得很快，翠绿欢喜的样子，对它看见的世界，热情地表达着欣赏和尊敬。它长得快，人们出手更快，趁着鲜嫩，早早就把它鲜嫩的芽儿掐了。它又长，又被掐了。连续掐两次，地里就没它的影了。

地里的菜豌豆，望着另一块地里的豆豌豆，不知道是什么心情。

它只能是一种菜了。没办法。就这样定了。

当然，豌豆菜很清香的。吃着，我也就不想什么了。

鹅儿肠

民间有鹅儿肠草、鹅儿肠菜、鸡肠菜、合筋草等多种称呼。肠者，状其柔、细；它能在田间菜地路畔见缝插绿，不择地而随处生长，故称其为草。它也确实被视为杂草，过去庄稼人下地除草，除的最多的就是鹅儿肠。与别的杂草不同的是，鹅儿肠还是一种野菜，嫩，鲜，味道好，还能清火解毒防治感冒。

小时候，我没有少吃过野菜，包括这鹅儿肠。这一方面是对匮乏食物的补充，另一方面，在我的故乡，人们受中医的长久恩惠和影响，乡亲们无论能识文断句的或大字不识的，潜意识里大都有着中医的眼光，人们普遍相信山野无凡草，百草都是药，虽然对多数植物的药性与功能并不都很清楚，但人们除了对个别有毒性的植物严守禁忌敬而远之，对多数植物则相信它们是善良的，对人和生灵是友好的，因此，也就亲而近之，放心食用。我曾经这样想：人以及生灵，对植物的最高礼遇，是将自己的身体作为对方的归宿之地，看起来是将植物吃了，其实也可以理解成是将它供奉在自己的身体里了，让其与自己的生命打成一片了。生命和身体，是何等贵重之地，进入了身体，也就等于进入了用肉身建筑的庙宇和教堂，等于作为神物被供奉了。从人这方面来说，人吃植物，是在喂养自己的身体，顺便欣赏了植物的色香味形，物质活动里伴随了审美；从植物的方面来说，植物进入人的身体，养人，它觉得是在养着一个神秘的神，它对这个神不太好理解，他贪吃，他明明知道这具身体——这座庙宇迟早会坍塌，但他还是吃进很多东西，去堆积、支撑、加固这座注定要倒塌的庙宇。植物就想：也许它养活的不只是这座庙，这具身体，而是养着藏在这具身体里的一个看不见的东西——那才是它供养的真神。

这样理解人与植物的关系，我以为既有趣，而且符合造物者的初衷和本意。否则，如若老是想着人吃植物，是人占有了植物，甚至戕害了植物，人就总是在植物面前抬不起头来，觉得有愧，有过，甚至有罪。

把人与植物的关系，理解成互相供奉的关系：人作为庙宇，被植物供奉；植物作为祭品，被人收纳。而最终，人也作为祭品，被大自然和宇宙收纳，包括被植物收纳。这样，万物都成为一个互相献祭的过程，共同献给宇宙一份祭礼。

这样，既不拔高人，也不降低植物，二者是平等的，彼此互为神灵和祭品。

说到这里，就可以换一个角度来看养活我们的那些朴素又普通的植物蔬菜，包括作为杂草之一的鹅儿肠。

鹅儿肠是杂草吗？

这实在不好回答。把养活了自己的，视为杂草杂物，不仅不礼貌，而且显得没良心。就如同有人把养活自己的另一些同胞，视为社会闲杂人员，无数的农民乡亲多年来就是此种待遇，他们从事辛苦的农业生产，养活着天下众生，却一直以来被视为没有正式职业的人，成为队伍庞大的"社会闲杂人员"。我的父母都是农民，我也是被"社会闲杂人员"养大的啊。

那么，就叫它野菜吧，也似欠妥，因为它的确是常常作为杂草从菜地和庄稼地里被除掉的。

叫杂草就叫杂草吧，鹅儿肠，原谅我们的词不达意和理屈词穷吧。

在我们生活的周围，在我们生命的周围，在我们身体的周围，生长着、缭绕着多少可爱的、憨厚的、亲切的杂草啊。

百草都是药，多少珍贵的药，是以平常的姿态、是以杂草的形象，默默地出现在我们面前，默默地跟踪着我们的身体，跟踪着我们的病。

野无闲草，闲草不闲。饿了的时候，它是我们的食物；病了的时候，它是我们的药物。在平常日子里，它是无处不在的好风景。

我们把它视为杂草，在这些"杂草"的眼里。我们是什么呢？也许，在它们眼里，我们只是些匆匆过客而已，而它们，这些杂草们，才是大地的永恒主人。当我们全都一茬茬消失，唯有遍地的“杂草”葱茏着世界，也无声地覆盖了我们的坟墓。

不过，见证过沧海桑田的“杂草”，不说透这个理儿，怕伤了我们那点渺小的自尊。

鹅儿肠，如同所有乡野杂草一样，它们都有着菩萨的好心肠……

菠 菜

小时候，误以为它叫“波菜”，心里想，起名字的可能是说它像水波一样起伏活跃吧。又觉得这个名字起得不太对，因为我感到波菜并不“波”，不活跃，倒是很安静，很乖，很本分，静静蹲在地上，像害羞，不敢见人似的，样子有点儿笨。我猜想，起名字的不忍心叫它笨菜，也不好称它为乖菜，就按照中医缺啥补啥的思路，爱怜地称它为波菜，透露出希望它波动一些、活泼一些的意思。

后来才知道它不叫波菜，而是叫菠菜。读错了一个字，误会了一个菜，为一个菜名，心里多少年转了不少弯儿，倒也不算浪费心思，记忆里对它就有了特殊印象，这就像在某个场合叫错了一个人的名字，被对方纠正过来，从此就牢记住了这个芳名，对其形象风貌也有了较深记忆，而那些当时没有叫错的名字，过后有可能就忘了那名字，对其人的印象也很快模糊了。

波菜不叫了，永远叫菠菜了。然而，我发现，菠菜却是越来越波动,越来越活跃,越来越高调,越来越不本分了,甚至有点儿张狂了。

为什么这样说呢?

现在的蔬菜地里,蔬菜市场上,你看见的菠菜多数都又大又高又胖,有的,已经没有了菠菜的长相,倒像是高挑的青笋,而青笋呢,已经不像青笋,倒像是一种高大的灌木。

这当然不能责怪蔬菜。被化肥反复刺激和挑逗,被农药反复逼迫和伤害,被金钱反复教唆和引诱,蔬菜们,包括菠菜,不得不按照市场的逻辑、按照利润最大化原则疯狂地放大自己,膨胀自己——它们越来越不像自己、不是自己了,但是商业却说:你们就应该是这个样子,这才是赚大钱的样子。

商业一语破的:蔬菜已经不是蔬菜,是钱,是票子。

还听说要为你们转基因,转基因之后,你们的个头儿有可能再来一次飙升,变得真像青笋那么高挑,甚至像灌木那么茂盛,

菠菜,这下真变成波菜了,像风中的浪一样波动、汹涌、翻滚。菠菜疯了,疯了的菠菜只知道市场和金钱,菠菜已经不知道谁是菠菜。

被贪婪的市场没完没了地刺激、怂恿,被冷漠的技术没完没了地篡改、教唆,菠菜渐渐丧失了那颗安静、朴素、本分的草木本心,菠菜疯了,菠菜越来越不像土地的那个乖孩子了,菠菜的味道也变了,不好吃,不香了。

现在,越来越难得看见安详的菜,本分的菜,朴素的菜,想

看见小一点、笨一点、丑一点的菜更难了，技术和商业篡改了大自然的初衷，篡改了土地的朴素美学，篡改了万物的本色，连一种寻常的菜都不放过。

我怀念小时候见过的那种菠菜：朴素、安静、小、乖、本分，还有点笨。那时候，我还不太懂得你那个样子的好和可爱，现在，我见不到你那个样子了，我才真正知道：

朴素、安静、小、乖、本分，还有点笨，那样子是多么可爱啊。

豆　芽

豆芽是菜吗？豆芽当然是一种菜。

在所有蔬菜里，豆芽，是唯一没见过土地的。

豆芽在封闭的水缸里、水池里，度过了短促的一生，它没有见过大自然，没有见过土地，没有见过露水和雪花，没有见过别的植物兄弟和蔬菜姐妹，没有见过星光月色和鸟影虫影，一眼都没见过。

在植物界，豆芽没有兄弟姐妹，没有朋友。豆芽是孤独的。

土地很可能根本就不知道世上有一种叫豆芽的菜。

植物们很可能根本不知道世上有一种叫作豆芽的植物。

豆芽没有乡土，豆芽没有故园，豆芽没有乡愁。

豆芽，一种无根的植物，一种没有思念也不会思念的寂寞的植物。

豆芽，还没有学会思念就了此一生的植物。

营养学家说：豆芽的营养很丰富，富含蛋白质和维生素。

一种没有得到土地和大自然任何疼爱的孤独植物,却将自己的生命全部提成成营养,奉献给我们。

而我们却不能对它有任何抚慰和回报，我们唯一能做的，就是吃掉它。

豆芽的前生——豆子,是从土地里长出来的,这也许让豆芽感到一点慰藉。

若这样追溯,豆芽也是有故土,有乡愁的。

只是,豆芽已想不起来了,它还来不及想什么,它短促的一生,就结束了。

雪地里的芹菜

满四十岁那年，我对自己发起了一项“重读经典再造心灵”的活动。刚好是冬天，冬天是蕴阳养阴、进补、调养身体的时节，也是进补、调养心灵的时节。都四十岁的人了，太阳开始偏斜了，你不能还是那么浅薄，那么贫乏，你不能满足于在杯水微澜里泛舟，在小情小调里陶醉，在虚名浮利里打滚，你不能守在方寸池塘里养几尾鱼虾就以为收获了大海的广袤和渊博。不，你不该让心灵匍匐于市场设计的笼子，不该让心灵蜷缩在欲望的监牢，变暗，变窄，变小，变形，变异，甚至变坏。这时候，中年的心灵迫切需要进补最好的营养。只有一流的心灵，一流的襟抱，才有一流的情思，一流的才华，一流的创造。壮美的彩虹绝不会出现在小肚鸡肠的鸡栏里，上苍是不会错的，对于心灵尤其如此，从事心灵的事业，必须有最好的心灵。你必须这样苛求自己，因为这是上苍对心灵的召唤和要求。最好的心灵居住在中年的胸膛里，才是适宜的，才配面对这中年的太阳，才配俯仰这苍天大地。那就选最喜爱的好书，在这安静的冬日，再重读一次，为这颗被工商社会势利风潮反复围剿而疲倦蒙尘的心魂，松松绑，开开窗，透透气，洗洗尘，吸吸氧。给心以最好的进补、最好的药，让心继续发育、升华，让心回到本真的心，回到纯真、宽阔、深邃、仁慈。

读得最细的是《红楼梦》，这是第三次读，发现以往读得太潦草，这是能潦草对待的书吗？我们对自己伟大的先人未免太轻薄了，他们是茫茫苍山，是浩浩古海，我们是山下戏耍的顽童，是池塘里聒噪的青蛙。现当代的书，大都是浅薄的，潦草的，且越来越浅薄不堪，潦草不堪，对那些为换取名利而制造的文字垃圾，你完全可以潦草一翻，或不屑一顾。古老的书，却是时间之河反复淘洗之后，留下的珍珠钻石，是先人慎之又慎的言说，是他们思量了再思量，斟酌了再斟酌，才留给我们的伟大遗嘱。红楼梦，千古唯此一梦，寰球唯此一梦。它是经典中的经典，高峰上的高峰，是书中之书，梦中之梦，是有史以来人类做过的最美好、最豪华、最伤感的梦。它是文学中的文学，它是最好的散文，最好的诗词歌赋，最好的叙述，最洁净的心灵，最哀婉、凄楚的人生际遇，最深切的对人、对社会、对生命和宇宙的彻悟，它是汉语最高水准的表达。那颗浩瀚无涯悲苦无比的心灵感动了语言，于是，有限的语言在雪芹这里得到了无限运用，而具有了神谕的意味。语言在这里已不再是工具，而是它所叙述和呈现的一切，是心跳、眼泪、落花，是风刀霜剑，是玉魂月魄，是存在本身，是生命和死亡本身，是梦本身。整部《红楼梦》既是叙述的，也是思辨的；是社会的，也是宗教的；是情感的，也是思想的。它呈现生存现场和众生相，它更追问人活着的意义究竟何在，因而它既是文学的，也是哲学的……红楼梦由这一切构成，这一切构成了一个感天动地的爱与死的长梦，并久久地触动我们对生命和宇宙奥秘的终极叩问与哲学冥想。它实在是一首优美、深邃、悲怆、伟大的长诗。

我读得很慢，一天读一两回，有时只读一回。就像在草长莺飞、目不暇接的春日山间行走，步步皆景，景景殊异。缓慢移步中，天光山色迭现，鸟语泉咽交汇，渐渐，满眼满心，皆是苍烟落照。

读罢，连续好几天竟不想说话，觉得能说出的话都太轻薄、太浅陋了。书中那落花啼鸟、残月孤灯、笑靥泪痕，历历在目，久久萦心。一卷红楼，竟成了心头梦。

其时，已是腊月将尽，这天到原野散步，正下雪，天地渐渐白茫茫。白茫茫里孤身行走，人更能进入幽深心境。我就想曹雪芹怎么就写出那样伟大的奇书，他该是怎样一个渊博深邃、至情至性的人呀？他的情怀和悟性真正是感天地、通生死、泣鬼神；而他的处境和心境又是充满着愁苦、忧伤，充满着对生命的困惑，尤其是对美好生命的凋零，他更是倾尽了哀怜和悲悯，写到后来，他是字字血、篇篇泪了，他不是用墨写，不是用技巧写，他是用生命里全部的血，凝成了文字。而我的感觉，他好像一直是在寒冷的冬天，一个人坐在蓬床瓦灶、冷风透壁的残破房子里，写着滴血的文字。他的那句“白茫茫一片大地真干净”，说尽了人世的沧桑，说尽了生命的虚无结局，说尽了宇宙的空幻。那不就是他在白茫茫的雪天里说的话吗？

雪越下越大，我边想边走，竟来到一大片蔬菜地里，菜们都蹲在地上，身上一律覆盖着雪。这时，我看见了芹菜，它高挑地站着，因为高挑，看上去就显眼，它的凄凉哀伤也就显眼。它身上也披着雪，雪白里隐现着青绿，这绿就更绿，白也就更白；在天地茫茫里，白与绿，相遇了，相拥着，像是在互相成全，又像在互相摧残，像是在互相搀扶，也像在互相送终。但它们，这白与绿，这天上飘来的白，与地上长出的绿，都是如此干净，如此安详，像无言的雕塑，充满了暗示。

我抖了抖身上的雪，由菜地，由披雪的芹菜，放眼望去，城市、村庄、河流、树木、山岳、远天，此时都寂然无声，轮廓模糊，皆隐身于一片茫茫的白色里了。啊，这被白雪缩写着，又扩写着的天地，竟不像是一个具体的所在，倒更像是一个寓言，一场梦，是的，是寓言，是梦。

收回望眼，凝神，面前仍是那站在雪地里、被雪雕塑着的芹菜。

我忽然情不自禁脱口而出，轻轻叫出三个字：曹雪芹。

是的，雪芹，他不就是雪地上的那棵芹菜吗？

韭　菜

“夜雨剪春韭，新炊间黄粱”，一千多年前，杜甫把几行韭菜放进诗里，一直保鲜到今天。此刻我打开唐诗，我的眼睛立即被那场雨水打湿。

韭菜是很精细的一种菜，一根是一根的，很整齐地长在地里，像一首首对仗工稳、韵律匀称的五律。我的父亲一生务农，几乎不识字，但当他蹲在菜地里侍弄一畦韭菜的时候，我就觉得，父亲也在品读一首祖传的好诗。

的确，经过工业和商业的大面积修改，大地已经变得面目全非了。假如杜甫再次来到世上，面对这个已被技术彻底修改、被钢筋水泥覆盖、被电子重新组装的后工业世界，他将因“江山不可复识”而目瞪口呆不辨东西。但当他看见那些熟悉的植物，看见地里的一畦畦韭菜，他会忽然觉得亲切，他会说：就是它，就是它，还是多年前雨夜里的那个样子，还是那么嫩，那么绿，还是那么清新有味，就像我正在构思的一首五律。

人们常常被现代技术制造的庞然大物弄得晕头转向，以为世界将从此被技术统治，地球将失去一切原生态，人类将日益成为人工囚笼里的可怜囚徒。我也心怀此忧。

但是，每当我看见原野上的庄稼和植物，我就十分愉快，内心的焦虑也有所释然，心情变得宽阔温柔：这些庄稼和植物，它们从远古一路走来，怀里揣着久远的种子，手里握着祖传的手相，身上披着常绿的披挂——它们，这无言的草木，才是大地的真正主人，是山野的永恒主色，是它们在保护着、湿润着我们日益干枯、乏味的内心和目光。

谁说不是呢？就在此刻，沿着这一畦韭菜，我缓步走进唐朝的意境，走进杜甫深情的诗里，走进年深月久的古老时光。

一万年后，也许所有的城市，所有的高楼大厦宫殿庙堂，都将夷为平地，人们将把自然完整地交还给自然，大地重新变成牧场和村庄，人们重归于朴素单纯的生活。那时的孩子，早晨起来推开门窗，他看见的奇迹不会是别的，他看见的奇迹是一首朴素的诗：篱笆上，淡紫色的喇叭花正在吹奏透明的阳光，早起的燕子开始剪辑春天；篱笆那边，一畦畦韭菜，正在精心构思、反复润色那些注定流传千古的好诗……

旱　菜

你见过旱菜吗?

旱菜的叶、茎、根须,通身都是红色,血的颜色。菜园里,它是偏矮的、谦卑的那种,如果潇洒高挑、器宇不凡的芹菜站在它的附近,你就会感到它谦谦君子的神貌。

你吃过旱菜吗?

或炒,或熬,或清蒸,或凉拌,味道都好。颜色呢,都是鲜红的那种,浓浓的,血的颜色。假使你做汤,一碗水,只需放两三苗旱菜,加点盐,汤就成了,浓浓的、鲜红荡漾、美味的汤。

自小母亲就告诉我们旱菜是补血的,几十年来我一直吃旱菜,至今我没有出现过贫血。

旱菜身上充满着血红素,它不只是有着血染的风采,不,不只是外表,旱菜的身上和灵魂里都流淌着通红的血液。

那么,我的血管里循环着的,也该有旱菜给我的血液。

只是,我一直纳闷:这血红色的植物,为我们补血的植物,它那周身涌流的热血,是从哪里获得的,是怎样炼成的?

旱菜不说话。它静静地生长,静静地鲜红,静静地,从泥土和时光里,为自己采血,为我们补血。

旱菜,真正的谦谦君子,真正的热血汉子。

胡萝卜

胡萝卜其实就是红萝卜，表里通红。但是，白萝卜的皮也是红的。单从外表看，不论红萝卜白萝卜，其实都是红的萝卜。

我经常为家里买菜，出门时媳妇叮咛，红萝卜买一点，白萝卜也买一点。我嫌啰唆，两种萝卜外表都是红的，都是红的萝卜，哪种是哪种呢？搞不清。据说红萝卜原籍海外胡地，很早就引进来的，故姓胡。它血统好，营养丰，身份高，资格老，索性，我就给红萝卜改了名字，叫老胡。白萝卜还叫原名，不变。媳妇也认了，每次就叮咛：白萝卜买一点，老胡也买一点。

经常在几家摊点买菜，时间久了，菜摊主人一见我来了，就问老胡要多少？白萝卜要多少？渐渐，受了习染，摊点的一些回头客买萝卜，都习惯说：白萝卜要多少，老胡要多少。

就这样，至少在世界的一个角落，胡萝卜糊里糊涂变成了老胡，老胡取代了胡萝卜。

但是，不管你叫个啥，不管你把它叫小胡，叫大胡，叫老胡，叫胡老，胡萝卜都无动于衷，胡萝卜还是胡萝卜。

上海青

在去上海之前的几十年日子里，一种叫上海青的小青菜，我一直吃着。

我，以及许多没去过上海的人，都是通过吃上海青，和上海保持了隐约的关系。

上海青，小巧的，嫩嫩的，青青的。

当然，我们都知道上海是很大的城市，不会是小巧的，嫩嫩的，青青的。

理性上虽然明白，但是，很奇怪，上海青吃久了，我在心里对上海有了一种先入为主的朦胧印象：嫩嫩的，青青的。

食物改变着胃，胃控制着身体，身体制造着感觉，感觉渲染着意象。

心象中的上海，总有点嫩嫩、青青的意思。

那年到了上海，老城，新城，近郊，远郊，走马观花了一番。印象是：密集的高楼，汹涌的车流，无尽的人潮……

也有星星点点的青绿植物，点缀于钢铁水泥、机械电子、商业物流之间，如同冗长繁复老谋深算的商业文本（比如长达三十多页的人寿保险合同）里，引用了一两句性灵古诗，但构不成关键词，只是为了制造卖点，而采用了策略性的修辞点缀而已，不，点缀的点缀而已。

上海是实用的，是工商业的，是日夜忙于交易的，是充满算计的，上海不是写意的，不是抒情的，上海不是诗。

上海是化学的，是机械的，电子的，是被金钱的光芒照耀的地方，海水映照的天蓝色和海蓝色并没有为它增加超现实的梦幻之美，那只是消费主义的时尚布景。上海是世故的，是算计的，是老辣的，不是嫩嫩的，青青的。

嫩嫩的，青青的，上海青是这样子的一种菜。但上海不是。

从此，上海青只是一种菜名。与上海无关。

一个象征性的心灵幻象——一个心象完结了。我有点遗憾。

灰灰菜

记得它苗儿矮小，颜色是绿的，但叶子上敷着一层毛茸茸的灰白，我们那里无论大人小孩都叫它灰灰菜，乡土上生活的人们，大都是根据植物的颜色和样子叫名字的。

那时，我们还不认识灰字，灰，可是认识的，因为我们这帮顽童，整天在山野里奔跑打滚，弄得灰头土脸；大人们忙着修田造地，也是出门进门一身灰。衣服上有土，头发上有灰，但心里是单纯快乐的。灰嘛，不过是溅起来、飞起来的细土，它们是干净的。那时，农业还保持着原始的单纯，乡亲们都有着古朴厚道的性情，乡村里没有什么污染，日子过得清贫，但也过得干净。人们不会去责备和防范任何一缕灰，一撮尘埃。崇拜大地、敬泥土如敬神灵的乡亲，会去责备和防范大地和泥土吗？会去责备风里飘落的干净细土吗？

灰灰菜，就有点土地的幺儿幺女的意思了，它与我们一样，脸上鼻子上总有一层灰。

所以，我们对灰灰菜，比起对别的菜，就好像多了一些亲近。

我们把这么可爱的菜叫成灰灰菜，它一点也不计较，不以为看淡了自己，不以为受了什么委屈。春天，我们到浅山坡地采野菜，一眼，就看见它了，灰灰菜，它在安静的地里，安静地等着我们，它的睫毛上，还挂着透明的泪水。

已有几十年没吃过灰灰菜了，已有几十年没在泥土里打滚了，已有几十年没见过灰灰菜了。

灰灰菜，乡野的灰灰菜，你还好吗？你那身干净的灰布衣衫，还干净吗？你那清纯的心，还清纯吗？

灰灰菜，我想你。

蒿　菜

以前好像没听说过蒿菜，也没有吃过蒿菜。

我老家门前有一大片菜园，祖传的，好多代了，人走过了一茬又一茬，蔬菜们长了一茬又一茬，就是没有过蒿菜的身影。

我父亲种地务农，也侍弄了一辈子蔬菜，好像也没见过蒿菜的面。

这些年蒿菜广为种植，人们爱吃，它形秀、色嫩、味鲜，成了一种畅销菜。

乡里人爱吃，城里人爱吃；穷人爱吃，富人爱吃。曾经在贵族出入的饭店里，我就看见过它，它安静地坐在精美的盘子里。不过在这里它不叫蒿菜，叫“美味仙蒿”。

我想知道蒿菜的来历，它怎么由籍籍无名，猛然就成了名菜，就具有了“普世价值”了呢？就成仙了呢？

我翻阅了我书房里有限的几本植物书，没有查出究竟；也请教了几位菜农，他们也说不出来头。

我就在自己的记忆里检索关于蒿菜的蛛丝马迹。

我记起：在小时候，春天，我妈曾带着我们到浅山野坡采野菜，灰灰菜啦，水芹菜啦，地软啦，等等，其中有一种，叫野蒿菜。

野蒿，蒿草的一种，身段高挑，叶呈锯齿形，似乎与艾草是同科，艾草味道浓，有药性，是中药里常用的一种药草；野蒿菜则味道平和鲜香。乡亲们将艾草与蒿草并称为“艾蒿”，也是有来由的。春天山野里，随处可见这两样植物是长在一起的，有艾草的地方就有蒿草。追着艾草的药香，就能找到野蒿菜的清香。

艾与蒿如此亲密友爱，可能因为有血缘关系，但血缘关系并不必然导致亲密友爱，有血缘关系的也会由于更复杂的现实因素而破裂，甚至结怨成仇，形同陌路。人世是如此，不知植物界怎样？

我想，艾与蒿亲密友爱，最主要的原因，是它们根性相近，它们都有着古老土地赋予的优良善根。只不过，艾吸取的更多是天地间的刚烈、苦涩、辛辣、严肃等等阳性元素，蒿则吸取了天地间的温润、柔和、鲜香、亲切等等阴性元素。艾治病，蒿养人。渐渐地，艾成了药，救人病苦；蒿成了菜，助人营养。它们都把自己的善根发挥到极致。

这下我似乎明白了，蒿菜，就是我当年采过的野蒿菜。只不过经过植物学家和蔬菜专家的改良培育，它渐渐由野生变成家养，由野蒿菜变成蒿菜了。

被称为“美味仙蒿”的蒿菜，看来已经成仙了。

其实它就是一种普通的菜，它来自山野，身世很平凡。

它是艾草的亲戚和朋友。

它们都守着自己古老的善根，散发着永恒的药香和清香。

即使普天下都把它们叫“仙药”和“仙蒿”，这与它们有什么关系呢？它们只知道自己是大地上的寻常植物，只是守着自己善良的天性，静静地生长……

豇豆与大地的隐者

一架架豇豆苗上，一根根、一束束豇豆，瀑布一样垂挂下来。

遍地的豇豆，遍地滔滔奔流的水声。

其实，你若走进豇豆地里，你会感到非常的安静和清凉。

一簇簇、一架架拔地而起的豇豆藤蔓，组成颇有气势的阵列，野营帐篷似的，使不大的庄稼地，有了无边无际的幽深感。

它挡住了公路上卡车粗暴碾压的声响，挡住了远处隐隐而来的尘嚣。

茂盛的庄稼，茂盛的豇豆地，原来都是庄稼人的森林啊。

静极，才能听到更幽微的声音，你听见虫儿在土里轻轻朗诵，你听见蜂儿在与花叶谈心。你听见细小的豇豆后生们，正在用力伸长身子，向那高年级豇豆哥哥请教成长的方法。你听见河那边的风走进来了，它要逐个摇摇豇豆架，逐个摸摸豇豆叶，问问它们的心情，看看它们的气色。临走时，这殷勤的风儿，不会忘记发动大大小小的豇豆们,做一个集体游戏。一二,开始,风发出口令,豇豆们就开始轻轻地荡起秋千了。这种有趣的健身运动,能让豇豆们快乐地学习,快乐地成长,将来都能长出苗条的身材,健美的容颜。

这时候,忽然,头顶飞过一只白鹭,嘎的一声招呼,你抬起头,透过豇豆架茂密的藤蔓,你看见了被绿叶青藤剪辑的天空,这农业的天空,是那般温柔晴好,此刻,慈爱的苍穹正俯下身来,探望泥土和庄稼的动静。

你伸了伸腰,深深呼吸一口泥土草木的清香,对土地和庄稼的感激,从心田深处,油然而生。

你知道吗?“蝉噪林愈静,鸟鸣山更幽”的禅境,不只是山中高士才能独享,在我们父亲的乡下,母亲的村庄,在我们爷爷的庄稼地里,奶奶的蔬菜园里,都有着幽深的禅意,悠远的诗意。

有一片庄稼地,有一簇豇豆架,有一片农业的“森林”,是多么好啊。

高兴的时候,就钻进你的林子里,你就会愈加高兴,花花叶叶、苗苗蔓蔓都分享着你的高兴,也放大着你的高兴。你看见庄稼们都是通灵的尤物,它们都懂得你的心。那一串串生长着的豇豆,将快乐的时光延伸得很长很长。

忧愁的时候,你就转身走进你的林子吧,就隐居一会儿吧,就隐身于天高地厚藤壮叶绿的庄稼深处,你会发现瓜没有时间忧愁,它把所有的时间都用来酿造内心的糖。豆苗在忧愁的时候，就开一朵花戴在胸前安静地欣赏，还不忘接待来访的蝴蝶或蜜蜂，在安慰自己的同时，也礼遇了朋友。透过豆架，你看见不远处，刚刚被剪过的韭菜，正把离别的感伤写成一首沉郁顿挫的律诗。而总是被埋没的地瓜，却觉得埋没的时光，正是修身养性的好时光，它默默地，按照土地的教导安静地生长。

当你走出庄稼的密林，你会发现，你的心，是那么单纯、湿润和安静。

我由此知道，隐居山林的想法，出世修行的想法，庄稼人是从来不会有的。

为什么呢？

在农业的厚土上，在庄稼的密林里，他们天生都是超脱的隐居者，他们是离尘世最远的人，他们一生都隐身于农业的原野和庄稼幽深的林子，置身于功名富贵、钩心斗角之外，他们离土地最近，与草木最亲，他们身上真正体现了土地那负载万物而不与万物争的宽厚性情。同时，他们又是入世最深的人，他们视土地为神物，视草木庄稼为亲人，一生一世，他们通过庄稼和粮食，向人世献出了最深的感情。

比起那些以隐退的方式求大名谋大官，一生都在终南捷径上窥视红尘功名的所谓隐士，我的世世代代的农民父兄，他们劳作于大野垄亩、隐身于庄稼密林，他们才是真正的大隐者，才是真正的得道者，才是真正的高人。

这就是我在豇豆地里的所感所想。想到这里，我抬起头来，我想知道庄稼们是否同意我的想法。

我看见，不仅豇豆们一律点头同意，放眼望去，四周和远处的玉米林、甘蔗林以及油菜、花生、白菜、大豆、麦子……远远近近所有的庄稼草木，都一律点头招手，表示完全同意我的想法。

是的，世世代代的农人，他们才真正是大隐隐于野的隐者，也是大用用于世的仁者。

他们，是真正的得道高人……

葱

为什么就那么有味呢?

我只是从它身边路过,就感染上了它鲜润、泼辣的气息,我的身上有了一种田园味儿,日子的味儿。

我只是摸了一下它的叶子,满手就有了鲜香,以至于我和路上相遇的朋友握了一下手,那朋友来电话说,我把他的手握香了,他的手整整香了一天。其实,朋友之意是在夸葱,人的手哪有什么香,人的手基本上都是乏味的,我的手也不例外。

葱身上有一种喜气,葱好像是带着喜气从地里长出来的,从出芽,到长叶,到结籽,葱的一生都是欢喜的。

葱身上也有一种灵气,葱叶碧绿,葱白如玉,葱须如银丝,叶子中空,真正是心有灵犀一点通。不过是土生土长的一种苗苗,怎么竟修行成这般冰肌玉容、香魂芳心?

有喜气,有灵气,葱也就最有福气。谁跟它相处都能沾上福气,所以,几乎所有蔬菜瓜果、苗苗草草都愿意和葱长在一起。

白菜地里种几行葱，豇豆架下种几行葱，茄子地边种几行葱，南瓜旁边种几行葱……这些菜啊瓜啊就会长得更快更好，味道也更香，为什么呢？估计是因为和葱生活在一起，空气里弥漫着清新和鲜美，它们感到呼吸舒畅，心情愉快，发育生长得自然就好，葱的香气也激活了它们自身的香气。

人也是这样的，你交一个人品好、学养好的朋友，你的人品、学养也会变好；近朱者赤，近墨者黑，近雪者其性洁，近荷者其心香。与君子交，如行走在皎月朗照的静夜，你的心魂宽阔、温柔、崇高而宁谧。

植物比我们人类更懂得物以类聚的道理，植物懂得君子之道和养身之法。所以植物总是那么葱茏鲜活。因为植物从来不离开厚德载物的土地。植物以天地为师，植物是天地的好学生，是土地的好学生。葱是三好学生——身材好，品行好，味道好。

即使到了最后，在下锅的时候，蔬菜们还是喜欢和葱在一起度过最后的时光。与葱在一起，任何菜都能做出好味道。就是一锅青菜豆腐汤，放一点葱花，也成了美味的汤。

总之，菜沾了葱的福气，菜更香了。人沾了葱的福气，人更有福了。

我最爱做的家务活，是剥葱、洗葱，葱洗白净了，手也洗白净了，心也洗白净了，手上和心上，都沾上了葱的喜气、香气和福气。

石头菜

小时候，妈妈让我认识了石头菜，它胖胖的，颜色绿中透白，叶子上敷着一层薄霜一样的灰白。它长在坡地上，常常长在石缝里，长在湿润的岩石上。

有几次上山采野菜，看见陡峭的悬崖上有许多石头菜，蹲在陡壁上看着我们，好像在说：敢来这里吗？

我们当然不敢去那里。只能仰头呆呆看了好长时间，心里有几分失望，也有几分佩服：小小的石头菜，怎么就敢到那么陡的地方去呢？

细看石头菜的四周，在比它更陡更高的地方，还有许多野菊花、蒲公英、艾草、野蒿、青藤、刺梨、小松树……在倾斜的陡崖，它们却都能站直身子，从容地各干各的事情，扯藤的扯藤，长叶的长叶，开花的开花，结籽的结籽。恰好有风吹来，蒲公英就空降给我们初夏的礼物。尤其惹眼的是那几株野百合花，在黝黑的悬崖上，它白得像忘记融化的雪，像一簇静止的温柔的闪电。那洁白的身影，洁白的笑，几十年了，至今还在我的记忆里摇曳。

其实，在前半生里，我并没有吃过多少石头菜，因为平地很少见到它，只是偶尔在坡地背阴的石坎上采到过。石头菜没有给我的身体提供多少营养，石头菜给我的，主要是关于生命和美感的记忆——

在悬崖峭壁之上，生活着石头菜以及它的众多草根兄弟和植物姐妹们，它们厮守着那些陡峭崖壁和背阴荒坡，自得其乐着，自忍其苦着，自生自灭着，凭着石头缝里渗出的水分和稀薄的养分，养活和安顿着自己清苦的一生。无意中，它们使那些荒僻崖壁有了一种近乎苍凉的美感，苍凉里又不乏细腻的柔情。这使得我们饥渴的眼睛，或因慌乱和空虚而无处安放的眼睛，有了值得久久仰望的地方。虽然，我们仰望的，只是一些清贫的草木。

就这样，一些似乎与我们无关的存在，却与我们的记忆，甚至灵魂，有了深深的关系。

石头菜，就是其中一种。

北 瓜

在我的家乡，我父亲那一辈人以及他们的前辈，都把这种瓜叫北瓜。成熟后的北瓜，瓜皮橙黄，瓜瓤更是纯粹的金黄，又甜又香，营养也丰富。小时候，秋天的乡村，农家场院里、屋檐下，都能看到大大小小的北瓜。那耀眼的金黄色，为清贫的乡村增添了几分富贵气。记得经常有乡亲从我家门前路过，看见父亲从地里摘回好多个北瓜，就打趣地说，你家今年福气大，抱回这么多金疙瘩。

那时，人们几乎都没有财富的理念，更不会有什么拜金主义，黄金好像已是上古年代的图腾，或者是资本主义的贪婪象征物。对共产主义理想境界的宣传倒是很普及，我就记得，当时的生产队长，识字不多，但说起共产主义却是口若悬河。他号召社员们，要热爱集体，好好干活，今天的每一点努力，哪怕是认真拔一次田里的杂草，认真修一段河堤，认真养好生产队的一头耕牛，都会使共产主义提前实现几分钟，哪怕提前几秒钟，也不简单，多少人的几秒钟，加在一起，就是多少年啊。队长还说，现在穷是穷一些，但未来是光明的，未来富裕得就像马克思说的，财富充分涌流了，那时候人类要用黄金修建厕所，就真正实现了各尽所能按需分配。这位队长是真心相信共产主义的，人也忠厚勤劳，脏活累活带头干，从不多占一点集体的便宜。我很尊敬他这样的朴素理想主义者，虽然他们文化不多，又生活在他们根本无法超越的清贫现实里，但他们对信仰的那份真心，对自己所从事的哪怕是很卑微的工作的那份认真，至今想来都令我心生感慨。前年春天回老家，我还在水渠边见到他，已七十多了，显得苍老，脸色憔悴。去年冬天回家看老母亲，我问起那位老队长，母亲说，他得病去世了。

现在回想，那时，在贫困的乡村，在集体化的生活环境里，人们财富意识很弱，更谈不上对财富的狂热，他们把理想的生存境界寄托在遥远的未来，并恍惚地相信当下的付出与将要到达的那个远方的境界有着因果联系，由此，对自己的劳苦也就产生了某种意义感，甚至还有一种隐约的悲壮感。

但是，这并不意味着人们已经遗忘了财富，也不意味人们已经不会对财富产生热情。何以见得？他们向往的那个共产主义理想不就是财富充分涌流着的社会吗？从人们对北瓜的喜爱也可见出一斑，“你家今年福气大，抱回这么多金疙瘩”，我记得的这句顺口溜，表达着对北瓜的赞美，也可以理解成朴素的人们献给金钱和财富的朴素赞美诗。

孩子们吃着北瓜叫着北瓜长大,大人们吃着北瓜叫着北瓜变老。人们一年年抱回金疙瘩,一年年过着清贫的日子。但是,令许多人都没想到的是,后来,一个狂热追逐财富、狂热拜金的时代,到来了。

但是,更令我没想到的是,被我家乡的父老乡亲们祖祖辈辈叫作北瓜的这种瓜,其实是一直叫错名字了,而且错得很严重,名字被彻底叫反了,其实它真正的名字叫:南瓜。

在我长大离开家乡以后,无论走到哪里,发现人们都把这种金黄色的瓜叫南瓜。

这是为什么呢?至今也不明白。是否,因为我家在秦岭以南、汉水之阳,就把相对的另一方视为北地,与北地有关的风物一律以北冠名?

但是,无论在南方和北方,人们都把这种瓜叫南瓜,从没听见叫北瓜的。

在我的故乡,从我这辈人开始,把这叫了多少辈子北瓜的瓜改口叫成南瓜了,后面的人,再也不知道它曾经是北瓜了。

家乡的父老乡亲,祖祖辈辈都把这瓜叫错了名字。

吃的是南瓜,叫的却是北瓜。

就这么错了一辈子又一辈子。

真的是他们叫错了吗?或者是后来的错了?

这瓜,到底是南瓜还是北瓜?

水芹菜

水芹菜多生于水边及低洼、潮湿之地，又名水英、牛草、刀芹、蜀芹、野芹菜等。我的老家在秦岭之南、汉水之阳，土地肥沃，气候湿润，四季分明，南草北木都能在此生长，我自小认识并经常吃芹菜，也自然地认识了芹菜的乡野亲戚——水芹菜。

水芹菜虽为野生，味道却似乎没多少野味，身材偏矮，长相谦和秀气，比起正宗的家芹菜，它显得清淡、低调而节制，反倒不像野生的，有点中规中矩的意思。家芹菜呢，块头高大狂野，味道浓郁泼辣，虽经多少年驯养，它却反而增加了许多无中生有的野性。

假如把水芹菜与家芹菜放一起，你会感到家芹菜更野一些，而水芹菜更家一些，像温柔内敛的谦谦君子。

其实，在农药的严厉监管和化肥望子成龙急功近利的励志教育下，家芹菜那点所谓的野性，只是表象而已，它的刺鼻味儿并非野味儿，而是夹杂着农药的残留，它的基因里也许已有了农药的不良因子，它的刺鼻味儿，已不是植物单纯的气息，而是工业和化学传染给它的霸道的毛病；它那高大张狂的块头，也全然失去了作为一种蔬菜的本色，而具备了灌木的特性，这也许是化肥对它反复进行催化教育的结果，你想，化肥不厌其烦地跟踪着它，时时催它快成功，快成才，快出人头地，快发财致富，它有什么法子，那就加速往上冲呗。是啊，化肥的市侩教育是立竿见影的，高大魁梧的芹菜，眼看快成木材了。

它的乡野远亲——水芹菜，闲云野鹤般的生活在水边，没有农药的严厉监护，没有化肥的揠苗助长，没有接受过工业们和化学们的励志教育和速成催化。它就那样在野天野地野风野水里，散淡地发芽，散淡地长叶，散淡地结籽。它无意成为别的什么了不得的瑶草仙芝、奇花嘉木，它就做它的凡草，做它的水芹菜。

但这并不是说水芹菜就是没有接受过教育的僻陋野夫，当然不是的。在水边泽畔，水芹菜一直受着水的良好教养——水，这万物的导师，教导它居高岸而不傲，处卑地而不贱，随波而不弃根性，逐流而不改本心。它对此则耳濡目染，心领神会，养成并保持了清淡、随和、质朴的性情。

水芹菜，既是一种很好吃的野菜，也具一定的药性，有安神、静心、明目的功用。我在烦躁和心里莫名火起的时候，有时就在野地里采点水芹菜，做汤，或凉拌，吃了，果然身心都平和清静一些了。你不妨试试。

鱼腥草

在《本草纲目》《中国药典》等典籍里，都有你的名字。打开书页，就有一种鲜香的气息，扑鼻而来。

你是好菜，也是好药，能清热解毒，去痛化痈，治五淋，消水肿，去食积，补虚弱，等等。

你的到来，使我们食有美味，病有克星，既能治病，又能养人，老天爷怎么就生下这么好的草呢。

在毒火上升的春夏时节，有你在，我们的身体和内心，就多了一份健康和清凉。即使叫一声你的名字，也能感到一股美味和药味。我甚至觉得，鱼腥草三个字，写在纸上，放在鼻子边，是可以闻到味道的。

在众多野菜里，你的气质显得特殊，有点另类。生在地上，却与水中的鱼有着隐约的关系。我想你这点异秉，一定其来有自。也许在多少亿年前，你本是一种水草，是鱼们停歇的驿站，也是它们贪馋的美味。后来，你厌倦了水中漂浮无根的生活，厌倦了鱼儿那总是相忘于江湖的漠然，羡慕岸草们那摇曳生姿的身影；再后来，时空裂变，沧海桑田，无常再造了诸物的命运，大地重新登记草木的户籍，你终于一跃出水，悄然登陆。

从此，你再没下过水，也再没见过鱼。但是，你记得你远祖的身世，曾经，达千万年之久，你一直生活在水中，生活在鱼中，那鱼贯而来、鱼贯而去的鱼，都与你互相交换过水中的倒影，互相交换过身体。

这就是你为什么身为草，却有着鱼的气息。我想起民间有言：一日夫妻百日恩。你与水，你与鱼，何止百世、千世？你其实是鱼变的草，草样的鱼，你在血脉里生生世世纪念着你那曾经沧海的往事。

这也就是为什么你总爱生长在水边或湿润之地。在田埂沟坎渠边，你安静地坐在地上，却又时时抬手扬袖，俯身低眉，显然你在找寻什么。噫，这里真好，就坐在这里，你低头就能看见前世的流水，或许还看见了前世的鱼。

你这鱼变的草，草样的鱼，你这水做的女儿啊。

多少年，多少年，人们享用你的药性以治病，享用你的美味以养身，似乎都知道你的好。然而，在我的家乡，在很多地方，世世代代，你却有一个不雅的，甚至很难听、很臭的名字。

人们竟把你叫臭婆娘。

但是，我要说，正如臭笔写臭字、臭心想臭事、臭人说臭话，这么臭的名字，这么臭的诽谤，一定出自很臭的人的口里。

他们一边辱没你，一边又在贪享你。在他们口头上，你是臭的；在他们餐桌上，你却是香的。

鱼腥草，这水做的女儿，你不会自美自赏自褒自奖，也不会自轻自贱自暴自弃吧。

这么臭的名字，这么臭的诽谤，出自谁的口呢？那还用说——

肯定是那些忘恩负义、浅薄轻狂的臭男人。

蒜

我很小的时候，脑子里总是冒出些古怪想法，直到现在，我这把年纪应该可以做“很小的时候”那个我的爷爷了吧，但是，我脑子里仍然时常冒出些古怪想法，有的，是我小时候想过的，现在仍偶尔继续想着。可见，我这多半辈子长进不大。当然，疯长的白发和皱纹例外，它们没有辜负我虚度的岁月。

其中就有对蒜的想法，我小时候想，现在仍这样想：蒜和葱可能曾经是亲弟兄，要不怎么长得像呢？蒜辣，姜也辣，为什么蒜就长得不像姜呢？很有可能葱和蒜曾是亲兄弟。

后来各散一方，多年后再见，谁也不太认识谁了，很陌生的。但当在一起住下，发现脾气、趣味竟有些相似，都互相引以为知己和芳邻，不过，曾是亲兄弟的事，忘了，提也不提了。

如果这想法成立，我倒觉得，它们不知道自己是兄弟未尝不是好事。试想，如果兄弟多年不见，终于见面，发现彼此变化很大，包括长相和气味，变化大到有点离谱，会不会怀疑对方的身世，进而怀疑其遗传基因，怀疑自己的祖辈是否乱伦而导致基因变异，这就有可能使它们自此形同陌路分道扬镳。即便不至于这样，下面的情况是完全可能发生的：既然是兄弟，祖上的财产尤其是这价格疯涨寸土寸金的地产是必须要继承的，那么，谁该占多少呢，谁是老大呢，谁占向阳的升值最快的那块地呢——这都免不了要争要夺的。争的结果，要么是平分天下，更有可能是大欺小，大吃小，大的通吃，小的无立锥之地，或仅有立锥之地。现在哪儿都是市场，市场不言情，也不言亲，市场如战场嘛。最后的结局是，两兄弟从此形成尖锐的阶级对立，虽然都在地上活，但一个显然是在天上，另一个蜷缩在地的阴湿边角，望着别一个方向愤愤不平。

不知道曾是亲兄弟，反而少了很多麻烦和积怨，民间有言：亲人翻脸比仇人更仇，路人相知比亲人还亲。葱和蒜，世代与人相伴，啥人啥事没见过？所以，它们索性就不提曾经是不是亲兄弟的事了，就随缘而安，做了朋友芳邻。一个做葱，一个做蒜，各安其味，各守其性，安分守己，各尽其分，葱都是好葱，蒜都是好蒜。

多少年了，它们都互相引以为知己和芳邻，葱一行，蒜一行；葱在左，蒜在右；葱不装蒜，蒜也不装葱。它们互相欣赏着对方的长势，互相喜欢着对方的气息。

而且功德互补——葱辛蒜辣，葱去寒，蒜解毒；生葱熟蒜，蒜熬菜，葱做汤。

谁这一辈子不吃葱蒜呢？帝王再厉害，他那山珍海味十全大补汤里，若是少了蒜、也不放葱，他会龙颜大怒，曰：寡人不食。

草民百姓再卑微再寒酸，只要门前地里长着几根葱和几苗蒜，清贫的日子也会过得有滋有味。

当然，出家修行的和尚，一般都忌食葱蒜，觉得口里有辛辣味，会影响庙里的清净和内心的清净，他们恪守戒律，净口净心，在凡尘人世建立庄严净土，令我辈俗人敬仰。

对于和尚对它们的冷落，葱不计较，蒜也不计较，假若蒜开口说话，它脱口而出的，也就是那算（蒜）字，蒜说：那就算（蒜）了。

一句算（蒜）了，了却了世间多少麻烦是非。

蒜，是很豁达、很痛快的。

文章写到这儿，似觉还有话说，还说吗？

蒜在一旁提醒，再写下去，就啰唆了，算（蒜）了吧。

好，算了。到此为止。

姜

谁活着不吃姜呢?

姜是常用调味品,由于它是热性的,有发散风寒、化痰止咳、温中止呕、解毒等功效,它就成了一味良药。药食两用,功莫大焉。

姜对治疗失眠有很大帮助。因为生姜的特殊气味有安神的功效,具体做法是:将十五克左右的生姜切碎,用纱布包裹置于枕边,闻其芳香气味,便可安然入睡。连续使用十天至一个月后,睡眠就会明显改善。

我对姜还有一段特殊记忆。

小时候,在我老家,乡亲们遇到头疼脑热、伤风感冒之类毛病,常用一种世代相传的土单方来治疗:熬上一大碗姜汤,加进葱花,兑一些醋,趁热喝下去,盖上厚厚被褥,捂出一身透汗,寒气随汗水带出,蒸发到天上去了,人对着天空连打几个痛快的喷嚏,病就好了。

有一次，我受凉发高烧，天已黑了多时，大队医务室离得远，怎么办？只有熬姜汤了。我家地里有葱，但没有姜，母亲想起同村姓江的那户人家，爱种姜，就去向人家要姜。去了，不巧江家地里的姜都挖出来卖了，只留了些种姜，放在窖里。那家主人知道了母亲的来意，啥话没说，立即搭梯子下到窖里，取出了好多姜种，我母亲说要不了这么多，那人却装了多半竹篮，塞到我母亲手里，说，快回去，给孩子熬汤，用不完的，留下做种，明年你们家地里也种一些姜，有吃的，还能应急治个头疼脑热的。

我的烧退了，感冒好了。

那碗姜汤，那半篮种姜，让我记住了那户人家。

次年，我父亲就在门前的菜地里种上了姜。从此，几十年没有间断，父亲在去世的那一年，仍然在地里种着姜，他死了，姜还在地里活着。葬礼那天招待客人，用的也是父亲种的姜。

姜种，就是我小时候发高烧那一次，那户人家给的。

当时人小，以为种姜的那户人家姓姜，见了面就叫姜叔叔姜叔叔，当然从发音是听不出姜与江的区别的，姜叔叔和他们一家人，在我这里就一直姓姜。

后来才知道他们姓江，不姓姜。

等我知道的时候，姜叔叔早已去世了。

我留意了一下与姜姓有关的人与事，发现，中国几千年的历史上，姓姜的忠臣、贤人、英烈很多，几乎没出过奸臣、汉奸和败类。与姜一样，这些人名副其实，都是情操高洁、智慧卓越、护国爱民的热血汉子。

最早的姜子牙，是著名的圣贤式人物，他辅佐圣君，修德振武，爱民举贤，泽被天下。关于姜太公的典故和传说，凡是中国人没有不知道的。

姜维，字伯约，三国时蜀国大将，《三国志》记载："姜伯约据上将之重，处群臣之右，宅舍弊薄，家无余财，侧室无妾媵之亵，后庭无声乐之娱，衣服取供，舆马取备，饮食节制，不奢不约，官给费用，随手消尽……如姜维之乐学不倦，清素节约，自一时之仪表也。"他继承诸葛亮恢复汉室之志，主兵之后继续执行以攻为守的策略，九次北伐，希望利用他熟悉陇右地理风俗的优势遮断陇右，以使小国寡民的蜀国能长治久安。这一理想至死不渝。姜维是一个悲剧性人物，也是一个失败的英雄。

姜夔，南宋词人，也是造诣很高的音乐家，书法家。且读几句他的词："数峰清苦，商略黄昏雨。""二十四桥仍在，波心荡，冷月无声。""高树晚蝉，说西风消息。"怎么样？虽然王国维说姜词"虽格韵高绝，然如雾里看花，终隔一层"，但那意境是今人能进去的吗？今人隔了不止一千层啊。再读他的一段诗话："诗有四种高妙：一曰理高妙，二曰意高妙，三曰想高妙，四曰自然高妙。碍而实通，曰理高妙；出自意外，曰意高妙；写出幽微，如清潭见底，曰想高妙；非奇非怪，剥落文采，知其妙而不知其所以妙，曰自然高妙。"妙哉，何等高妙的境界！道，还是古人得了大道；姜，还是老的辣啊。

以上说的是著名的姜。但在我心里，地位最高、今生永不会忘记的，是那位被我一直叫错了的姜叔叔，连名字也不知道的姜叔叔。

他虽然姓江，而不姓姜，但我愿意永远把他叫姜叔叔，永远供养在心里。

在大地上，在朴素沉默的人民中间，有多少值得我们好好感谢和回味的、无名无姓的姜啊。

芥　菜

芥菜是好菜，芥菜籽炼成的芥末油，也是常用的调味品。拌凉菜时，放一点芥末油，味道就辣而鲜。

芥末油，人们偶尔都会吃一点的。

当然，只是偶尔。

因为它很浓烈，很冲，如果用量稍多，就会呛得人口如点火，鼻如喷烟，鼻涕眼泪都滔滔下来了。

我有好多次，被呛得差点断气。

我估计，芥末油在全世界任何国宴上大概都是不会用的，国王总统元首和他的哥们儿，若是吃了，一个个喷嚏连连，鼻涕滔滔，龇牙咧嘴，口眼歪斜，那就出大丑了。当然，也许，如果国宴场面被现场直播，观众们个个笑得人仰马翻，平日的压抑郁闷得以缓解和释放，并因此而延年益寿，那也算是王侯贵族们对百姓做了一桩善事。同时，芥末油让这帮高高在上衣冠楚楚的贵族们打喷嚏、流鼻涕、露丑态、出洋相，证明他们都是些凡人,没什么不得了的,也是经不起呛的。由此也多多少少破除了人们膜拜权力、追逐等级、崇尚官位的官本位意识和奴隶心态。看吧,这些家伙们也是禁不住呛的啦。

这等于芥末油为大家导演了一场滑稽剧。芥末油厉害,导演水平绝对高过了好莱坞大导演。在芥末油导演下,那些大人物们都乖乖做了小丑的角色,免费为草根们制造幽默和欢乐。大导演们,你们做得到吗?

所以,我对芥末就有点崇拜了。

不知道其貌不扬的芥菜,怎么就在看似平常平静的土地里,搜集到了如此不同凡响的精锐物质?

你能小看那粒芥菜籽吗?你随便把它种在哪块地里,它都会长出菜来,它都会把藏在土里的非凡气质提炼出来。

反正,我是不敢小看任何一种植物的。

即使你把它盛在了碗里,你把它吃了,也并不是你征服了它,不,你半点也不曾改变它的天性和脾气。相反,倒是它在征服你,主宰你,改变你。它驻扎在了你的身体深处,你成了它的殖民地。

一苗芥菜,能提炼出土地最辛辣的语言。

即使再贫瘠的土地上,它都能吟出令人耳目一新的警句。

芥菜能做到,我做不到。

我崇拜土地,尊敬土地,我尊敬土地上一切被小看了的草根们和菜根们。

山药轶事

吃了多少年山药，却不知道自己吃的就是山药。

有一次，我在菜市场听见一个买菜的对卖菜的说：今天不吃山药了，就买点山芋吧。

那卖菜的大笑，说，山药就是山芋，你到底要什么呢？

买菜的说：那就要山药吧。

小孩吃过山药，但似乎没有见过真正的山药，他见过的山药都是煮熟了放在碗里的山药。

有一天，街上一个老乡挑着一担又长又粗的山药在叫卖，小孩看见了，以为那是木棍，急忙对走在他身旁的爷爷说：爷爷，你不是要拐杖吗，那就买一根木棍，回家让爸爸折弯，给你做一根拐杖吧。

一个周日，我在街上散步，顺路在街边菜摊买了两根山药，握在手上，一只手握一根，慢悠悠往回家的方向走。一路上，发现所有的狗，宠物狗，或流浪狗，一看见我，就跑的跑，逃的逃，有些被牵在主人手中的宠物们，还对着我愤怒抗议，汪汪不休。我纳闷了一阵，忽然明白：它们把我当成打狗的了，而且很有可能认为我是厉害的打手，因为这家伙手里同时握着两根打狗棍啊。我哑然失笑，心想，狗被人豢养了上万年，虽然无可奈何依附了人类，但在心里，还是不放心人类，甚至视人类为天敌，它们心里明白：虽然人养了它们上万年，但狗肉馆也开了上万年。一方面把狗当作朋友，一方面又杀狗吃狗，把朋友当美味吃掉，这恐怕是只有人类才能做出来的。

所以，尽管我手里握着的仅仅是两根善良的山药，它们也被吓得心惊肉跳。可以想象，人对狗的辜负和造成的伤害是多么的深重，我们确实对不起它们啊。

山药在历史上曾经与皇帝发生过多次瓜葛，有着不一般的经历。

李时珍《本草纲目》记载：山药原名薯蓣，因唐代宗名李豫，避其讳改为薯药；可是，不知是冤家路窄，或者是有缘相会，避过了唐朝皇上，又遇见宋朝皇上，北宋时又因避宋英宗赵曙讳而更名山药。

山药老是碰见帝王，不可能是它主动攀附帝王，因为帝王只是人类的帝王，植物们是不认同什么帝王猴王鸟王的。很有可能是因为山药身上有一种王者之气，连那些帝王们也对它顶礼膜拜，于是老天爷就暗暗地想为低能的帝王们在自然界采点王者的元气，就让他们的名字与山药沾点亲，带点故，采点气，以补先天之不足。

这不是我的瞎想。这是有根据的，看看山药身上蕴含的高素质吧，你不得不承认，山药确有王者之气，它就是蔬菜里的王者——

山药不只味道鲜香醇厚，营养丰富，而且有着很高的药用价值：

1.健脾益胃、助消化：山药含有淀粉酶、多酚氧化酶等物质，有利于脾胃消化吸收功能，是一味平补脾胃的药食两用佳品。不论脾阳亏或胃阴虚，皆可食用。临床上常用治脾胃虚弱、食少体倦、泄泻等病症；

2.滋肾益精：山药含有多种营养素，有强健机体、滋肾益精的作用；

3.益肺止咳：山药含有皂甙、黏液质，有润滑、滋润的作用，故可益肺气，养肺阴，治疗肺虚痰嗽久咳之症；

4.降低血糖：山药含有黏液蛋白，有降低血糖的作用，可用于治疗糖尿病，是糖尿病人的食疗佳品；

5.延年益寿：山药含有大量的黏液蛋白、维生素及微量元素，能有效阻止血脂在血管壁的沉淀，预防心血管疾病。经常食用，可活血化瘀，益志安神，延年益寿。

难怪被帝王反复纠缠，看似寻常山棒，文韬武略兼备，实乃植物之王者也。

养心草

养心草，又称费菜、土三七等，多年生草本植物。

养心草作蔬菜食用，清香可口，风味独特，可凉拌、热炒、煮汤等。

顾名思义，养心草含有多种药用成分，对心脏病、高血压、中风、失眠、吐血、血管硬化等疾病均有一定疗效。患有心血管病者，每户栽上几十株养心草，可采摘食用、药用，还可晒干泡茶喝。随时食用，既养身护身，也养心护心。

养心，何等大事！一种简单植物寻常凡草，却能担当此大任，没想到吧？由此可见，简单即可养心，朴素即可养心。一言以蔽之：净心即养心。

反之，费尽心机养心，不仅不养心，反而伤心害心。须知，费心即害心也。君不见那些权贵富豪，明抢暗偷，巧取豪夺，用尽手段掠得财富无数，住豪宅，坐名车，包二奶，雇名医，吃仙丸，喝神汤，以图打造金枪不倒身，养成金刚不老心，永享富贵荣华。然而，人盘算，天安排，机关算尽太聪明，反算了卿卿性命，瞧，那帮精英贵族，四十肥胖，五十尿糖，不到六十中风“搭桥”，刚过花甲肾衰心衰，七十左右就投奔阴间拜见财神去也。

何以故？心，最忌贪、淫、黑。贪心何以养心？淫心何以养心？黑心何以养心？人若贪，若淫，若黑，心，即陷入暗夜贼城。纵千方百计、千金万银、千医万药，也养不了心，纵使养了，也只能养颗虎狼心。古人云：破山中贼易，破心中贼难。

贪、淫、黑，实乃戕害人心之毒药。

或问，何物能养心？

答曰：人心者，乃天地之灵气所凝聚，人间之清气所汇藏，文化之正气所涵养。养心之物，也当与心对应。明月清风养心，青山绿水养心，粗茶淡饭养心，诗词歌赋养心，琴棋书画养心，爱养心，和养心，善养心，慈悲养心，智慧养心，信仰养心，儒释道养心，真善美养心。

当然，可不能忘了，有一种凡草——养心草，它就是为心而生的嘛。

扫帚苗

记得小时候，老家门前屋后的院场边，菜地旁，爹爹年年都要种一些扫帚苗。

春天，扫帚苗发芽了，又嫩又绿，叶芽儿长短错落，排列得很好看。

每天早晨，打开门，一眼就看见门前那一片扫帚苗，满身的露水珠珠，满身的翠绿，满身的喜气，干干净净清清爽爽站在那里，向我们招手，心里，就有说不出来的一股高兴。

一场雨后，叶芽长胖了，妈妈就采一些嫩芽做浆水菜，有时也做成凉菜。吃起来味道苦中带甜——微苦过后，口里回旋的却是一缕甜丝丝的余香。

（写到这里，我的舌尖上已隐隐泛起一丝甜了。）

然后，人就不管它了，既不伤害它，也不呵护它，不施肥，不浇水，不剪枝，不防虫，它呢，就自在地长在那里，与风、与雨水、与地气做着它自己喜欢的游戏。

到了秋天，扫帚苗们竟然长成大小伙子了，个子比我们还要高许多。门前屋后的扫帚苗，就像一片片森林，风一吹，绿色的波浪起伏翻腾；风若吹得猛一些，有时还能听见飒飒的林涛声。

有一次，放学回家，发现家里养的十几只鸡鸭都不见了，以为是贼偷了，但那时候的乡村几乎没有贼，即使有人偷，也不至于全偷走吧？

正纳闷，一阵微风吹过，扫帚林里传出轻轻的啼叫声，原来，鸡鸭们都在林子里避暑、捉虫、玩耍哩。

受了鸡鸭的启发，与小朋友们捉迷藏的时候，有几次我就藏进扫帚林里，他们都没有捉住我这个“贼”。四周蟋蟀的琴声，风的细微的脚步声，邻居家狗的叫声，恰到好处地掩护了我紧张的喘息和心跳，月光及时从天上赶来，将我和景物都涂抹成一片神秘难测的朦胧金黄，他们怎么能捉住一个被大自然深深庇护的“贼”呢？

在那小小的“森林”里，藏着多少快乐啊。

深秋了，风一阵冷过一阵，扫帚林里落下满地黄叶，大人们就割下结实的扫帚苗，用棕绳扎成一把把扫帚，用它扫地，扫谷场；腊月二十三是送灶神升天的日子，大人们就举起扫帚，打扫房间里尤其是灶房里的灰尘，干干净净欢送灶神爷上天，祈祷下一年的好日子。

现在回想，扫帚苗是多么好的一种草啊。它是真正刚柔共存、能柔能刚、至柔至刚的。至柔，它是可口的菜，予人以营养和鲜香；至刚，它是刚健的扫帚（扫帚苗又名“铁扫帚”），用它能打扫人间尘埃，能把灶神爷送上青天。

我曾问过我妈，这扫帚苗怎么就那么会生、会长呢？

我妈回答了淡淡的一句话：野生的就会生，天养的就会长。

而在那些逝去的岁月里，那些在月光里奔跑的童年，小小的、茂盛的扫帚林，给了我们多少野生的快乐啊。

我想问现在的孩子们，你们被分数圈养，被作业囚禁，被市场算计，被成功学绑架，被励志学鞭打，可怜的孩子，你们见过扫帚苗吗？你们见过野生的大自然吗？你们见过透明单纯的月光吗？除了被考试反复折磨，被分数反复捉弄，你们，与月光捉过迷藏吗？与快乐捉过迷藏吗？

你们的门前，还会出现一片可爱的扫帚林吗？

莴 笋

它们高挑、挺拔、唯美而活泼。

菜地里，长得最精神的，依我看，要数莴笋。

当然，并不是说，别的菜就不精神。

若是稍加观察，就会发现，蔬菜们各有专长，各有禀赋，各有天职，它们对自己到世上来干什么，是心知肚明的，因此就尽力生长着自己，完善着自己，成为最好的自己。

土豆、红薯们谦卑地藏在地下，很低调，对高处没有什么想法，人家是在土里做功夫哩。

豇豆蔓、四季豆藤顺着架子把自己挂起来，懒洋洋的，当然不是满足于多晒点太阳，人家到了高处来一趟，是为了对下面有个更好的交代。

茄子、辣椒们，并不追求更高更快更强，它们认为这是很荒唐的口号，它们懂得适可而止的自然大道。在一个适当的高度，它们再不往上长了，它们停下来，做它们该做的事情，这样，我们就看见它们身上挂满了宝贝。

至于白菜啦，包包菜啦，菠菜啦，一生都安静地蹲在地里，它们没有别的杂念，它们心思很单纯，很专一，那就是：它们要努力把自己长成白菜、包包菜、菠菜。

这就该说到莴笋了。

莴笋已经看到，地里的事，地面的事，都有弟兄姊妹们在做，而且都做得很好。就用不着它插手了。该它做什么呢？它首先想到的是：它能做什么呢？

它环顾菜地，发现，这长叶的、开花的、结果的、挂豆的，都忙忙碌碌着各自的实业，顾不得好好打扮自己，顾不得多一点美学追求，顾不得在务实之外多一点务虚活动、诗意游戏和审美体验，菜地里未免有一点沉闷。

莴笋忽发奇想，它要做一点别的事情。

于是莴笋就做了时装模特。

鲜活的、挺拔的它们，素衣淡妆，吐气如兰，凝霜为眉，集露为珮，高挑而不高傲，庄重而不铺张，是真正的简单主义者。一经出现，菜地就显得热烈而活跃，有了生动的美感和青春气息。

你到了菜地，若是看见精神抖擞的莴笋，是不是会觉得眼睛一亮？是不是有了看见时装模特儿的感觉？

那么，蔬菜们呢？它们看见莴笋出类拔萃的身影，也一定会眼亮、心跳吧？

泡　菜

母亲从乡下来，住了十几天。临走时，她老人家想为我们添置一件东西，留个纪念。

母亲说："你们什么都有，又好像什么都没有。电视机是你们的，里面走来走去都是些陌生的人，有时候，杀人犯、骗子、贪官、小偷也在里面出出进进；收音机是你们的，可尽是人家在唱歌；书架上的书是你们的，可那都是别人写的字；电冰箱是你们的，一年四季都装一箱不知从哪里落下的霜；电脑是你们的，听说里面啥都有，可是我进不了那个啥子网，你们倒是到里面出出进进的，可一停电，那电脑就空荡荡啥也没有，就剩一张黑脸。唉，说起来方便是方便，我觉着没有一样是你们自己的。"

走的那天，母亲起了个早，从街上抱回一个泡菜坛子。她说："在坛子里腌一些菜吧，调调自家的口味。"

我们的家里，从此有了泡菜，有了自己的味道。朋友上门，我们时常以泡菜佐酒，微醺中，大家就会说："乡下的味道，不错;不错,乡下的味道!”

于是我们大家都有了自己的味道。

再看那泡菜坛子,静静地守在墙角里,在喧嚣的日子,在钢筋混凝土的单元里,守着一坛平静的心情,酝酿着古老而纯朴的乡下味道。

第二辑

植物传奇

丝瓜藤的美学实验

我喜欢丝瓜。

丝瓜的模样天真，清纯，还有几分憨，吊着藤儿荡秋千是它的文体爱好，一直荡到秋风起时还在荡，它欢喜的样子，让人看着也心生欢喜；丝瓜味儿清爽，心清，才会气爽，心地清净，就有了佛性，佛性是慈悲、空灵、清凉而有香气，不必怀疑，它就是植物界的佛；丝瓜叶子翠绿，至老都绿，很少变色起斑，如此抱朴守素、心性贞洁者，才始终不改变自己的信仰，丝瓜的信仰就是对温润情怀的捍卫和对绿色意境的追求。

世上好植物好蔬菜好瓜果可谓多矣，但是，我对丝瓜印象最好，感情很深，原因可追溯到童年。

五岁那年初夏的一天，我到大姑姑家玩。她家在漾河湾，我在河滩柳林疯跑一阵，看藏在叶子后面喊我的鸟儿长什么样子，看水浪戴着一顶旧草帽漂到河心，心里为不知哪位被风吹落草帽的乡亲惋惜，看那些蹲在河边的奇奇怪怪的大石头，谁像马像牛像猪，我还骑在一匹石马身上，摇着柳条儿催它快跑快跑。玩累了，回来，大姑姑还在吹火做饭，饭刚蒸上，大姑姑的吹火筒噗噗吹着，灶膛里的柴火可能有点潮湿，火苗一脸不高兴的样子。火苗勉强伸着懒腰，屋顶上炊烟也伸着懒腰，像在模仿大姑姑弯腰吹火的样子，但模仿得不像，它们伸的是懒腰，我的大姑姑是多么勤快。我急着想吃饭，蹲在旁边想帮助大姑姑吹火，大姑姑说，乖娃，别让烟熏着了，坐外面躺椅上，歇着去。

我就在门前丝瓜架下，躺在大姑父自己做的竹躺椅上，透过树缝看着河对面隐隐约约的虎头山，可是怎么也凑不像虎头的样子。索性不看远处的“虎”，看跟前的丝瓜藤，就见丝瓜藤俯下身也在好奇地看我。藤上的叶子和花骨朵儿，在风里轻轻摇动，有几根藤儿离我很近，对我很着迷，想摸我的脸，我一呼吸，藤叶就跟着在脸旁边颤。我看了它们一会儿，头一歪，我就转身到梦里去了，而它们，就站在梦外边定定地看我做梦。

不知睡了几百年，听见大姑姑走过来说：荣儿，饭好了，起来吃饭啦。

我应声，抬头，耳朵却被什么轻轻扯了一下，丝瓜藤儿一阵颤抖，我一摸耳朵，凉凉的酥酥的，有点痒，我对大姑姑说：虫子咬我耳朵了。

大姑姑急忙伏在我耳边查看，准备捉拿虫子，一伸手，取下的却是一节细嫩弯曲的青丝，再一看丝瓜藤儿，那垂在躺椅附近的触须，已被扯断了，还在战栗着。

原来，在我熟睡的时候，那正在小心探路的悬在空中的丝瓜藤儿，悄悄接近了我，它抽出细嫩的触须，在我的耳轮上轻轻缠绕起来，准备让我的耳朵成为丝瓜藤的落脚点，成为夏天的一个小站，一个栈道，成为植物梦想的一部分。如果试探成功，确信我的耳朵可靠，就让这些从宋朝甚或从更远的年代一路赶来的丝瓜藤连接起我的身体，在我纯真的耳朵附近开几朵丝瓜花，挂上至少一个或两个翡翠般的丝瓜，如此，则这寸草不生一物不养的荒凉耳朵，将来，就不必以谎言废话为食物，也不必以黄金宝玉做饰物。翡翠般的丝瓜，活生生的，绿汪汪的，清香的，就装饰在这里，且迎风散香。

但是，我太冒失了，从梦里猛然返回的我，用力过猛，扯断了比我的梦境还要精致的丝瓜藤的细嫩螺丝，打断了这个初夏最美好的实验。

丝瓜藤儿的实验失败了，我不知道它颓丧的心情。它难受地战栗着，好不容易从宋朝或更远的年代伸过来的热情诚恳的手，却被拒绝了，被视为错误的自作多情，它蒙了，傻了，它发觉它真的错了。它手足无措，很尴尬、不解、失望的样子，藤儿伤心地颤了好一会儿。

童年的天空下，战栗着丝瓜藤的失望和忧伤。

但是，那个农家小院，那个夏天的睡眠，大姑姑家丝瓜藤芬芳的触须，却在我的心里生根了。

是的，我一直在想：我们的身体，包括我们的耳朵、眼睛、鼻子、手臂，以及我们身体的各个部位，全部加在一起，重量只是一百来斤，上苍将这一百来斤东西托付我们临时保管，最终全部收回，寸发不留。其间深意究竟是什么？

细思量，那个夏天大姑姑家小院里丝瓜藤儿的触须，对我似有暗示：

我们，不过是至大如宇宙星空，至小如爱的凝视，如丝瓜藤儿之细嫩触须的连接点、感通点、停靠点和小小驿站，我们存在的价值，仅仅是：连接那等待连接的，感通那等待感通的，传递那等待传递的，让至大如宇宙星空，至小如爱的凝视以及一茎丝瓜藤儿的细细触须，在此降临、停靠并连接、传递，让时间的藤蔓散发出馨香。

那个夏天，丝瓜藤儿的美好实验，失败了，它不得不转向别处，继续它的实验……

葫芦蔓的浪漫之旅

它从我父亲的手温里和脚印里，从父亲顺口说的一句农谚里，启程了。

不需要搜索枯肠，腹稿是早已打好的。按照四月风的暗示，它要把春天的思路一直延伸到夏天和夏天以后。

它边走边想，必须把一些心事放在高一点的地方。

倒不是自己有多么重要。地上有那么多苗苗草草枝枝叶叶藤藤蔓蔓，自己呢，小小的自己一点也不重要。可是，很重要的人也会有没心事的时候，很不重要的人也会有很重要的心事。是的，自己并不重要，是心事重要。

何况它的心里，装的并不都是自己的事。是春天的事，夏天的事，秋天的事。

说重一点，是千年万载的事。

这样想着，它就沿一排篱笆慢慢走。走着走着，遇到篱笆上玩耍的一串牵牛藤叶，挽留它停下来歇歇，说能否今晚互换杯盏，尝尝对方烹调的甘露。这个当然可以。它停下来，与牵牛藤叶互相握了手，碰了杯，彼此饮了对方斟来的甘露，好味道，谢谢。它没有留宿，继续赶路。走了大约有从陶渊明到孟浩然那么远的路了，它扭身回头一看，牵牛叶儿还在向它招手呢。

它念叨着：一定要把一些心事放在高一点的地方。

篱笆那边，在杜甫与邻翁曾经对饮的地方，一些还没有长高、还没有力气握起扫帚的扫帚秧，亲热地伏在它的臂弯，劝它停下，住下来，一起好好玩，等秋天来了，一起热热闹闹打扫秋天。呵呵，我还得赶路，若是蜷在这里玩下去，秋天空荡荡，拿着扫帚打扫什么呢？兄弟，你们待这里挺不错，就陪着院子里的蚂蚁啊地牯牛啊鸡啊猫啊狗啊小孩子啊，好好玩。我前面还有事，得走了。

它念叨着，一定要把一些心事放在高一点的地方。

走着，走着，它快挨着院场里我妈的晾衣绳了，麻绳，灰白色的；棕绳，深棕色的。并排绷了四五根，绷着的全是母亲的心事，晾晒的全是思念，晾晒着被子，打补丁的衣服，孩子的尿布。它闻到了人世的味道，真好闻。尿布隐约的气息，它却闻得真切。它深吸了两口。它兴奋了，一用劲，触须挨着绳子了，它赶紧缠绕了几圈，拧紧螺丝，在绳子上绾一个结，站稳，然后，继续走，走，走。它看见绷晾衣绳的那棵槐树附近的墙上，是一扇木格花窗。

它念叨着，一定要把一些心事放在高一点的地方。

走了大约有几千首唐诗那么远的路，那天中午，又出来晾衣服的我妈看到了，菜园里挖葱的我爹看到了，屋檐下燕窝里的燕子夫妻看到了，房前屋后溜达的黑猫看到了，放学回来的我看到了，木格花窗里梳头的妹妹，推开窗一眼就看到了：两个葫芦，一左一右，已经挂好了。刚好，在窗子外面，在梦的附近，与前半夜的那轮白月亮，并排挂在窗口上。

它终于把一些心事放在了高一点的地方。

人们问了几千年：葫芦里装的是什么药？其实，葫芦里没装别的，葫芦里装的还是葫芦。是上一千年的葫芦和下一千年的葫芦。葫芦无心，无心恰恰有心，是初心、诗心、本心、赤子心。千年万载的心事，都装在里面。从远古，从农历的深处，一根藤儿弯弯绕绕走啊走啊，把线装的历史走了个遍，经过了千年万代父亲们的篱笆、牵牛花、扫帚秧、母亲的晾衣绳、妹妹的窗口，经过了无数民谣、农谚和平平仄仄的诗篇，终于，葫芦怀揣的千年万载的心事，有了着落，它终于把那重要的心事挂了上去：与前半夜的那轮白月亮，并排挂在我家窗口。

它终于把一些心事放在了高一点的地方……

白菜的菩萨心

冬天,我从霜冻的菜地里,抱回一棵白菜。

揭开一片叶子,再揭开一片叶子,一片片揭开许多片叶子。

打开一扇城门,再打开一扇城门,一扇扇打开许多扇城门。

我不得不佩服植物的耐心和严谨,佩服白菜的高超建筑艺术,你看这一层一层砖石,一道一道城墙,布置得多么合理,修筑得多么精致。

严密的城防,拱卫着城市的精华部分——我正在接近城的中心。在那里,到底藏着什么贵重的秘密呢?

谁都知道白菜心是好地方,我就要看见白菜的心了。

当打开最后一扇城门,果然,我有了惊异的发现。

我看见,在城中心,在那精巧的宫殿里,只住着一个居民。

住着一个毛毛虫。

它小小的,胖胖的,憨憨的,它躺在温暖柔软的床上,正在睡觉,它睡得很香,贴近它,静静听,能听见它均匀的、细微的鼾声。

我竟然为自己的鲁莽闯入感到后悔和内疚了。

是我毁掉这城防，拆了这城门，闯进城中心，我是一个恶劣的闯入者，拆迁者。

睡梦里的毛毛虫被惊醒了，它翻过身，抬起头，惊慌地想出走，然而又无处可去。

它还能到哪里去呢？

它哭了，我看见了它的眼泪。

它的天堂坍塌了，梦醒了。

面对散落的菜叶，面对被我捣毁的城池，面对天堂的废墟，面对这凄凉无助的毛毛虫，我惭愧、内疚，我深深自责。

为了保护这毛毛虫，保护这小小生灵，白菜，你这慈悲的菩萨，在冰天雪地里，搜集着露水、地热、残阳和月光，精心修筑了城市，修建了一道道城墙，关闭了一扇扇城门，又在城中心建造了秘密宫殿，收留那天真无助的小生灵，在你温暖的呵护里，能度过严冬。

筑起那么多城墙，关严那么多城门，熬过那么多风霜，善良的白菜啊，只为了保护一个弱小毛毛虫。

面对着天堂的废墟，我，一个粗暴的闯入者，久久自责着，久久不能原谅自己。

在慈悲的白菜面前，我终于知道，我们这些闯入者，拆迁者，是多么粗暴，多么冷酷，多么不厚道，是多么不该啊……

一棵古老岩松的传记

从一千九百年前，从三国那个春日下午，那个长满松树的山坡，从军营前踱步的诸葛亮的注视里，一只鸟儿，扑棱棱飞起。

衔着刚刚采摘的松子，顺便衔起那人一边沉思着一边沉吟的句子，然后，飞离他焦虑的视线，连续转了几个弯，越过沉闷压抑的平原，终于抵达靠南的群山，降落在线装史书里的重要段落，在定军山背阴的一面，在那险陡的历史的剖面，它停了下来。

悬崖上一块冰凉的岩石，接待了它怦怦的心跳。

它胆怯、温润的站立，使残雪刚退的石头，微微战栗。

没有什么礼物能够留在这里。鸟儿能拿出的厚礼，无非是几声或温柔或刚烈的鸣叫。

它鸣叫了。先是温柔了几声，接着刚烈了几声。它把能拿出的礼物都拿出了，赠给这在危险的悬崖接待它的憨厚石头。

较为庄严的仪式完毕，它当然要方便一下。

于是，它方便了一下。

方便之后，它有了解脱了历史性巨大苦闷的轻松和愉悦。

当然是身体的轻松和愉悦，无关心灵；但纯真的鸟儿，身体和心灵是合一的，它没有灵肉分裂之苦，所以，在身体方便之后解脱之后，它也有了解脱了历史性巨大苦闷的心灵愉悦。

就在它刚刚方便结束，山上，箭矢开始飞过来，接着箭矢横飞；刀斧开始劈起来，接着刀斧铿锵。

就在它方便的时候，历史也用另一种方式进行方便。人们用箭矢和刀斧，试图解脱历史性巨大苦闷，释放和缓解肠胃梗塞的难受与疼痛。然后，用血泪冲洗现场，用挽歌装订往事。

所幸赶在历史方便之前，它已经结束了方便。

它急速飞离刀光剑影，逆着历史的惨烈强光，向没有历史的天空，迅速飞去，飞去。

……两千年过去了。

此刻，在高高的定军山北麓，在这著名古战场的遗址，我想寻找点什么。

我没有找到英雄们的足迹和遗物。

当我抬起头，仰望，我忽然有所发现。

在时光的悬崖峭壁上，历史、白骨和血泪，是多么容易滑落过去，甚至无影无踪。

此时，我看见的只是一只鸟儿留下的遗物。

它的一次微不足道的方便,竟种植了历史。

那古铜般苍劲的枝丫和依然蓬勃的树冠，危险地趔趄着，却飞渡了千年的危险。

一抹阳光斜斜投过来,打在那趔趄的树荫上,似乎在抢拍一个凌空倒立的悬念。

鸟儿的一次微不足道的方便,在寸草不生的峭壁,填补了植物史,升华了自然史。

而它那次不经意的方便,就一直留在这里,一直在忆想历史的阵痛导致的一次次腹泻,感叹和质疑那过于惨烈的方便方式。

它悬在那里,在植物史的缝隙,它一直在释放氧气,它一直在默祷人类史……

一粒葵花子的秘密奋斗

在一辆长途闷罐运输车上，一粒葵花子拥挤在拥挤的梦里,它苦闷不乐。可是,它只是沧海一粟,沧海不知道一粟的苦闷。

此番远行,它们要穿越少量绿洲和大片沙漠,抵达炎热的内陆。

然后抵达市场,抵达烈火焚烧的炒锅,和电流奔涌的烤箱。

最终抵达消费的牙齿。

然后化为碎壳和垃圾,灰飞烟灭。

它驯服了吗？它心甘情愿就范于时光和命运的暴力了吗？

植物有着我们不能想象的隐秘幻想和庄严梦境。植物把千万年的幻想封存在种粒里,那是密封的遗嘱,只能在一个庄严时刻,虔诚地开启,然后我们才能读懂植物缤纷的心事。那是土地的神谕,只有在阳光的注释下,我们才能理解和欣赏,土地浩瀚的潜意识和它高贵、热烈甚至华美的情怀。

可是，这一望无际的一列列闷罐运输车，却让海量的种粒离开土地，更远更远地离开土地，更远更远地离开神性，更近更近地逼近商业的烤箱和欲望的烈火，接着，更近更近地逼近垃圾并最终变成俗世的垃圾。

我们只知道我们活得难，活得不容易，有时活得很苦闷，活得焦头烂额。

可是，我们可知道植物的难，植物的不容易，可知道种粒的苦闷，可知道它们岂止是焦头烂额？

一粒葵花子苦闷、绝望得不行了。它知道，不用打听，整整一个闷罐车里，挤压着的是数不清的苦闷和绝望。

时光庄严的遗嘱，将被爆炒成干货；土地神圣的暗示，将被烹制成垃圾。

遗嘱将被作废，神谕将被篡改，时光托付的遗嘱执行者，土地之神的神子啊，该是何等焦虑苦闷？

这粒葵花子，苦闷的心都快要炸了。

它想逃出这苦闷的海，逃出苦闷的闷罐车，逃出这牢狱。

终于，情况有了点变化。在公路急转弯处，闷罐车狠狠地颠簸了几下，苦闷的沧海出现倒流，但是，并没有流出海之外，无数的苦闷只是互相交换了苦闷，立刻，挤压成更大更深重的苦闷。

就在闷罐车颠簸的那一刻，这粒葵花子，身子一个趔趄，它顺势蹦出了闷罐车。

它掉在了戈壁滩的一个土堆上……

若干年后。我流浪来到这里。

一望无际的荒原上,出现了一小片绿洲,一浪浪、一排排向日葵,正在向大地鞠躬,向落日致敬。

它,在土地怀里,开启了时光密封的遗嘱,宣示了土地的神谕,它向神圣的太阳捧出心灵的诗句。

它侥幸逃出了商业的闷罐车,逃离了消费的火焰和烤箱,逃离了俗世的牙齿们对神性的大规模粉碎和否定,它守护了植物的尊严、荣誉和神性。

它庆幸那九死一生的冒险出逃。

它怀揣着一个巨大梦想,它要绿化和改良无边的人类沙漠。

此时,它一边向落日致敬,一边向大地鞠躬,它在对大地宣誓……

蕨草一直在我家门前目送恐龙

六千万年前的一个黄昏，恐龙集体失踪。

地球浑然不觉，海水依旧傻乎乎地蓝，蓝着五亿年前的蓝；群山依旧肃立，保持着白垩纪的身姿和风骨。

上苍连眼睛都没眨一下，没事儿，雨刚下过，斜阳出来了，赶紧织个彩虹玩玩，不然，这么蓝莹莹的天，空荡荡的，不配个彩色插图装饰一下，没意思，不好玩。这样想着，呼啦啦，彩虹就弄好了，拱桥样式的，从豪华通向豪华，从梦通向梦。但是，谢绝通行，是上苍自娱自乐，仅供神灵通行，供自己欣赏的。

大河小河依旧流着，自言自语着，静下来时，就与影子们面对面捉迷藏，影子们互相辨认着，打捞着。偶尔，影子们愣怔一下，好像少了一种大影子，愣怔一下，也就算了，反正河里有的是影子。

只有蕨草知道出事了。往日，往年，往世纪，蕨草一直是某类精英、某种著名成功人士——后来被命名为恐龙的特供食物。

蕨草养活了这庞然大物,也目睹了这庞然大物是如何遭了灭顶之灾,彻底完蛋了。

你可以想象这样的场景:两亿多年前,蕨类和其他众多植物,把地球打扮得葱茏如茵,如碧毯,如绿海,如太平洋,如无边足球场,恐龙、飞龙、鱼龙、始祖鸟和它们的众兄弟,粉墨登场,奔跑着,追逐着,吼叫着,欢呼着,踢着太阳、月亮和星星,踢着满地滚动的石头和满天滚动的星球。原始的大地上,生命,上演着粗犷的合唱。

忽然,灾难自天而降,山崩地裂,生灵哭泣,沧海凝固成山岳,高陵下陷为深谷,彩虹骤变成遮天的白幡,英雄们还没来得及转身,就已纷纷倒下,连背影也没留下。

在被噩梦洗劫的悲惨大地上,白骨累累,磷火闪闪,天神偶尔俯身往下看一眼,悲悯的眼睛再也不忍看下去了,那颗旋转的星球已经变成一个大坟包。

天神也有看走眼的时候,他过于高傲的眼睛只看见了大事件,没有看见那潜伏在大事件后面的小细节。

天神没有看见,在那大坟包上,在无边废墟上,有一种总是匍匐着的、柔弱、谦卑的植物,却奇迹般活了过来。

在石缝里、在背阴的山坡上,在毫不显眼的阴湿卑微之地,蕨,这平凡的草民草根,被地母拯救了。

它喂养的那些庞然大物，那些恐龙、飞龙、鱼龙，是精英豪杰，是当时地球上最成功的人士，是最有权有势有产的高端阶级，是掌控地球资源的大款大腕大佬大亨，但是，它们都不知所终、灰飞烟灭了。

在被它喂养的那些精英、成功人士，那些巨无霸——在那些恐龙们的眼里，它绝对是任由践踏和吞食的失败者、卑微者、弱小者，但是现在，那些高端阶层彻底沦落埋葬于深黑的地层，貌似强大的成功者彻底失败而且消失了，曾经卑微弱小、被践踏的失败者却成功地活了下来。

被英雄们反复践踏、蹂躏、蚕食和伤害的植物们，覆盖了英雄们的尸骸和坟墓。

它们一如既往地，担当起复活大地绿化荒原的天职。

它们仍然像最初那样，柔弱而谦卑地，匍匐于地母胸前，扎根于群山之间，在阴湿卑微之地，默默续写大地的葱茏史诗。

就这样，从两亿多年前，它们一路走啊，走啊，目睹了无数次地质变迁和物种们轮番上演的喜剧和悲剧，它们锯齿形的书签，一直夹在地质史和生命史最为晦涩费解的段落，向懵懂的时间反复提示着悲怆的含义，有一点虚无，有一点苍凉，也不乏怜悯、揶揄和自嘲。是的，是自嘲，它的锯齿形的脸谱，就是自己在给自己暗示：就这么拉锯吧，拉来拉去，锯来锯去，直到把时间锯成粉末，从时间的粉末和腐殖土里，又生出时间和别的什么。于是，就这么锯来锯去，锯来锯去。

从两亿多年前,它们一直锯啊锯啊,走啊走啊,它们葱翠的脚步覆盖了无数英雄们的骸骨和坟墓,覆盖了我们有限的智力和想象力无法理解和想象的无穷往事和无边荒原,覆盖了那只有经过充分覆盖才能最终被猜想的一切。

它们葱茏的步履,走啊走啊走啊,一直走到我老家的门前。

今天早晨,在我家乡李家营,我轻轻推开老屋的木门,在门外小路,我低下头,就看见父亲的菜园旁,路边石缝里,从汉朝以及从更久远的源头流来的溪水边,长满了柴胡、灯芯草、麦冬、鱼腥草,还有那深蓝色、锯齿形的蕨草,在众多草里,它显得兴冲冲、很高兴的样子,好像被草药们的味道陶醉了,或者它总是这样高兴,好像它每天都在过生日。此时,它高兴地,然而也是很谦逊地向我招手,它伏在药草们中间,它向我打着诚恳谦卑的手势。

我忽然想到:亿万年前,恐龙们也曾看见过这样的手势。

——这就是蕨的简史。

中午,我吃着母亲做的好吃的蕨粉,我想着一个不太好想的问题。

无疑,人类是现今地球的霸主、精英和成功人士,也即现代恐龙。

那么,蕨,这古老的植物,这时间的见证者,沧海桑田的目击者,你究竟能陪我们多久呢?或者,我们究竟能陪你多久呢?

在地球的史诗里,谁是最有生命力的章节?

在时间的长河里，谁是激流中一闪而逝的漂浮物，谁又是岸上久远的风景？

此时，我的思绪里，时间在加速奔跑，时间拽着我穿越广袤的宇宙空间。

一千年后、三千年后或五万年后，我在哪里？各位在哪里？著名们、精英们、富豪们在哪里？据说十分了不起的大款大腕大鳄们都在哪里？被我们挖掘和展览的恐龙化石又将被深埋在哪里？我们又将被谁挖掘和展览，并将被怎样命名和解说？然后，被挖掘和展览的我们的化石，又将被深埋在哪里？挖掘者又将被谁挖掘，展览者又将被谁展览，解说者又将被谁解说，被怎样解说？那时，我们在哪里？

哗的一声，时光的史书翻过千万卷。

此时，正午的阳光照在老屋前的菜园，闪烁着三亿年前的那种炫目光斑。

父亲正在菜园锄草、培土、浇水，白菜、芹菜、葱、菠菜、莴笋们，长势良好。

母亲在菜园旁边长满蕨草的小路上，拄着拐杖看着菜园，慢慢来回踱步。

母亲苍老慈祥的身影，投在路边蕨草丛上，母亲的身影慢慢移动，蕨草们就一明一暗，好像在换衣裳。

更久远的时光我且不去想。

此时，看着母亲的身影和一明一暗的蕨草，我心里有一种暂且的安稳。

我且安于这有母亲、有父亲的日子。

我且安于这一碗蕨粉、一盘素食、一身布衣的日子。

门外，那蕨草，从我家老屋门前的小路旁、菜园边、溪流畔，一直向远处葱茏着，汹涌着，漫延着，漫向大野，漫向远山，漫向苍穹，漫向时间尽头……

父亲的东篱

说起来，我也算是个诗人，性情质朴、诚恳、淡远。古国诗史三千年，我最喜欢陶渊明。南山啊，东篱啊，菊花啊，田园啊，归去来啊，桑树巅啊，这些滴着露水粘着云絮的词儿，在我心里和笔下，都是关键词和常用意象。

可是，翻检我自己，自从离开老家，进了城，几十年来，我没有种过一苗菜，没有抚摸过一窝庄稼，没有刨过一颗土豆，连一根葱都没有亲手养过。几十年了，没有一只鸟认识我，没有一片白云与我交换过名片，没有一只青蛙与我交流过对水田和稻花香的感受，没有一只蝈蝈向我传授民谣的唱法，那些民谣都失传了，只有在更深的深山里，有几只蛐蛐，丢三落四地哼着残剩的几首小调。

其实，不说别的，就说我的鞋子吧，我的鞋子，它见过什么呢？它除了见过水泥、轮胎、塑料、污水、玻璃、铁钉、痰迹、垃圾，见过大同小异的鞋子和无数鞋子，它还见过什么吗？它再没见过别的什么了。

从这阅历贫乏的鞋子，就可以看出我们是多么贫乏，就可以看出我们离土地，离故乡，离田园，离得有多么远，我们离得太远太远了。

当我被噪声、钢铁、轮胎、垃圾纠缠得烦闷憋屈的时候，被水泥浇灌得僵硬寂寞的时候，被地沟油喂养得虚胖浮肿的时候，我就一次次钻进《诗经》里，寻找公元前的露水和青草，绿化、净化和湿化一下我龟裂的心魂；有时就一头扎进唐朝的山水里，吸氧，顺便闻闻纯正的酒香，在李白们的月夜走上几个通宵，揣上满袖子清凉月光，从唐朝带回家里，在沉闷的办公室里，也放上一点清凉和皎洁，用以清火消毒，解闷提神。

这些年，也许年龄渐长的原因，拜访陶渊明就成了我经常要做的事，动不动就转身出走，去渊明兄那儿，在东篱下，深巷里，阡陌上，桑树巅，有时就在他的南山，靠着一块石头坐下，久久坐着，一直到白云漫过来漫过来，把我很深地藏起来，藏在时光之外。

我以为这就不错了，觉得也在以自己的微薄心智和诚恳情思，延续着古国的诗脉和诗心，延续着田园的意趣和意境，延续着怀乡恋土的永恒乡愁。

直到2001年初夏的一天，我才突然明白：我的以上孤芳自赏、不无优越感的做法和想法，只是我的自恋，带着几分小资情调和审美移情的自恋，这自恋被一厢情愿地放大了，放大成了甚至关乎诗史、诗脉、乡愁的延续了。

为什么是在那天，我才突然明白这些呢？

那天下午，我回到老家李家营，立夏刚过，天朗气清，小风拂衣，温润暖和，我沿麦田里的阡陌，横横竖竖走了一阵，其实，若是直走，一会儿就到家，我想多走一会儿田埂，所以，横的、竖的阡陌我都走了个遍，横一下，竖一下，就在田野里写了好几个“正”字，因为我父亲名叫正德。在田野里写了好几个正字之后，顺着机耕路再走几十步，我就到了家。

走进老屋院子，看见父亲正在维修菜园篱笆。他用竹条、青冈木条、杨柳树枝，对往年的篱笆进行仔细修补和编辑。菜园里种着莴笋、白菜、茄子、包包菜、芹菜，一行行的葱和蒜苗，荠荠菜算是乡土野菜，零星地长在路坎地角，像是在正经话题里，顺便引用几句有情趣的民间谚语。指甲花、车前草、薄荷、麦冬、菊、扫帚秧等花草，也都笑盈盈站在或坐在篱笆附近，逗着一些蛾子、虫子、蝴蝶玩耍。喇叭花藤儿已经开始在篱笆上比画着选择合适位置，把自己的家当小心放稳，揣在怀里的乐器还没有亮出来，就等一场雨后，天一放晴，它们就开始吹奏了。

“结庐在人境，而无车马喧”，我忽然想起陶渊明的诗句了。但是，此刻，在这里，在人境，结庐的，不是别的哪位诗人，是我父亲，是我种庄稼的父亲，是我不识字、不读诗的父亲。但是，实实在在，我的不读诗的父亲，在这人境里，在菜园里，仔细编织着篱笆，编织着他的内心，编织着一个传统农人的温厚淳朴的感情。我的不读诗的父亲，他安静地在人境里，培植着他能感念也能让他感到心里安稳的朴素意境。

“采菊东篱下，悠然见南山”，当然，此时正值初夏，还不是采菊的时候，菊，连同别的花草和庄稼，都刚刚从春困中醒来不久，都刚刚被我父亲粗糙而温和的手，抚摸过和问候过，父亲还在它们的脚下轻轻松了土，培了土，以便它们随时踮起脚，在农历的雨水里呼喊和奔跑。而当到了删繁就简的秋天，夏季闷热的雾散去，头顶的大雁捎来凉意，我的父亲也会在篱笆边，坐在他自己亲手做的竹凳上，面对村子边漾河岸上的柳林，向南望去，他会看见一列列穿戴整齐的青山，正朝他走来，那是巴山，我们世世代代隔河而望的南山。

我突然明白了：我的不识字的父亲，正是他在维护陶渊明的东篱。

而我呢？

我读着山水之诗，其实是在缓解远离山水的郁闷，同时用山水之诗掩护我越来越远地远离山水。

我写着故园之词，其实是在填补失去故园的空虚，同时让故园之词陪着我越来越远地告别故园。

我吟着东篱之句，其实是在装饰没有东篱的残缺，同时让东篱之句伴着我越来越远地永失东篱。

于是，在那天下午，我无比真诚地感激和赞美了我的父亲。

是的，是的，我那不识字、不读诗的父亲，他不知道诗为何物,他不知道陶渊明是谁,但是,正是我的父亲,和像我的父亲一样的无数的父亲们,正是他们,一代代的父亲们,延续和维护着陶渊明的东篱,延续着古国的乡愁和诗史……

陶渊明的东篱

一畦韭菜，整整齐齐地，把自己排列成谨严的七律，不，是五律，因为它句子更精短；葱则大大咧咧，或双手叉腰站着，或随了风趔趔趄趄站着，无论怎么站着，总是葱的样子。一行芹菜，一行白菜，面对面认识好久了，一场雨后，忽然出落得都不像自己：它怎么是青青的，它怎么是白白的？互相痴痴打量一阵，终于明白了，都是古代一路走来的菜嘛。野茴香，东一苗，西一窝，散落在菜与菜之间，花与草之间，像散落在民间的格言。包包菜，没有多余的心事，就那么一点心事，还是露水告诉它的，它就认真地把那珍贵的秘密卷起来，用月光一层层卷起来，密封着，把一生的念想打成包，寄往来世。

这是野地更野的一隅。四周青山环列，溪泉鸣溅，草木秀茂，杂花纷呈；几只候鸟翩飞着，忽然惊喜地降落——眼前是一座清清爽爽的茅庐。茅庐前，是一方清清爽爽的菜园。

在溪之北，竹之南，若看见菜园，会同时看见了东篱。

这是东篱。这是清晨。篱笆上，喇叭花举起淡紫的、纯蓝的喇叭，吹奏着宇宙的清澈；一旁的芭蕉，默想着某句偈语，同时伸开手，捕捉风的微妙动静；野薄荷亮出一身的露珠，请早起的燕子清点，一二三四五六七，再也数不下去了，燕子索性不数了，它知道这个早晨的珍珠和钻石，是无论如何也数不清的。

东篱之南，雄鸡跳上高高的柴垛，仰起脖子，朗诵着一首热烈的抒情诗，邀请旭日。

起雾了，雾是半透明的、淡蓝的雾。在这样的雾的掩映下，世界像刚刚诞生，又像是按一个古老约定返回到远古的某个时刻，重新接受神的教诲。

雾未散去，柴门未开。清晨，是上苍刚刚送达的信，尚未开封。

雾将散去，或雾已散去的时候，柴门开了。

在东篱，诗人看望了菜园，看望了喇叭花，看望了野薄荷，看望了芭蕉，向雄鸡问了早安，然后，他开始采菊。伸出手，暗香已盈满衣袖。他忽然想起了什么，于是，他抬起头，悠然，他看见了南山。

他看见南山也别有深意地看着他。

他看见南山以及南山之上的永恒苍穹，是那么蓝，那么深远。

菊，落在地上。

他仍在看，看。

他看见了无限……

韭菜与杜甫的那首五言诗

安史之乱后，那一年春天的一个雨夜，杜甫拜访久别多年的老友卫八，离久聚暂，相见甚欢，他们拉开话匣子，说人生易老，说儿女成行，说生离死别，说得眼泪汪汪。叙说了一阵，开饭了，“夜雨剪春韭，新炊间黄粱”，米饭里掺着金黄的小米，饭香而可口，菜是土鸡蛋炒韭菜，味道清爽，难得地为瘦弱的杜甫补充了蛋白质。安史之乱后，整个唐朝都饿，整个唐朝营养不良，唐朝的脸上泛着菜色。这个夜晚，生活并不宽裕的主人，慷慨地接待了杜甫，接待了诗，为诗改善了生活，也顺便为骨瘦如柴的历史补充了一点营养和蛋白质。“主称会面难，一举累十觞”，主人说：“杜甫兄弟，见一面不容易啊，咱哥俩儿今晚一定要一口气把十杯酒干了！”“十觞亦不醉，感子故意长”，杜甫连干三杯，说：“就是连喝十杯也醉不倒我，因为你这诚挚的情义无限深长啊。”那夜，雨淅沥下着，透着一股春寒，主人的夫人生火做饭的时候，主人就去门外菜园里剪韭菜，杜甫是厚道人，也是勤快人，他怎么好意思让老友忙这忙那，自己却坐等开饭吃现成？“我们一起剪韭菜吧”，说着，杜甫就与老友到了菜园，韭菜水灵灵的。国家东倒西歪，韭菜却长势良好；朝廷树倒猢狲散，民间还保存着淳朴礼仪，你看韭菜是如此认真细腻，是如此诚恳亲切。韭菜一行一行的，雨落下来，一行一行的韭菜，就排列起一行一行的泪珠，排列着一行一行的诗，是的，是一行一行的五言诗啊，整整齐齐的，清清爽爽的，押着韵的，合着平仄的，这不是天然的五言诗吗？与老友一同在雨地里剪着韭菜，杜甫眼睛有些潮湿，他没有让老友看见，只说，这雨水落在眼窝里，也想在我眼睛里住下不走了，可是，“明日隔山岳，世事两茫茫”，今夜之后，明年的春雨，后年的春雨，以后千年万载的春雨之夜，我们还能遇到吗？一行行韭菜，就泪汪汪地排列成一首深情的五言诗。直到此刻，在我的窗外，那场雨还在淅沥着，那菜园里一行行韭菜，还在泪汪汪地，默念着那首五言诗……

唐朝的蔬菜地

“夜雨剪春韭，新炊间黄粱”。

一千多年前，那个雨夜里的春韭，被杜甫保鲜在一首诗里，至今仍散发着清香。

诗为五言，句子精短，与韭菜精致的模样很般配。

我觉得，韭菜是自然的五言诗，五言诗是文化的韭菜。

我读过的唐诗，涉及写蔬菜或韭菜的，几乎都是五言，很少有七言或更长的句式。这很可能是因为，面对这些娇小、精致的可爱植物，唤起了诗人们细腻、爱怜的情思，用五言这精致的样式，表现这精美的植物，是很相宜的。

这也似乎说明，在唐朝，韭菜，以及众多蔬菜，都是天然、本来的长相和品性。

蔬菜嘛，就该是朴素本分的样子，安静单纯的样子，露水盈盈的样子。这样子，才叫蔬菜。

假若杜甫老哥来到现代，来到我们的蔬菜地里，他一定十分惊讶：这是菜吗？这不是一片杂木林么？芹菜已疯长成灌木；

莴笋正演化成芭蕉;葱虽然暂时还没变成芦苇,但已有了芦苇的个头儿;土豆已膨胀成杜甫喝汤用过的大土瓷碗;红苕正在向导弹那威武粗壮的模样迅速进化。韭菜呢,五言诗的韭菜哪去了呢?这又高又胖、模样粗糙、神情张狂的另类灌木,是韭菜吗?一千多年没见,出落成这样子了?

杜甫老哥啊,你少见多怪了。一切都在变,菜地如何不变?假如你走进我们的文化菜地看看,你又如何不被惊呆?别摇头嘛,老哥。别的,你暂且别看,就看看那被你视为文章千古事的文章,就看看你一生痴迷钟情、一生苦心经营的那些语不惊人死不休的诗吧。如今,一个写手随便就日产万言,短篇不过夜,中篇不过周,长篇不过月,一年制造十几部长篇,不难嘛,只需喝几杯咖啡,吸几口香烟,猛敲键盘,快速码字,滚滚泡沫就席卷世界的沙滩;写诗,稀松平常鸟事,手起键响,键响诗成,一日千行何难,回车键频频按,诗,就像那工业废水、生活污水滔滔滚滚源源不断,注入我们古老的奄奄一息的心灵荒滩。你语不惊人死不休,呕心沥血一生,才写了一千来首,字数不够一个中篇,还不及写手们两天的产量。杜老啊,你太低产了。

这下,我得赶快告诉杜甫原委,不然老先生会被吓傻。就这么一个诗圣,被我们吓傻了,我们对不起万古千秋。

是这样的,杜甫老哥:你在蔬菜地里,看见的那硕大的、张狂的、疯长的、妖艳的、粗壮的灌木形状的蔬菜,都是服用化肥、农药、增红素、增绿素、增高素、拉长素、膨胀素等等市场激素催生、制造出来的。

你问:好吃吗?有营养吗?我如实回答你:不好吃,营养很少,毒性很大。垃圾食物而已。

你在文化菜地(其实那是文化工业流水线)看见的那泡沫翻腾的泡沫文化,那废水汹涌的废诗,也是服用化肥、增红素、增绿素、增高素、拉长素、膨胀素等等市场激素大批量催生、腹泻出来的。

你问:好吃吗?有营养吗?我如实回答你:不好吃,营养很少,基本是废物。垃圾食物而已。

杜甫一脸茫然,摇着头,叹息着,迷惑不解地走了。

和杜甫一样,唐朝的蔬菜,包括那雨夜里的韭菜,没见过的世面太多了,没见过农药、没见过化肥、没见过增红素、增绿素、增白素、增高素,拉长素、膨胀素,只见过露水、月光、荷锄的农人,见过蜜蜂、蝴蝶、毛毛虫,见过低飞的燕子和菜地上空款款飞过的黄鹂、喜鹊、斑鸠、白鹭。

韭菜何其有幸,在一千年前那个温暖的春夜,韭菜,用它质朴、纯正的清香,接待了诗人和他的诗。

唐朝的土地上,生长着清清爽爽的蔬菜,生长着清清爽爽的诗。

你且看那韭菜——

朴素安静地,一根一根地,在露水和轻风里,认真排列着自己,把自己排列成诗。

张家的丝瓜与李家的葫芦

张家和李家是邻居，一向很和睦，甚至可以说是很亲热，只因为一次原因不明的争吵，两家伤了和气，便再不来往。虽说不争不吵，但表面的平静中潜藏着一种紧张，一种戒备，甚至隐隐约约的敌意。

连两家的动物也不来往了。张家拴了自家的猫，再不让去捉李家的老鼠；李家训斥了自家的狗，再不为张家义务放哨。

只是，谁也管不了那些老鼠，造访了张家的柜子又来品尝李家的新米。还有那些苍蝇，访问了张家又访问李家，不管是吃饭的碗盛水的桶或房前屋后的垃圾，都是它们的自由口岸。

自从两家有了隔膜，都成了不自由不随和不宽容的人了，他们总是互相提防着，戒备着。

他们之间不仅没有了情感，而且没有了平常心，时时都处在临战状态，时时都想知道对方的秘密又时时严防自己的秘密被对方知道。

无知的植物只知生长，只崇拜露水、阳光和地气，谁的话它们都听不懂也不想听懂，它们只听老天爷的话。

张家的丝瓜藤越过院墙，进入了李家的院落。李家的葫芦蔓翻过院墙，进入了张家的院落。

一场雨后，无知的植物们已深入到对方的纵深地带。

张家和李家，都可以制止自家的孩子、狗和猫不与对方往来，但都无法制止那些无知的植物们随意走动。

盛夏季节，天大热，厄尔尼诺效应控制着整个世界的气候，也左右着张家和李家的气候。在很热的季节里，他们的关系依旧很冷很紧张。

酷热难当的时候，他们就在绿荫下乘凉。

张家躲在葫芦蔓下面乘凉，葫芦蔓是从李家那边伸过来的。李家坐在丝瓜藤下面乘凉，丝瓜藤是从张家那边垂下来的。

张家的锅里炖着李家的葫芦，李家的碗里盛着张家的丝瓜。

他们仍然没有来往。那些无知的植物们早已打通了他们之间的界限，并且已进入了对方的生活、对方的碗和身体。在盛夏，无知的植物们改变着他们的温度、湿度和梦境。他们的身体细胞里，都有对方提供的叶绿素、维生素和微量元素。

但是他们两家仍然不来往。

我忽然发现了植物的伟大。

在这个充满误解、纷争和仇恨的世界上，正是那些纯真的植物，维持了大地的和谐与生存的希望。

银杏手里的账单

秋风来结账了。

我家院子里，刚满三岁的小小银杏树，也知道秋风就要来结账了。

不等秋风上门，他就亮开了自己一年的积蓄，他仔细清点一页页账目，然后，高高地，每一片叶子都高高捧起，请秋风过目。

匆忙的秋风要为整个天下结账，路过这里，也就匆匆浏览一下，至多顺手抽查一两页账目，瞅瞅正面的数字和账目背面叶纹上的详细记载，见情况属实，说声知道了，就走了，哗啦啦又去别处翻阅和抽查天下的流水账。

三岁的银杏是我亲手栽在我们家小院子里的，是我看着长大的，也是我五岁的女儿看着长大的，她叫他银杏弟弟。

银杏弟弟的手掌里捧着什么账目呢?

账目一笔笔都记得很清楚，植物的账目都是老老实实的明细账，没有一笔假账。

银杏弟弟的账目有如下记载：

毛毛虫儿在春天到处找零食吃，在这页啃了几口，觉得味道有点涩，它就不啃了，走了。这页账上就有了个小漏洞。

两个甲壳虫，一上一下，将坦克费劲地开到树丫上，要从这里出发，驶向天空，驶向苍穹——那片无边的大绿叶子。它们开到了银杏树高处，发现自己驾驶技术不行，天空还很远，怎么也开不上去了，又沮丧地开回地面。它们的履带就把几页账本碾皱了。

一群蚂蚁举行爬树比赛，一二三四，女儿还为它们喊加油，它们爬上了银杏弟弟的肩膀，与地心引力保持相反的方向，它们坚持要爬上地球的最高海拔，最后它们都爬到了银杏弟弟的头顶，爬上了最高的那片叶子，它们用汗津津的嘴舔舔云彩，尝尝天空，发现天空原来很平淡，没什么味道。它们聚在最高的那片叶子上议论着，比较天空和土地的不同味道。这里成了它们的天文台了，好多研究天空的蚂蚁，一整天就把这片叶子压得晃来晃去晃来晃去，叶子眩晕了，有点脑震荡吧，发育不是太好，有点瘦。所以这页账目就小了，有亏空，装订得也不整齐。

邻居家的母鸡领着它的几个孩子，叽叽喳喳来这儿春游、野餐，亲近自然，寻找古时候的可口食物——那是在春天的一个下午，女儿一字一句背诵“离离原上草”“草色遥看近却无”，母鸡听见了唐朝的句子，就急忙带着孩子，从水泥那边一趟子就跑到我家这个泥土的小小院子里，来到这一小片唐朝，草色轻浅，却没找到唐朝的虫子，母鸡觉得对不起自己的孩子，就东张西望，非要找到点好吃的，让孩子尝尝古代的味道。母鸡忽然看见，银杏手上停着一只蛾儿，它踮起脚，仰起头，叼那蛾儿，那蛾儿灵性，噗一下飞了，离开了唐朝。母鸡很沮丧，觉得在唐朝也不容易找到可口的。其实它错了，是我们家这泥土的小院太小太小了，这一点点袖珍的唐朝，打不过转身，能养几只可口的虫虫呢？母鸡叽叽喳喳地批评了一阵，怪我们怎么不弄个很大很泥土的大院子，弄个很大很宽的唐朝。其实它不能怪我们，我家有这个小小土院子，有这几根草，有这棵小银杏树，已经很奢侈了，在水泥浇铸的城市里，你能找到几粒泥土？能找到几个这种泥土院子？我还没来得及向母鸡解释和道歉，它已领着小鸡回到水泥那边去了。母鸡叼了一口的那片叶子上，就有了一个豁口，账目就扣除了一点。

一天正午，太阳正晒的时候，一只蝴蝶困乏了，沿路寻找午休的睡榻，路过我家院子，就在银杏弟弟右肩上的那片叶子上睡了个午觉。它醒来，继续赶路，太阳已经偏西了，附近高楼的影子盖住了银杏树。蝴蝶午休睡过的那片叶子，就少晒了一次太阳，叶子稍稍淡一些。这页账目就不是很丰满，欠一点零头。

一只过路的小鸟儿在靠南的第六根细枝丫上打了几个秋千，那根枝丫就稍稍倾斜，像银杏弟弟发愣怔时的一次小小的走神，但页面上账目齐全，还略有盈余。

女儿有一次看几只虫儿排着队，从一片叶子跳到另一片叶子的惊险场面，她看入迷了，口水都流出来，滴在那片叶子上，口水里有盐，银杏弟弟没见过大海，海水却溅在他害羞娇嫩的脸上，咸啊，他叹了一声，叶子就起了点斑，留下了对海的记忆。这页账目还算浑全，稍显费解。

其他的，就没必要再做详细说明了。

结账的秋风看到了，你们也都看到了：除了以上有趣的瑕疵，银杏的账单上，笔笔都是纯金，页页都是纯银。

女儿说，银杏树好可爱啊，好真诚呀，银杏真是一个好弟弟。

而我呢，我在银杏树上看见了什么？

我不想再说什么了，我不好意思说。

这是怎样纯真唯美的植物呀，他保存着我们人类丢失了的全部美德：纯粹、真诚、仁慈、惜福、磊落、慷慨。他只有三岁，却呈现了上苍向我们暗示的一个完美生命应该具备的几乎所有高贵品行。我都五十多了，我一直在岁月的激流里被冲刷着，丢失着，丢失了许多珍贵的东西，却淤积和储存了许多不好的东西。我所丢失的那些珍贵的品质，却被一个刚刚三岁的银杏树小心地捡拾起来，收藏在他的记忆里，收藏在他的账面上。我用五十多年的时光抛掷心灵的纯金，积攒生命的负值。而三岁的银杏树，向宇宙积攒的和出示的，全是心灵的纯金和情感的纯银！

我不应该啰啰唆唆用散文来说他了。对如此充满神性和诗性的可爱植物，我应该礼赞他，我应该向他献诗。何况他是我女儿的好弟弟。我要向他，向我女儿的好弟弟，向童心崇拜的完美童心——他呈现了一棵树一生都不会改变的童心，他同时呈现的是植物的童心和宇宙的童心，我要向他献诗——

静静地亮出自己的积蓄
让我们这些拜金主义者
突然感到自己的惊人贫穷

我看见时光诚实的手掌
一直在纷乱的风里剔除杂质
我虚度的年华都被它提炼成黄金

静夜，月亮赶来清点这里究竟落下多少月光
却发现这里的月光
比月亮上的月光还要纯粹

我站在树下，贴紧明亮的树身
尽量缩小我的阴影
我发现，我投下的阴影

是这个夜晚最黑的阴影

榆木书桌

看得出来，它上面还有斑斑点点残漆。数百年前，我的先人曾仔细为它上漆、打蜡。一方柔和的亮光，使这户耕读人家，能随时拂去劳作的倦意，伏案捕捉内心的光线。那幽幽木香，让平淡的日常生活，缭绕着别样的气息。

后来，漆渐渐磨损、脱落，固执的时光之蝉，挣脱蝉衣，鸣叫着向远处飞去，在逐渐黯淡下来的记忆的房间，它笃定地站着，依旧保持着儒雅的姿势。它平淡的容颜，呈现着素朴的木质，也折射着我先人本色的品行。

我的祖父曾伏在它的上面，我的祖父的祖父的祖父都曾伏在它上面，我的先人们一直伏在它的上面，读易读史，诵经诵诗，画春画秋，记人记事，写情写义。当时，画眉在田野点染春泥，燕子在梁上朗诵农谚，线装的孔孟偶尔出现残页，于是在桌上被仔细装订，鸟儿们远远近近的插嘴，也在旁注着古奥的文字。于是那湿润的呢喃，也被装订在书页里了，古意夹着新意，经声和着鸟声，书香叠着稻香，耕读的日子就有了日上三竿的欢喜。

有时，疾病和悲苦随秋雨袭来；有时，离散和夭折，兵戈和马蹄，冷不防打断严谨的农历。桌上摊开的祖传方子，就及时做些加减，不大的桌面，望闻问切着广袤民间的病苦，有的减轻了，有的治愈了，而有些暗疾，则像腐殖土一样沉淀下来，催生了只可意会不可言传的秘方和偏方，那是特有的民间异禀和草根智慧。谁能从桌上细密的纹理，取出几百年前疾病的叹息和药草的气息？

此时，我在桌面靠右的一角，看见了一个小小的虫孔，那是一只什么虫儿打凿的工程？蚂蚁？木蜂？钻木虫？装死虫？很可能是装死虫吧？我愿意它就是一只装死虫。那时，榆树还生长在明朝的原野，几个贪玩的孩子轮番爬上榆树，其中有一个就是我的祖先，他爬上来了，他坐在枝杈高处，眺望村庄的春天，眺望远山的青黛，顺便打量炊烟的去向和人生的去向。就在这时，离他不远的一只虫儿也坐在树的肩膀眺望和打量，眺望葱茏的宇宙，打量榆树的味道。虫儿发现了他，一阵战栗抽搐之后，它立即假装死过去了。就这样，虫儿躲开了一个顽童，也躲开了可能的伤害，我们可以理解是虫儿礼让了他，礼让高大的“神灵”占据更多的树木和更多的宇宙。但他没有看见这谦卑礼貌的虫儿，他只看见树身上一条静止的暗黑色疤痕。虫儿的机智死亡，使数百年前的那个下午变得异常安静和仁慈，附近庙里的钟声连着响了六下，报告慈航普度，众生平安。

而当我的祖先和他的小伙伴们呼喊着溜下榆树，装死的虫儿立即复活了，它继续它的神圣工程，它连续七天七夜凿啊钻啊，它吃住都在这庄严的工地，它一定要为自己短暂辛苦的一生，打凿一条连接永恒的通道，它一定要用隐秘的艺术手法，记载自己的梦境和心迹。

它以天真的智慧和精细的工艺，终于开凿了一个曲曲折折的时空隧道，把数百年前它的那次冒险经历，把它与孩子们相遇的故事，把原野的阳光、鸟声、草木香气和附近庙里的经声钟声，庄稼地里男人们对唱秧歌的粗犷声音，铁匠铺里叮叮当当锻打农具的声音，老牛寻找牛崽的哞哞声，鸡鸣狗叫的声音，集市传来的叫卖的声音，村口母亲们高一声低一声喊孩子回家吃饭的声音，以及缭绕在树上的我的祖先衣服和身体的气息，他们用力爬树划在树上的手指印痕，他们坐在树杈上哇啦啦对着远方呼叫的声音——细心的虫儿把这一切都收藏在它开凿的时空隧道里——

此时此刻，我悚然一惊，我终于知道，我伏在这古老书桌上，我其实一直守在这个洞口，一直在眺望深不可测的时光……

松木书桌

没有刷漆，也不应该刷漆，任何涂抹对它都是损害。它粗糙质朴，陪伴我多年，至今仍保持着它的本色，那种淡淡的、直率的、安静的颜色。我喜欢它这个样子。我一来到它面前，就看到了我性情的底色：是粗放质朴的，是没有刷过漆的。同时，我也意识到，生活和岁月不可能不磨去我身上一些本来可贵的东西，而刷上一层我本来不具备也不需要的东西，本色与性情，就这样被遮蔽了。这时候我就想：我怎样才能重新变成一张简单的桌子，盛下许多经历仍保持那单纯的本色，让人一眼就发现：就是那张桌子，那张没有刷漆的松木桌子。

我尤其喜欢那淡淡的松香气息，有时盖住了书房里的气息，就好像来到了散发着草木芬芳、混合着苔藓气息和腐殖土气息的茂密森林。松香气息把我带入书本知识的外面，那又是多么深奥的书和更为广大的未知？这是松木书桌在提醒我：于无字句处读书，尽信书则不如无书，到辽阔的大自然当中去吧，到露天的大河、高山、密林里去吧。书好,大自然更好。一朵野花和一棵野草比一首千古传诵的诗更鲜活。再杰出的文人,也不会写出一株三叶草发芽时的心情。松子坠入密林,那细微的声响以及声响之后那更深远的寂静,谁能在书里听见?书的气息有时也能盖住松香气息,那一定是读一本十分感人的好书,这时候我发现,好书也能散发出一种树的香味,它来自一颗纯真高洁的灵魂。灵魂,也是另一种可贵的古木!好的灵魂、好的书散发出来的都是树的香味。当书桌的松香气息盖过书的气息,我不由得对面前这白纸黑字的书们生出疑心和烦躁:人真的需要这么多这么多的书吗?有时,一大堆书除过油印味、纸张味、霉味、铜臭味、肉麻味、酸味、腥味,我再也嗅不出还有别的什么好闻的气味。哦,这一大堆书的前生曾是山中的树木,也许还是松树呢!为什么要变成如此可烦可怜的"书",为什么不好端端地站在山上,在阳光里散发出它那迷人也迷鸟迷牛的松香气息?我就感到了做一只书虫的可怜了,在那可疑的白纸黑字之间忙碌终生,最终葬身于可疑的白纸黑字里,还不如做一只树虫,就在松树、柏树、桦树林里穿行,一生一世,都呼吸那种可爱的气息。我就想,做一只树虫,即使碌碌终生,毫无作为,只要能欣赏那种芬芳的气息并与之打成一片,也是幸福的。

我果然在书桌上看到了好几个虫眼。以前那里住的是几只什么样的虫子呢?那该是几只幸福的虫子吧。而当虫们幸福地吮吸树的汁液的时候,这松树该是痛苦的吧?当伐木者锯下这棵树木的时候,树以及树身上的虫子们又是怎样的痛苦和绝望呢?那么还有谁能感到幸福呢?树死了,虫死了,一张书桌苏醒过来了,幸福的该是书桌上的书了?而书恰恰更多是来记载痛苦的,最深刻的书也就是最痛苦的书。那么,幸福的应是伏在书桌上读书的那个人了?然而这个人说:我越是深刻,越是读深刻的书,越是体验到生存的无所不在的痛苦,在对痛苦的体会中,我感到了每一个字每一个词都是饱经沧桑的精卫,它们的身后是无边的大海。而那小小精卫,就穿梭在海的无休止的波浪和深渊里,感受与海辩论的艰难和快乐,感受为永恒服役的灵魂的幸福。

书桌、虫眼、松木、伐木者、书、读书人和他的思想……竟是一个深奥的长剧。

一缕淡淡的、经久不息的松香气息,笼罩在书的上空、书桌的上空和思想的上空。

于是我看见了一条条河在我面前静静流淌。

一条条木纹,一条条时间的河,流过桌面,流过我。

一些书倾泻过来,加深了河流。

我匆匆走过河岸,流水把我带向无尽的远方。

书桌留下来,岸留下来,淡淡的松香气息留下来。

一条条河仍在奔流……

藤椅，我的飞行器

我对藤椅有着发自内心的敬意。我曾经坐过沙发、转椅及仿古木椅，我也观察过坐在这些坐具上的"坐客"，最后我得出一个结论：藤椅最朴素，无俗相，坐在藤椅上的人也像藤椅一样朴素，无俗相，很干净。

我对真皮沙发没有好感，它令我想到剥牛皮的血淋淋的景象，我是坐在牛的尸体上，坐在一个生命惨烈的哀号里。我坐不安宁。

一般的沙发，大都有很好的包装和外表，时日久了，就渐渐露出了真相：虚肿而终于虚脱的海绵，扭曲挣扎的弹簧。

转椅浑身布满机关，这使它能够左右逢源，甚至能够三百六十度地旋转。它殷勤地伺候着坐客，保护坐客好好地长肉——于是我们就看见了，一堆堆无用的脂肪，在精致的座位上，左右旋转，上下俯仰，前后蠕动。

仿古坐具虽然极力营造"高古"的气象，但我坐在上面很难发思古之幽情。它太假了，它分明出自毫无古意的匠人之手。古是能仿出来的吗？水泥地板上长不出幽蓝的苔藓，电脑打不出李白和陶渊明的诗意，没有泪腺的电灯不理解李商隐无题的烛泪。

我还是坐在我的藤椅上吧。我常常觉得我是坐在深山幽谷里，坐在浓雾之中，坐在白云深处。有时候藤椅就飞起来，载着我飞越山海莽原，飞越星空河汉，飞越那些在我的梦境里和想象里到达过的奇幻邈远之境……但藤椅终归又把我带回来，我是如此亲切地抚摸我的“飞行器”，它是这样朴素，它只是一些藤儿，它出生在青山绿水，幽谷密林，它告诉我：你思想的远方可以是无穷高远的领域，甚至是整个宇宙，而你思想的底座和背景，是大地和山水，是这些朴素的藤儿。

夜半，我听见些微的声音，我以为是风吹窗帘或雨打玻璃、或夜行者的脚步声。仔细听，才听出是藤椅发出的声音。它白天忍辱负重，承受着莫名的压力，现在它叹息着舒展疲惫的筋骨，恢复自己的韧性。也许它想起青藤绿叶的往昔，想起山深水幽的故土，于是喃喃自语。它发出的声音是那么隐忍克制，透露出一种深入骨髓的疼痛。

我忽然想到：植物也有痛感，也有思念，也有乡愁。

断断续续地，这声音一直持续到次日凌晨。

车前草试图挽留一切时代的车轮

“停下来，别走那么快。”她伸出羞怯的小手，拦在接踵而来的车轮前，轻声劝说着。

她纯真的手势，固执地比画着，而鲁莽的车轮，被更鲁莽的历史驱赶着，它顾不得留意路上的细节，它不在乎也不理解，那手势比画着怎样的深情，怎样的苦情。

它们呼啦啦碾过去了。冰凉的车轮咯噔了一下，又咯噔了一下，它们在连续的咯噔声中头也不回地驶远了。

时光冷漠的轮子，碾碎了多少温柔的心。

她受伤的小手，流着碧绿的血液，夕阳久久地在天边低垂，久久不肯落下去，历史的原野上，闪烁着苍凉的暮色。

漠然的车轮，一次次被染上淡紫的血色，春天的血液，一直流到夏天和秋天。

直到深冬，大地僵冻，老练的物种们纷纷归隐或沉沉冬眠，知趣的花草们也随北风遁去，而在生活和历史必经的路上，车前草，依然身着夏天的衣衫，缄默地守在路边道旁，等待着路过的各种车轮，要对它们说点什么。

天真的小手，仍然像春天和夏天那样举着，打着固执的手势。

她们举起的手，有时就密集地攥在一起，纠结着挡在车轮前。

“停下来，别走那么快。”她一遍遍重复着这句箴言，尽管所有年代的流行词典都拒绝收入这句箴言。

她一遍遍重复的话语，和固执得近于纠缠的温柔羁绊，终于使一些车轮，犹豫着思忖着，不得不慢了下来。

战车慢了下来，死亡和不幸慢了下来，箭矢和刀斧的锋芒，因了那泪水的浸染，而显得稍稍迟疑和暗淡；拦截战争和阻止死亡的，竟是如此柔弱的一群。这堪称英勇的羁绊，使历史打了一个个趔趄被迫减速，于是战车慢了下来，甚至停了下来，死神的一部分日程被取消，线装的史书里，终于出现了安宁的段落和平静的炊烟。

刑车慢了下来，暴戾慢了下来，历史暗夜里的雷霆慢了下来，死慢了下来。嵇康终于还有那么一小段时间，得以复习一遍心爱的广陵散，让金石之声在失传之前，再发一次金石之声。金圣叹也还来得及在落日未落之前的一小会儿，在心爱的唐诗里，再站立一小会儿，让杜甫的落日，再照耀他一小会儿。

婚车慢了下来，生活慢了下来，青春走失的速度慢了下来。那么多母亲和祖母的手，簇拥在路上，簇拥在时光的车轮前，新婚的步履总是踟蹰不前，女儿们伤感的眼泪，打湿了故园的芳草，当她们一步三回头，看见村头的小河，也一步三回头，绕来绕去走不出祖母的臂弯。拦不住，一代代青春终于都远嫁异乡，而一步三回头，却成了一代代女子们远行的仪式和走路的习惯。

官车慢了下来，杜牧慢了下来，刘禹锡慢了下来，柳宗元慢了下来，苏东坡慢了下来，辛弃疾慢了下来，他们索性从公文里一步跳下来，离开官道，背过王朝，转过身，沿着露水盈盈的手势，朝鸡鸣狗叫的村庄和田野走去。走在草香和药香弥漫的阡陌，他们发现了广袤的民间，那是多么沉寂又是多么深沉、多么热闹的民间。于是，更多的诗、更多的风情被发现了，古国的诗卷里，终于有了一抹来自草野的葱翠和清香。

“停下来，别走那么快。”她伸出嫩绿的小手，打着固执的手势，劝说着所有年代的车轮，她要挽留时光那一闪而过的鲁莽背影。

…………

今天下午，我骑着老式自行车，绕开高速公路和高速铁路的纠缠，逃出钢铁的围困和噪声的轰击，我背对时代，与现代发生了激烈的争吵和摩擦，然后，我好不容易摆脱了手机的跟踪和电子的追捕，终于，在时代的远郊，我失踪于深山更深处的幽谷里。

我看见她了，一丛丛、一簇簇，安静地守在石头旁，守在野径上，守在林子里，守在还没有被植物学归类的野草旁，守在还没有被营销学算计的山泉边，守在还没有被成功学绑架的白云边，守在还没有被厚黑学觊觎的清风里。她还守在纯真的古代。

她嫩绿、羞涩的小手，还保持着公元前的手势，她的手里，还小心捧着《诗经》里的露水。

“停下来，别走那么快。”我听见她一字一句对我说着，我的自行车也听见了，那沾满了泥土的车轮，斜斜地靠在一棵野枣树上，它谦恭地倾听着鸟儿的古语和草木的叮咛，它想就停在这里不走了；被我汗湿的手攥得疲惫的车把手，终于放松了下来，轻轻地触摸着那草叶，辨认那葱绿的手语。我太熟悉这一对车把手的心思了，它一定很想溶解在这山色鸟声里，变成一块安静的远古矿石。

我停下来，我坐在厚厚青苔上，抬起头来，我从《诗经》的第一缕草色开始读起，一直读到幽谷的深处和时光的远处，一直读到越来越深蓝的无边苍穹，啊，此刻，流逝的时光全部返回，并迅速返青，于是，凋零的诗复活了，我极目望过去，望过去，我看见，满目都是诗，都是青青的思念……

喇叭花为什么不再吹奏

父亲转身走远，老家门前的那片菜园，从此荒芜，第二年就被夷为平地了。那些带着父亲的目光、体温和气息的藤藤蔓蔓根根茎茎叶叶芽芽，都被陆续铲除。水泥迅速追过来，以时代的名义，为这片曾经的菜园，钉上了永恒的封条，将田园的记忆，一举封死。

在父亲们的身影里，吹奏了几千年的那些蓝的、紫的、红的、白的喇叭花，在我的老家竟然彻底失踪，音信全无。

如今，我老家那些一茬茬到来又很快走散的孩子们，再也听不到那古老喇叭水灵灵的演奏了。

所幸在父亲离去的那年，一天下午我回到老家，我在他最后侍弄的菜园里，在那与陶渊明的东篱有着相同结构的篱笆上，我遇见了从杨万里先生诗里飞过来的一只蜻蜓，它当时停在喇叭花的藤蔓上，它是在回忆宋朝的农事或意境？我相信这是一种暗示，一种机缘。当蜻蜓转身离去，我在那轻轻战栗的藤叶上，采下了刚刚被蜻蜓点赞过的那朵喇叭花儿的花籽，夹在我随身带着的《古代田园诗选》里。让诗保管田园的种子，让诗保管田园的歌谣，我觉得这是我的一个小小创意。在安埋了父亲之后，我就带着夹在诗里的种子，回到城里。我想着，一定要把这点农耕的美感和田园的记忆，把父亲菜园里喇叭花残剩的这缕余音，保存并延续下去。

可是，在城里我早已无地可耕，想听一声蛙鸣，一串鸡啼，也只能在梦里听到，还必须要患上"幻听"这种美好的疾病，才有可能听见疑似天籁之声；想有一排东篱，一方菜地，那也只有走进厚厚的古诗，向隐居的诗人和背影越来越模糊的农夫，打听那耕种了几千年的故园，被我们撂荒在了哪里？

我只好将那被我小心保存的种子，种在十八楼我家阳台的几个花盆里，希望在明年春天的某个午后，它能及时醒来，在这十八楼的海拔上，在经过了一阵阵轻度晕眩之后，它也许会渐渐适应这悬空、缺氧、干燥的环境，慢慢回忆起我父亲的目光、体温和气息，慢慢抽出记忆里农历的线索，缠绕在钢筋混凝土和不锈钢防盗栏上，缠绕在我女儿常常被雾霾和噪声袭击的窗口，为她擦拭出一小片课文里多次描述的湛蓝晴空或碧澄时光，顺便也为我吹奏一首我无比思念、久已荒疏的故乡歌谣。

我每天都追着阳光的脚步，按时将花盆放到光线充足的地方，以便让仁慈的太阳看见并多多给它以关照，这对着他深情吹奏了千万年的小小号手，如今已来到离他更近的高海拔，继续对他深情吹奏。在连续的雾霾天里，阳光隐遁了，我就以我热烈的目光代替阳光，一遍遍安慰和照耀它。

好不容易，它发芽了，它出土了，它扯藤了，它卷叶子了，它开始制作喇叭了；可是，过了几天，渐渐地，几个花盆里，叶子黄了掉了，藤儿蔫了枯了，制作了一半的喇叭和刚刚开始制作的喇叭，纷纷瘪了。女儿的博客和日记里，出现了大段大段的疑惑，质疑现在的春天是真实的还是虚拟的？质问如今的太阳，除了孵化病菌，还能否培育一首温婉的古典音乐？

我向植物学家和熟悉乡土风情的诗人请教和询问，他们从植物学和诗学的角度，分别给出了答案。他们说，这些植物们，从你父亲那充满雨水、地气和春墒的故园里，离乡背井，一下子来到无根的城市、悬空的现代和缺氧的环境，它们水土不服，它们头晕目眩，它们心境枯寂烦闷，哪有心思和气力，为你女儿擦拭窗外的天空，何况是那么难以擦拭的雾腾腾的天空？它们哪有心思和气力，找回父亲们带走的田园诗的线索？又哪有心思和气力，为你吹奏失传已久的故园歌谣？

作为农耕的后裔，我曾经何其有幸，我有一个熟谙乡风乡情乡俗的父亲，我有一个虽不识字却也在以自己朴实诚恳的耕作延续着陶渊明田园诗意的乡间父亲。作为农耕的后裔，我又是何其不幸，如今，我已没有了一寸可耕之地，没有了一眼可汲之泉，连一个想随时走走的田埂都没有了，我只能在寸草不生的纸上和没有二十四节气滋养而常年发着高烧的网上，种几苗蔬菜，种几缕炊烟，种几声鸟语，种几亩乡愁。

作为农耕的后裔，我已没有了一声蛙鸣，一滴露水，一穗稻香。作为农耕的后裔，我之最大不幸和荒凉，是我已经将仅存的那点采自父亲菜园的种子，那水灵灵吹奏了千万年的喇叭，那谷雨一样温润、小满一样丰盈的故乡歌谣，已彻底丢失得不剩一粒了……

葫芦架下的母亲

初夏的早晨，我妈吃过饭，就在门前院子葫芦架下，坐在竹凳上为我们缝补衣服，哥哥的书包带子断了，我妈要给接上；我的裤子膝盖上磨了个小洞，我妈要给修补；爹的衬衣，姐姐的枕巾，妈自己的布鞋，都望着妈手里的针线，等着她去连缀，去重新出落得完好。

暖和的阳光洒在葫芦架上，嫩绿的叶子窸窸窣窣，嬉笑着伸开手掌互相抚摸，一高兴，它们手里捧了一夜的露珠，不小心洒了下来，有几颗刚好掉在我妈的脸上，我妈伸手抹了一下，放进口里，"好甜的天露水哟。"我妈叹了一声，又自言自语：天意呀，天降甘露，今天怕是个好日子哩。

我妈开始穿针走线了。葫芦叶子的影子，掉在妈的身上、手上，掉在针线篮里，掉在哥的书包上，掉在那些等待着的衣服上、裤子上、鞋子上、针线上，掉在妈的心思上。

我妈灵机一动，其实，也不是灵机一动，这在我妈已成习惯了，是仅属于我妈的秘密习惯——我妈取来她的孩子们用的铅笔，将那从各个方向投影下来的葫芦叶子们画下来，就画在那接待影子的布上，若觉得掉在恰好的地方，好看，正合适点缀点什么，我妈就依照那样式，略加放大或缩小，一针一线缝好绣好，她的艺术品就成了。瞧，此时，被我那顽皮的膝盖磨破的裤子上的窟窿，正被一片翠绿的胖叶子补丁覆盖了，那本来寒碜的补丁，却成了有趣的、摇曳着的一片初夏的叶子。

快到正午了，几片叶子的影子，定定守在刚展开的姐姐的枕巾上，好像不愿走了，妈说：这是缘分和天意，咋不早不晚，偏偏就在这时，是这几片叶子，来到丫头的枕巾上，怕是要为她送些吉祥好梦？我妈就把这安静清凉的叶子，挽留在姐姐的枕上，挽留在她青春的梦边。

我妈爱说缘分、命、天意，却很少说运气之类，可是我要说，我哥的运气比我好，你看，这时候轮到我妈为他缝书包带了，一朵正在开着的葫芦花——它正在鼓足劲开花瓣儿，那花瓣儿还没开圆哩，它把还没有开完的花影儿匆忙地投在哥的书包上，我妈看见了，花就在她的手边颤呢，花心里还噙着亮晶晶的露珠儿，我妈抬起头，深情地望了望绿莹莹的葫芦架和蓝莹莹的天，然后把目光停在手边的葫芦花上，我妈微笑着，笑意、暖意和神秘的天意，满当当地漾在妈的脸上、心上。此时，我妈整个儿被一种比我们后来漫不经心挂在口上的所谓诗意呀，禅意呀，神性呀，禅悦呀等等更为圆融深挚的情感暖流和纯真欢喜笼罩和充盈了，那是只有上苍能够给予的一种福气和喜气。

我妈就把那刚开的花心里还噙着露珠的葫芦花，绣在我哥的书包上了。你说，我哥的运气多好？

我妈几乎不识字，仅认得一二三天地人山水田土木火上中下男女儿，就二十来个字，我妈没受过什么美学教育和艺术培训，但是，我妈有很纯正的美感，有她朴素的美学，我妈的美感和艺术灵感来自大自然，来自她劳作、生活的田野和山水，来自她对美的事物的直觉领悟。我家门前这菜园，这蓬勃着青藤绿叶黄花的葫芦架，就是我妈的美学课堂。就在此刻，在这个早晨，在葫芦架下，我妈凝神静气，感受着天意，进行着对大自然的模仿和美的创造……

拉着妈的手在田埂上走

很想拉着我妈的手，在春天的田埂上走走。前年，上前年，许多年，我每年都要拉着我妈，在故乡的田埂上走。

“多识草木鸟兽之名”，是孔夫子的教导，他老人家的意思，是让我们在自然界多认识一些朋友，多几分美感和念想。我妈不知道孔夫子怎么说，但是，盘点我认识的草木之名，许多都是我妈告诉我的。

我妈话不多，走在田野里，走在满目青翠和草木清香里，多言的人也会节制了语言，静下来，感受大自然更有感染力的无言诗教。在庄稼草木面前，话本来不多的我妈，话就更少了。但是我想听我妈多说几句话，将近九十岁的她，在我眼里，是一位从农耕社会一路走来、有着古风古德的古人。人活着，能听见古人古语，是很难得的福气。所以民间才有“老人是宝”的说法。因此，我常常提些问题，引逗我妈多说点话。自然，每次说的也不会太多，毕竟八十多的人了，中医说，“言多伤气”。

下面，是对记忆里若干次田野之行的整理和纪要。

妈一边走，一边指着脚下的野花野草，说，这是荠荠菜，好吃；这是鱼腥草，好吃，还能清火；这是灯芯草，也清火，茬子硬，不能吃；这是紫云英草，猪爱吃，人也能吃；这是野草莓，也叫长虫奶奶，不过谁也没见过长虫（蛇）吃这奶奶，都被小孩儿们吃了，有时，大人们也吃，你谢婶婶八十五岁走的时候，口里嘟囔着，想吃一颗长虫奶奶，就是这个，有红的也有白的；这是麦冬，身上有火了，熬汤喝。正好，麦冬旁边，有几棵柴胡，在风里轻轻打着趔趄，像在给我们让路，妈妈伸手扶住柴胡，说：受寒发烧了，采点麦冬，加些柴胡，熬汤喝，很灵验。妈说，记住柴胡、麦冬的好，娘这一辈子，受寒起火，头痛脑热，它们没少帮忙。啥叫恩人？不图你的啥，好心拉你一把，就是恩人，这庄稼草木，就是我们的恩人。

鸡冠花、鹅儿肠草、狗蹄芽、狗尾巴草、马蹄莲、牛耳草、猪耳朵草、猫眼花……迎面向我们走来，村里的生灵们，鸡呀猫呀猪呀狗呀牛呀，都在田野里留下了姓名，也不枉它们陪着人世活了一茬又一茬；那牵你衣袖的，是粘身草，也叫黏黏草，它是想留住你，留在老娘身边，把你留在这个春天。

这是水芹菜，也叫野芹菜；这是灰灰菜，样子害羞，小女娃似的，味道有点涩；这是断肠草，个头儿大，衣服明晃晃惹眼，有毒；这是野韭菜，比你爹务的韭菜要细，味道浓，一束是一束的，韭菜灵性，爱整齐，野韭菜也爱整齐；这是车前子，你认得的，田埂上，野地里，最多的就是车前子，它是一味药，能当野菜吃，猪也爱吃，猪吃了不生病，河边长，路边长，房前屋后长得到处都是，好亲热的邻居。（此时，我心里冒出个词：“芳邻”，但我没说出口，其实，妈妈心里对车前子的喜欢，超过这个词的意思；我当然没必要为我妈朗诵她没读过的《诗经》里车前子的句子，不过，妈知道，车前子从古代一路走来，到现在也没换衣裳，此时的车前子，还穿着上古的那身衣裳，还穿着《诗经》里的那身衣裳，田野里的草木，都还穿着上古的那身衣裳。草木们不变的本心和容颜，使我们的大地，在变动中保持了不变，让我们感到大地的熟悉和亲切，让我们在时代的震荡和变动不居中，还能看到可贵的不变和恒常，内心里才有了一份安宁和安稳。）

走过那一大片麦地，妈说，麦苗睡醒了，前一段蹬腿，伸腰，现在起身了，要长个子，绕开走，别踩疼了人家。麦田旁边的油菜田，有的已经开花了，妈说，那是省事早的，惊蛰一过，就灵性了，雨水一过，就有了心事，人家花开得早，人家聪明，是早慧的娃娃，像你表哥，刚满二十就成家立业了。花要是开得太早了也不好，谢得快，空壳壳多；人家不算早，开了个头，后面的，你看都攒足了劲，齐刷刷就要开，像过年放炮仗子一样，再过几天来看，麦田一身绿绸子，油菜田一身黄缎子，咋看咋好看。

我搀着我妈过了溪水上的小石桥，顺着田埂再走一会儿，到了漾河边，坐在河堤上，就看见了一片柳林，笼着似烟似雾的东西，那就是古人说的柳烟吧？妈妈累了，没说话，我问她，柳林那边，我记得有一大片芦苇，还有好些竹林，咋不见了？妈说，就是，不见了，好多东西好端端的，说不见就不见了。就像你谢婶、贵元爷、彩庆姐、正文堂哥，说不见就不见了，没打个招呼就走了。

过了半年，我妈走了。

我不识字的父亲一生都在种植诗

菜地里的葱一行一行的，排列得很整齐很好看。到了夜晚，它们就把月光排列成一行一行；到了早晨，它们就把露珠排列成一行一行；到了冬天，它们就把雪排列成一行一行。被那些爱写田园诗的秀才们看见了，就学着葱的做法，把文字排列成一行一行。后来，我那种地的父亲看见书上一行一行的字，问我：这写的是什么？为啥不连在一起写呢？多浪费纸啊！我说：这是诗，诗就是一行一行的。我父亲说：原来，你们在纸上学我种葱哩，一行一行的。

你听见过豆荚炸裂的声音吗？我多次听过，那是世上最饱满、最幸福、最美好的炸裂。所以，我从来不放什么鞭炮和烟花，那真有点儿虚张声势，一串疑似世界大战即将发生的剧烈爆响之后，除了丢下一地碎纸屑和垃圾等待打扫，别无他物，更无丝毫诗意。那么，我该怎样庆祝我觉得值得庆祝一下的时刻呢？我的秘密方法是：来到父亲承包的一片向阳的坡地，安静地面对一片为着灵魂的丰盈和喜悦而缄默着天真嘴唇的大豆啦，绿豆啦，小豆啦，豌豆啦，红豆啦，听它们那被阳光的一句笑话逗得突然炸响的噼噼啪啪的笑声，那狂喜的、幸福的炸裂！美好的灵感，炸得满地都是。诗，还用得着你去苦思冥想吗？面朝土地，谦恭地低下头来，拾进篮子里的，全是好诗。

竹影与外婆

下午的阳光透过竹叶洒在小院里，做针线活的外婆身上，写满了一个一个的“个”字。我刚刚上小学，认得“个”字，就喊：外婆，外婆，谁在你身上写“个”字哩，一遍遍地写，还在写哩。

外婆抬起头，一时回不了神，好像在一个梦境里走不出来，愣了好一会儿，才说；谁写呢？老天爷在写哩，太阳在写哩，我也在写哩。

我蹲在外婆身边，看见外婆正在为我绣被套，被套上绣了好多竹影，好多“个”字，竹影打在布上，打在外婆的手边，外婆的针线追着竹影，把一个个竹影挽留了下来。

我说，外婆手这么巧，谁教你的？

外婆说：你没看见么，老天爷手把手在教我呢，太阳在教我呢。

到了夜晚，月亮出来了，凉风飒飒，竹影横斜，月光透过竹叶洒在院子里，满地的竹影，满地的“个”字。外婆端了竹凳坐下，竹影洒了她一身。外婆展开一块新布，用铅笔将布上的一个个竹影描下来。

见我好奇，外婆说，将月亮手把手教给我的画下来，改天给我乖娃娃绣在书包上，你在夏天就感觉凉快。太阳手把手教给我的，绣成被套，你冬天盖着暖和。

…………

外婆已去世多年，老家门前那片竹林也早被砍伐，铺上了僵硬的水泥。

我想，这世上无疑还是有不少竹子的。阳光和月光还会透过竹叶，不厌其烦地写着一个个“个”字，写着无数竹影。

但是，全世界的阳光和月光下，也许，已经没有一个外婆那样的人了。

我们已经不屑于让阳光和月光手把手教自己什么了。

我们已经不屑于一笔一画捕捉那温暖的和清凉的竹影。

我们已经顾不得在时光和情感的深潭边，放慢步子，逗留片刻，打捞和挽留那别有意味的倒影。

我们已经把一切交给市场、速度、机械和电子。

我们不需要自然之手和神性之手手把手教我们什么。

我们把手交给权力，交给金钱，交给欲望，交给层出不穷的本能冲动。

我们最熟练的一个动作：梦里都把手伸给钱，手把手数钱。

我感叹时光之河流逝得如此之快，更感叹人性和人心变异得如此之快。

我把几十年前外婆的故事讲出来，后生小儿竟如听天书，如听上古神话和传说。

但那的的确确是真的。我童年的梦是罩着她的竹影的，我童年的书是被她竹影里的风吹拂着的。

让我们回想那一双手，那是一双怎样干净、温暖、谦逊的手，那是一双接通天地灵性的手。

在午后，在月下，那双手，虔敬地伸向横斜竹影里，接受内心之神手把手的教诲，接受天意的启示。在那天地清明、内心清澈的时刻，她笼罩在一种深沉而神秘的意境里，一缕温润真挚的情思，自心底油然而生，化作手指的微妙触觉和战栗。于是，她满眼满身满手满心，都是从天上降落的竹影，都是从心中生成的竹影。

世上再没有一双手，在午后，在月下，虔敬地伸向如梦如幻的竹影……

第一次播种丝瓜

五岁时，春天，看见大人们在田间、菜园忙着播种，就想自己也该种点什么，在这个春天打个记号，长出点自己的东西。

就从父亲种剩下的丝瓜种子里偷了两粒，在屋后房檐下的地面挖个小坑，种了进去，下种时，手抖了几抖，种下去，取出来，又种下去，又取出来，捧在手里看呀看，心里竟有些激动，又有些紧张，担心这么小小的种粒，被我埋进土里，它情愿吗？它害怕吗？它会责怪我吗？

最后，还是把种粒放进了坑里，我轻轻地捧了泥土盖住它，怕把它压疼了。

天黑了，躺在床上，怎么也睡不着，心里惦念着那小小的种子，在这么黑的夜晚，这么闷的土里，不知它孤独吗，会不会被什么吓着？

想起我种了两粒，就当它们是兄弟两个吧，两兄弟会不会互相关照，靠在一起取暖、壮胆呢？

越想越不放心，就跳下床，溜出门，跑到屋后房檐下去看“两兄弟”，月光明晃晃照过来，但是我不敢刨开土去看它们睡觉的样子。心想：大人说人长个子是在半夜的梦境里长的，种子发芽怕也是在种子的梦境里。我怕把它们发芽的梦打断了。种子受惊，和人受惊一样，是会得病的。

一夜都是半醒半睡。梦也是东拉西扯，扯来扯去都与种子扯在一起。一会儿梦见它发芽了，一会儿梦见它结瓜了，一会儿又梦见它在土里打个洞跑到别的村庄去了，一会儿又梦见它被母鸡啄吃了，我就在梦里追那母鸡，要它把种子吐出来。

天还未亮，听见鸡叫，一骨碌爬起，跑到“两兄弟”的住处，看见土没什么动静，不远处的母鸡一脸慈祥，不像做了什么坏事，才确认梦里的事情没有发生。

第三天，第四天，第五天……

连着八九天我都神魂颠倒，为了那两粒种子。

眼看着大人们种的东西都破土发芽，扯藤生叶，唯独我种下的还没有丝毫动静。

大约到了十天以后，我再没有等待的耐心了，就轻轻地刨开了土，我终于看见了——

两粒种子，两兄弟，安静地躺在泥土里，而土，是干干的，没有一点水汽。

哦，我好像知道了：房檐下本来就干燥，我又没有为它们浇水。

对不起，都怪我，让你们受苦了。也许，你们是想在这个春天发芽生长，你们感到了我的那份心意，你们很想为我伸开长长的青绿藤蔓，很想为我结出好看的瓜。

对不起，我耽误了你们的春天。

我愧疚地捧起种子，用纸把它们包好，放进柜子里。我相信它们的梦还没有醒，没有破。

明年，我还要种下你们，我轻轻地对“两兄弟”说：明年春天再见。

采蘑菇

那天中午我到林子里采蘑菇。小时候我就采过蘑菇,那时大人们就说过:颜色鲜艳的是毒蘑菇,颜色暗淡的才是能吃的蘑菇。大自然如此推崇朴素,用欲抑先扬的方法为另一种蘑菇设计了妖艳的盛装,然后宣布它有毒。不过,这也许是人的自作多情,大自然并没刻意为人着想,大自然不偏不倚。恰恰是有毒的最终逃脱了人类的手,得以保全了它的美,雨后的山野才不是一片狼藉,那些有毒的花朵们,捍卫了美的丰富和生动。

那就尊重大自然吧。颜色暗淡的,交给形而下的胃;那鲜艳的、激情的,留给山野吧,留给眼睛,虽然它有毒,但审美的眼睛不会中毒,大自然不会中毒。

我仍然不放心,在暗淡与鲜艳之间,我无法找到界限,我怕采到毒蘑菇。

还是那古老的方法帮助了我:生虫的蘑菇绝对可靠。虫也怕死,虫不吃毒蘑菇。于是我专拾有虫的蘑菇。看着那些肉乎乎、傻乎乎的虫，我真有些感动。它们睁着细细的眼睛，蠕动贪吃的嘴，撅着那不害羞的屁股，它们，也在过它们的生活，也陶醉于它们的幸福。它们绝对不知道我是谁，也许它们以为我也是一朵大蘑菇。它们的小眼睛抬起来，与我对视了一秒钟，它们觉得我不屑一顾，又低下头大嚼起来。它们也是些现实主义者，崇尚及时行乐的哲学，抓紧生命的每分每秒，品尝这个万古一遇的可口宇宙。

我和这林子有缘分，我和这虫子也有缘分。我提着一筐蘑菇和虫子。傻乎乎的虫子们，仍在品味它们的生活，那么盲目，那么幸福。

感谢虫子，你们无知，却告诉我朴素的知识。感谢大自然，用如此细致的方式帮助我们生活。

走在半路，我把蘑菇放回林子，天真的虫们仍陶醉于它们的美感和快感，并没有抬起头向我致意。我把它们交还给自然。我的行为有些莫名其妙，我却感到一种莫名其妙的幸福。

珍惜、怜爱某些事物，并非一定要有确切的意义。这珍惜、怜爱本身就有一种美好的生命感受和精神价值。在那一刻我们自己被自己感动。那是人的最纯粹、最无罪的时刻。

这是我的一个真实的故事。时间在1985年的秋天。地点：秦岭深处，略阳县青泥岭乡。

植物守护的乡村

一

柳儿、迎春、栀子、桂花、春兰、梨花、杏儿、百合、草莓、木槿、薄荷、橘儿、莲花、小菊、水仙、玉兰、藿香、莲花……你走在村庄里，叫着花木的名字，却听见满村的姑娘都在回答你。记住，我们这里的女孩儿，和大自然同名同姓。你随便喊一棵花木的名字，就喊来一个温柔的姑娘。

二

白菜，微胖的身材，欢喜的容颜，那么白净、温存、安分的样子，像一群贤淑的小媳妇，安静地坐在有些凉意的地上，令人心生怜惜。要不是她们已出嫁了，我真想娶一个抱回家。

三

我家的葫芦藤儿，扛着几个葫芦越过院墙，挂在谢婶家窗前；谢婶家的丝瓜藤儿，揣着几个丝瓜翻过院墙，挂在我家后门前。在乡下，植物也喜欢串门聊家常，还忘不了随身带点好吃的，请芳邻尝尝鲜。

四

“夜雨剪春韭，新炊间黄粱”，韭菜曾经接待过诗人和他的诗。此时，它们仍认真抄录着杜甫那首著名的五言诗，一字不差，默诵着一千多年前那个深情的夜晚。篱笆那边，犹飘着诗人的青衫。这是父亲的菜园。我不读诗的父亲，一年又一年精耕细作，他也在种植和延续着古国的诗史。

五

念小学二年级的邻居家小女儿英英，坐在门前桃树下读一本连环画，桃花落了她一身，她浑然不觉。她不知道她有多么好看，比那连环画好看多了。我在溪边读了她许久。

六

被老家门前的指甲花反复染过的姐姐的指甲，到老了，还保持着那种粉红。哪里的水，再热的水和再冷的水，都冲不掉故乡的颜色。

七

“稻花香里说丰年，听取蛙声一片”。你们只听见辛弃疾先生在宋朝这样说，我可是踏着蛙歌一路走过来的。我童年的摇篮，少说也被几十万只青蛙摇动过，我妈说，一到夏天我和你外婆就不摇你了，远远近近的青蛙们都卖力地晃悠你，它们的摇篮歌，比我和你外婆唱得还好听哩。听着，听着，你咧起嘴傻笑着，就睡着了。

八

那时，在野外，在随便一个地方，父亲们尿急了，只需避开人，就在一丛草木或庄稼面前停下，他们随身携带的那股水温三十七度的小型瀑布就奔流了，成为原野上时不时出现的一个小小风景。

他们撒下的这泡尿是好的，是没有谁嫌弃的，是有营养、有德行的,既令天地高兴,也让百物受益。淋着温润的阵雨,田埂上那棵狗尾巴草,坡地里那窝麦苗,感到口渴正准备找水的甲壳虫,都高兴地向他们招手致谢。

今夜,你走在水泥和商业的大街,却为着体内一个卑微的问题发愁,转来转去,也没找到父亲那宽厚的泥土和朴实的草木,水泥的森林和塑料的花,都拒绝古老的浇灌。你只好提前准备好五毛钱,购买一个叫作厕所的出口,将它以污水的名义,倾泻给地下管道那奔涌不息的、无用的、污浊的洪流。

九

稻田与荷田,只隔着一条田埂,它们是一对上千年的老邻居,是芳邻。稻与荷,各自站在各自的水里,猜测着对方的冷暖和心事。它们也暗中喜欢着对方,经常互相交换些小礼物:这边把多出的荷香捧过去,那边就把宽裕的月光沿沟渠送过来,喜欢串门的青蛙也善意地丈量一下双方的水深水浅,背诵一些古老的谚语。秋收后,就有细心的婶子说:这两块田里长的东西就是不一样嘛,稻米里有一股荷的香,莲藕里藏着米的香。

十

我至今没去过埃及,但是,我并不觉得有多么遗憾。这辈子去不了埃及，也没什么关系，到埃及，不就是看看金字塔吗？这辈子，我看的金字塔还少吗？在我的故乡，乡亲们年年秋天都要修建大批金字塔，那高高的、金黄的稻草垛，从李家营一直排列到胡家营、黄家营、郭家湾、杨家坪……绵延数十里，望不到尽头的，全是金黄色的金字塔。与供奉法老木乃伊的金字塔不同，乡村的金字塔，有时它用温暖、散发着稻草芳香的洞窟藏匿几对秘密相会的多情男女——它掩护和供奉了乡村羞怯的爱神；有时它则成了童年的乐园，一伙没有听过安徒生童话只会捉迷藏的野孩子，却在这里藏起了自己一生都在回想的童话。乡村的金字塔，几千年来，都供奉着孩子们的欢喜佛和快乐神。我的那尊快乐神，至今还在故乡的某座金字塔里秘密供奉着……

十一

土豆、红薯、芋头、魔芋、花生……在乡村，多少好东西，都被埋没着，它们在埋没中，是如何呼吸？如何生长？如何思考？——它们不会没有自己的思想，我一直以为，万物都是大自然用于思考和呈现自身的一种器官，它们藏匿进泥土的幽静密室，那肯定是要进行一种更深沉的深度思考；它们的藤蔓——那伸出很远、它们无法看见的手在摸索和寻找什么呢？对植物，特别是田园的植物，我一直对它们怀着好奇和尊敬，我以为它们身上藏匿着一种古老的诗性和神秘性，我们可以吃掉和消化它们，但是我们无法吃掉它们的诗性，无法消化掉它们的神秘性。它们永远属于它们自己，我们占有的只是它们表面的物性和所谓的营养，而它们更深奥的属性和秘密，是我们不能占有和抵达的。也许最终倒是它们占有和抵达了我们——它们占有并深入了我们的身体，甚至组织了我们的身体。最后，当我们在人间消失，住进了土地一隅的某个暗室，它们的根须仍会找到我们的踪迹，它们那柔软的藤蔓还会在我们的墓碑上做深情的缠绕。

十二

我从城里回到老家，偶尔也在父亲种的红薯、土豆、芋头、花生地里挖掘，锄头就那么轻轻刨挖了几下，接着就常常刨出一阵吃惊：呀，一大坨一大坨的宝贝，这么多这么多的好东西。想不到，在泥土的埋没中，植物安静地、不动声色地做着多么大的事情呀。

十三

我的父亲，以及一生劳作于田间地头的乡亲们，很少或基本没有被所谓命运埋没的牢骚，也从来没发过所谓生不逢时之类的高雅叹息，“种瓜得瓜，种豆得豆”，是他们从瓜棚和豆架上顺手拈来的古老格言。有一次回老家,我与高中毕业没考上大学正在苦闷的我的老同学长安在田埂上散步, 我劝慰长安:别苦闷,埋没是暂时的,总会有改变。正好被菜地里为土豆上肥培土的我父亲听见了,说:娃娃苦闷啥?想开些,天无绝人之路。学学土豆吧,埋没了正好长东西呢。这不是埋没,这是给你培土哩。你看,我不也在给土豆培土吗? 不多培点土,不埋没个差不多,土豆就不好好长,只长些懒蔓蔓。

十四

萝卜、红苕、丝瓜、玉米棒子……由于它们的形象类似于男根,就被乡亲们偶尔挪用,做了意象,暗喻男女情事,开一些半荤半素的玩笑,在劳动间隙,在庄稼地里,常常笑得前仰后合,身心得以休息和调剂。而乡亲们身边手下正在种植和收获的萝卜、红苕、丝瓜、玉米棒子们,好像也乐意加入这通俗的娱乐,此时看起来也特别有精神。其实,在乡村,庄稼和植物们不只是供人吃的东西,也是一种生命风景、文化意象和情绪符号。人们不只从它们那里获得身体所需要的营养,也用它们寄托情感和趣味。乡亲们大多不识字,很少有人读书,但他们的语言并不贫乏,趣味也并不低下,这是因为:他们终日、终年乃至终生出入于田野山川之间,耕作于草木稼禾之中,四季庄稼和遍地景物,为他们展开着无限丰富的生命意象和象形语言,这就保持了他们的心灵水土的足够墒情，以及口头语言的鲜活生动，日常生活趣味也自觉或不自觉地保持了“乐而不淫”的底线，这是因为，大自然的意象不管你怎样挪用，它也不会失去其自然属性，只要是自然的，它本身就带着某种天趣或天籁，它也许不会向太高的境界自动升华，但也绝不会向低下的方向坠落，因为只要是自然的，就决定了其边界和底线，自然不会滑向非自然或反自然，自然只是自然而然，自然本身就是“思无邪”的，自然本身就是健康的和率真的。你看，在乡下，在草木稼禾之间，乡亲们即使开点男女玩笑，也绝不下流，不黄，而是绿色、环保、有机的。

十五

在乡村，在田野，你不会丢失任何东西，即使你丢失了什么东西，到头来你会发现，你其实什么也没有丢失。那些你不慎丢失了的，它们有的被生灵借用，有的被时间收藏，有的被土地认养。你所丢失的，其实一样也没有丢失。

不仅没有丢失，它们反而趁着这转身的机会和出走的机会，认真地履行了各自的天命和天责，使自己的生命升值，也使大自然的诗意和田园之美增值。

你丢失的那根肉骨头，是被邻居家黑狗衔去送给了它的相好，也就是送给你家那只白母狗了，明年，你家的屋檐下，将走出几个黑白相间的好看的花狗儿。

你家场院丢失了的那些麦粒，确凿无疑是被门前槐树上两只斑鸠吃了，做了它们一部分午餐，它们惭愧却无以回报，为此连连道歉，并在屋顶上天天唱歌和朗诵，表示对你家的谢忱和感念。

你丢失在田坎地边的那些蚕豆，它们安静地蹲在土坷垃里，在来年的四月，它们会用绿叶和淡紫色的花儿打出招领启事，不过，你已经认不出它们了，但你能认出春天熟悉的容颜。

你丢失的那根柳木拐杖，是在走亲戚路上歇息时顺手插在溪边的，忘在了那里，几天后，当你返回，柳木拐杖已经发芽，过些年就长成一棵大柳树，无意中，你在土地上留下了一个多么葱茏的念想和美好的签名。

秋天，大风将你家晾晒的稻谷和豆荚刮走了一些，东家瓦房上撒一点，西家烟囱上丢一些，过不了多久，你就会看见，那瓦房上的稻秧，烟囱上的豆苗，都绿莹莹地向你招手致意，向村庄和土地问好，你知道它们是不结穗子和豆子的，它们短暂的站在高处的一生，是一阵风导致的美丽错误，它们索性就在这短暂的站在高处的日子，认真地打出绿色手语，把美丽的错误，变成纯粹的风景和纯粹的美丽。

你一边走路一边嗑着刚收获的葵花子儿，不小心从手指缝里漏下去不少，沿途掉了一路，来年，你再从这里路过，一排排向日葵托举着一轮轮太阳，簇拥路边，夹道欢迎你，夹道欢迎归来的天使……

十六

与奢靡、浪费、喧嚣、争逐、盛产垃圾的城市相比，乡村是节俭的，朴素的，安静的，平和的；乡村不丢失，只收藏；乡村不制造垃圾，只生长风景；乡村不健忘，有着很好的记忆力。谓予不信，请看——

你多年前在原野上洒下的那些泪水，今天早晨还被草木们捧在手里久久凝视和忆想，它们渴望再次返回你的眼睛，返回你纯真的脸上。

你少年时丢失在雨后松林里的那些脚印，还被松针们一年又一年精心掩藏，等待你回来认领。

你手中飞走的那只童年的风筝，还在村口那棵大槐树的肩膀上挂着，等着你和那阵风一同刮回来，去寻找那透明的晴空。

你放过的那头牛早已不在世了，当年撒在山梁上的牛粪，一部分已被树木吸收，被郑重记载于一段重要的年轮里，一部分已经变成黄金。

你不慎失落在黄昏池塘边的那根与你小胳膊一样白净的莲藕，它索性随了水里的星子，一同藏进池塘深处，过了些年月，当它打起许多绿伞走出水面，池塘已经变成荷塘，后来你回到家乡，才忽然看见，朱自清的月色，正照着你老家的荷塘。

你几十年前坐在老家后门竹林下，吃完桃子随手扔下的那些桃核，其中一颗早已长成桃树，如今也算是上年纪的老树了，一年一度依旧“桃之夭夭，灼灼其华”，保持着诗经时代的容颜。上高中的孩子们，春天路过树下，才知道，语文课上背诵过的那些古诗，还活在村子里，老桃树，算得上是那首热烈的春之诗篇的最热烈、最鲜明的注释。

稻草的戏剧

一

收割后的稻子，被农人们在拌桶上摔打、脱粒，筋疲力尽的稻草被扎成个儿，一排排站着，像尾随在农人后面的影子，坚持着对土地的守望。小时候，望着田野静静站立的一队队稻草，觉得它们活像我们小学生出操，天黑了，天下霜了，它们还站在那里，也没人召集它们返回教室；它们又像是失去方向的一支迷途的军队，就那样不知所措地默默站着，让自己做了季节的俘虏。我心里竟同情起它们。

二

没有人研究过稻草守望的这段短暂的时光里，田野发生了什么事件。我曾经与小伙伴在原野上疯跑，或一个人独自溜达，不为什么，只是觉得突然安静下来的田野显得特别神秘也有几分荒凉，正好呼应了我那颗也神秘、也荒凉的小孩儿的心，于是胡乱走着走着就走进了稻草的队伍，就有了漫不经心的小小发现。我看见蹦跳的蚂蚱，这技艺高超的跳远冠军，这模样轻盈的可爱害虫、它们显然在赶赴这最后的午餐；我看见了成群结队的麻雀，它们在稻草里细心翻检，秋收后的残留，竟给它们提供了宝贵的口粮，这里要比村子里慷慨和富有得多；我看见了老鼠，有的还拖儿带女，穿梭在稻草与稻草之间，从一个生产队窜进另一个生产队，仿佛从一个国家进入另一个国家，它们发现各国的秋天都有短暂的繁华和宽松，它们感到人类对它们过分了，其实土地从来就无意将它们赶尽杀绝，它们一边狼吞虎咽，一边自言自语：天无绝我之路，天无绝我之路；我还看见了不少鸟窝，在稻草柔软的身上，它们不失时机地搭建了临时天堂，它们是多么热爱在大地上度过的时光。我隐约感到农业的宽厚和土地的仁慈，这丢下的颗粒未必是人们有意的施舍，但是农业的本性就是不让任何一个强者把天下的好处独自占尽，你总得无意或有意留下些什么，作为礼物，放在季节的路口。仁慈的土地，她怜悯着众生，她厚爱着万物。

写到这里，我闭上眼睛，记忆一下子退回到从前，一队队稻草向我走来，在我四周集结，竟将我温暖地包围起来，我沉浸在稻草的芳香气息里了……

三

稻草个儿们在田野里待上一段后，履行完对土地最后的守望，也被秋日阳光烘干了身子，农人们就将它们收回村庄，在房前屋后、路边地坎，一层层码起来，摞成一座座稻草垛。稻草垛底座宽，身子越往上渐渐变瘦，到了最上面就收束成尖顶，只需用几个稻草个重叠起来就封顶了。远远看去，乡村的四周，忽然冒出无数金字塔。可惜那时候没有旅游业，要不，从外国来的观光客，一眼看见这么多金字塔藏在东方古国的山川大野，肯定会惊讶得尖叫起来。

四

摞稻草垛是个有趣的、有一定技术含量的活儿。由若干男女乡亲站在下面往上撂稻草个，一个或两个力气大、手巧的男子汉站在稻草垛身上一层层往上码砌，越到上面越惊险，乡村喜剧就在此频频上演。有女的往上撂稻草个儿，撂着撂着就撂偏了，垛上的壮汉急忙探出身子伸手去接，脚下重力偏移，那汉子几个趔趄想努力站定却未稳住，就从倾斜的垛上滚了下来，自然是不会摔伤的，地上柔软的稻草接住了他，伴随着他的狼狈滚落，四周响起一片笑声；也有时，眼看金字塔就修造好了，却偏偏在封顶时功亏一篑，可能是底座不稳，或者是塔身不牢，也可能工程师们没有掌握好建筑物与地球引力之间的精密关系，重心错位，磁场紊乱，终于酿成小范围强烈地震，只见天倾西北，地陷东南，日月无光，雀鸟惊飞，那高高的金字塔于瞬间倒塌了，修塔人也在半空突然失踪，他是被强烈震波甩上太空？还是淹没于滚滚草海？大家知道不会出大事，但眼睁睁看着一个大活人不见了，也还是有些紧张，于是赶紧在倒塌的"废墟"里搜寻，稻草堆里一阵忙碌的翻检和呼叫，终于找到了被草海掩埋的汉子，他与草打成一片，他已变成草人了，大家看见他都有些惊喜，他看着在草海里打捞他的乡亲，也有些羞涩和感激，仿佛小别人世，到别处去了一趟，又刚刚返回人世，众人们都在欢呼他的再生，他忽然觉出这熟悉平淡的人世，是这般新鲜、温热、可亲……

稻草垛童话

天黑了，大人们回到屋子，回到他们小小的生活，把夜晚和大地，完整地交给孩子们。从古到今，孩子们，都是夜晚和大地的真正主人。

天黑了，这就是说，孩子们的天亮了，孩子们开始工作了。到村子外面生产队的稻草垛里捉迷藏，就是我们的重要工作之一。

孩子们奔来跑去，你喊我叫，乡村的秋夜，到处是披着满身月光奔跑呼喊的孩子。

那夜，月亮也在天上玩捉迷藏，在云里时出时进，时隐时现。一排排稻草垛就显得时明时暗，碉堡一样，充满了敌情，却不易捕捉。我捉住了小明，喜娃则捉住了我；现在轮到云娃来捉我们了。我大汗淋漓，藏进大槐树下的那个罩在阴影里的稻草垛中，希望被捉住，又生怕被捉住，心，突突跳，怕着，等着，却听不见"敌人"的动静，索性就躺下来，柔软芳香的稻草里，竟是如此适宜睡眠，很快，我睡着了。

一觉醒来，记起了“捕捉”的事情，遂轻手轻脚钻出稻草，整个“碉堡群”里竟鸦雀无声，只见萤火虫打着灯笼火把举办焰火晚会。咦，云娃、喜娃、明娃、犟娃哪去了，捕捉我的英雄好汉们哪去了？

我在“碉堡群”里挨个搜寻，终于全部活捉了他们：和我一样，他们在稻草垛里钻出钻进，几个来回，准备被人捉的，准备捉人的，却全被稻草的芳香和柔软给迷住了捉住了，最后，都在故乡的温暖怀抱里睡着了。我不费吹灰之力，一举活捉了他们：云娃、喜娃、明娃、犟娃。

当然，我捉住的，还有月光、稻草的芳香以及他们的惊叫和笑声。

押着一群快活的俘虏，我们回家。

穿着草鞋在月光里奔跑

我小时候，穿过草鞋，也跟着父亲学会了编草鞋。草鞋多用新鲜结实的稻草编成，金黄色的，香喷喷的，柔软的，如果合脚，穿在脚上是很好的，用现在的话说，是很爽的。穿上草鞋，走在初夏原野上放牛，或采猪草，或与小伙伴奔跑捉迷藏，特别有感觉，有一种幸福感，你想，穿着草，走在草上，草走在草上，是怎样的柔软、温存。现在人们爱用什么"指数"来定义生活，什么消费指数，幸福指数，快乐指数，指数是用数字来计量评估的，但是，很多东西，特别是属于内心感受的东西，与数字是没有太多关系的，我当年穿的那一双双自己编织的草鞋，在统计学上根本就算不上数字，但是我穿在脚上却很幸福，比现在穿上花几百上千元一双的名牌皮鞋，还要幸福得多。穿那昂贵的皮鞋，我只觉得是踩在一大沓钱上，踩在牛的疼痛的嚎叫里，踩在商业的圈套里，顶多有点虚荣心的满足感，一点也没有真正的幸福感。

我至今还记得，在秋天的夜晚，我穿着自己制造的第一双草鞋，去找小朋友玩，月光洒在地上，我走在月光上面，金黄的草鞋，金黄的月光，我都有点分不清哪是草鞋哪是月光，我好像也是一片月光，在月光里奔跑……

每次在鞋店里买鞋的时候，我总是不由自主地要多瞅几眼，想从层出不穷的鞋里，找到与流行的鞋子完全不同的另外一种鞋，常常是找不到的。同时也似乎并不明白自己到底要找什么鞋，只是觉得心里空空的，脚下也空空的。

后来我终于明白了，我是在找那早已失踪了的草鞋，那单纯的草，单纯的月光……

草帽领着我返回故乡

在所有帽子里，我最喜欢草帽，麦秸编的那种。一顶草帽戴在头上，我就有回到故乡、回到麦地的感觉。

每一根秸秆的前生都是一苗麦子，都曾青翠过，摇曳过，芳香过，饱满过，都曾是大地的风景。

现在，它们来到我头顶，我就这样想：这是远道而来的故乡，为我遮阴避阳来了，为我送清凉来了，为我捎话来了。

此时，故乡在我头顶，这是应该的，故乡应该高高在上。谦卑的土地，谦卑的麦子，从来都在低处默默地养活我们。现在我把它戴在头顶，我把亲爱的故乡，亲爱的土地，高高地举在头顶，让它俯瞰这失去露水、失去弹性、失去记忆、失去诗意的城市。

我的故乡，我的土地，我的麦子，它应该高高在上，它有资格教导一座浅薄嚣张的城市，让它安静点，谦逊点，朴素点，让它懂得，是谁在支撑它那傲慢的高楼大厦，是谁在喂养它的富贵荣华。放下你那华而不实的身段吧，低下头来，你会看见：被埋没的土地，被压榨的土地，忍辱负重的土地，伤痕累累的土地，为了你高高地站起来，它却全身心匍匐着，在无人探望的低处，在下落不明的暗处，在永不能翻身的命运深处。你知道吗？被你的铁鞋踩踏的土地，被你的轮子碾压的土地，被你的欲望榨取的土地，正是昔年的故乡，正是祖先的麦地。

我的草帽，一轮旋转在城市上空的芳香的月亮。其实，这也是故乡抱着我的头，在悄悄提醒我：水泥不是你的故乡，水泥上不生长庄稼，不生长露水，不生长灵性，不生长记忆，不生长感情，不生长诗，你的真正故乡是那片麦地，即使你回不去了，你也应该在心里保存一片麦地……

有时，我看一眼挂在墙上的草帽，就像看见了小时候蹲在屋檐上看我的那个月亮……

在树上睡觉是什么感觉

在树上睡觉是什么感觉?

我们人类走下树、走出森林已经很有些时间了,挤在水泥楼、金银床、真皮沙发、安乐椅上害着抑郁症、狂躁症、贪得无厌症、精神分裂症、失眠症也已经有些年头了。

在树上睡觉是什么感觉?这个问题,应该向猴子、鸟儿去请教。

但是,猴子不会告诉你,怕你去占了它们仅存的几片林子,在人类疯狂的围追堵截下,属于它们的山头已没有几座了。鸟儿们也不会告诉你,不仅语言不通,鸟儿也怕你手中带电的利斧,怕你一竹竿捣了它们的巢,“覆巢之下岂有完卵”,这道理鸟们明白。

在树上睡觉是什么感觉? 还是让我告诉你吧。

少年时,我经常在树上睡觉。睡得最多的是老家门前菜园边的那棵柿子树,那年秋天,父亲把收割后的稻草摞在柿子树下，准备时不时取一些给猪牛垫圈。稻草垛像个金字塔，我爬上塔，伸手抓住树杈，一抬脚，就爬上树，一看，树杈另一端还有着一个树杈，这不是一架床吗?正等着一个人去睡呢。树枝有爹爹胳膊那么粗，就当是枕着爹的胳膊吧，万一从爹的胳膊上掉下去，也不怕，正好掉在稻草垛里，那不是个金丝窝吗？于是我四仰八叉躺上去，竟睡着了。当妈妈做好午饭喊我吃饭，我在树上一应声，跳下来，吓了我妈一跳，说：我当是天上掉下个孙猴子，原来是我的傻儿子。

一回生，二回熟，三回上瘾，四回成癖。柿子树就成了我悬在天上的一架床，我把它称作“天床”。一年中不少时候，树上都有我的鼾声我的梦。

春天的午后，我睡在天床上，看满树的叶芽儿也在一边伸懒腰，一边揉着眼睛忙着起床，小鸟在邻近的枝头朗诵祖传的谚语，整理新换的衣衫。夏天的夜晚，透过绿叶的帐篷，我看见那么多星星也睡在我的四周，我忽然有了惊奇的发现：除了动物、人和他们的家畜是睡在土地的床上，鱼儿们是睡在流水的床上，蜜蜂是睡在花朵的床上，而那热烈的太阳，孤独的月亮，那无数的星辰，那传说中的宇宙天神，那伟大的事物和思想，都是漫游在苍穹高处，都是睡在辽阔的天床上。难怪人们把有着奇特才华的人称为天才，把有着高深境界的人称为天人，原来，他们是根在地上魂在天上的人啊。

秋天树上的睡眠，现在想来过分奢侈了些，成熟的柿子，灯笼一样挂满树枝，我睡在灯笼中间，随时摘下一盏灯，对不起，我吃下了这盏灯，满腹的香甜，满心的光亮。最让人痴迷的是在秋夜，天宇明澈，星斗繁密，涨潮的银河哗啦啦流过来，我小小的天床溅满天国的水声，这时候，一抬眼，我就看见了外婆告诉我的那位织女姐姐，她还在天上纺织，我看见她眼角含着泪滴，离她不远，我看见牛郎哥哥正在牵牛渡河。你饿了吗，我天上的好哥哥，我想递给你些柿子，作为远行的干粮，然而，距离毕竟远了些。我把关切的目光投给身边的星星，请他们代我问候天上那些流泪的心灵。这时候就想起人间的好了，这里虽不是天堂，但这里毕竟有柿子树，有妈妈在灯下缝衣，有爹爹在月下剥苞谷，有小朋友在原野疯跑唱歌捉迷藏。

是的，这里毕竟有一架略略高出地面、稍稍接近星辰的“天床”，我随时爬上去，或睡上一觉，或吃上几口，或既不睡，也不吃，就静静地，与树上的绿叶、清风、小鸟躺在一起，与满天的星星躺在一起，然后，从“天床”走下来，携一身天光、天露，回到母亲的地面，回到小朋友中间，回到五谷、炊烟、劳动和歌谣中间……

墓地草青青,我聆听祖先教诲

那年,父亲带我到后山的大地湾,为去世多年的祖父上坟。我没有见过祖父,我出世之前,他已经去世,这很像捉迷藏,命运执意不让我们见面。我想,祖父生前定然也曾想象过他孙子的模样,就像我反复想象他的模样。现在,我能看到的祖父,就是这隆起的一堆土,这隆起的岁月的遗迹。

添土、垒石,栽上几株柏树,坟头插上一丛迎春花,我帮父亲忙了一阵,累了,父亲也停下来歇息,我就躺在父亲身边,头枕在祖父的坟头,听父亲断续说着祖父生前的往事。父亲的声音渐渐模糊,恍惚间,一转身,我就离开父亲,跟着前面一个背影去了。我想看见那背影究竟是谁,就放开腿往他前面跑,那背影也跑起来,我就更快地拼命跑起来,我终于远远地超越了他,在他的前面我停下来,转过身,定定地看他渐渐走过来的面影,那迎面走来的面影开始是苍老的,渐渐就变得年轻,接着竟变成少年,变成小孩,就要走近我了,呀,他还是个孩子,比我还小的孩子，正是捉迷藏的年纪，他是我的弟弟吗？又不像。他与我隔着一层雾，我伸手就要拉住他了，然而，雾陡然散了，那孩子倏忽失踪，我大声喊：爷爷，弟弟！

睁开眼睛，身旁的父亲摸着我的脸，说：娃，你见你爷爷了，还是见了你弟弟？

我问父亲，我看见的爷爷怎么是个比我还小的孩子？

父亲说：从世上走过去的人，都曾经是孩子。如果我们遇上他们，他们都可能是我们的朋友和兄弟。错过了呢，就是隔代的祖宗和先辈。

这么说来，祖父，以及一茬茬远去的先人，不只是我们的祖宗，还很可能是我们错过的朋友和兄弟。

父亲的目光又深又远，像在注视从前，又像凝望将来。

我微闭了眼睛，时间的折扇哗啦啦打开，相隔千秋万代的人们，同时出现在时光展开的扇面。

在祖父坟头，我窥见时光的后面，鲜活着那么多那么多生命的面孔。

从那以后，我有了一个隐秘的私人爱好，过一段时间（几个月或一年半载），就要找一个坟头睡上一觉，在死者的居所，我体会着生命的辽阔意境和深邃根源。

我曾在故乡以西十五里之外的定军山下的诸葛亮墓，睡过几次觉，躺在将近两千岁的古柏浓荫里，诸葛先生没有来我梦中传授什么神机妙算，倒是有一种安静浑厚的力量笼罩了我，这种力量无以命名，强以名之，应该是厚德载物的力量。恍惚中，深扎在地底的漫长老根纷纷向我走来，将我紧紧抱住，向我传导着地层深处的强大磁场，那一刻，我单薄的生命和历史的深长呼吸连通在一起了。

我曾在陶渊明躬耕垄亩、悠然采菊的南山下，在他醉卧过的田园阡陌睡过一觉，当我醒来，沉睡多年的疑问也随之醒来：我们为什么离诗越来越远，以至于几乎彻底背过身，在与诗背道而驰、南辕北辙的荒原上狂奔？原来，我们荒芜了心灵田园，枯萎了德行之菊，捣毁了梦里南山，外无造化可师，中无心源可得，我们在语言的垃圾里搬运垃圾的语言，一层层把自己堆积到垃圾山的高处，还以为自己已经抵达了诗意之巅。

我曾在万山丛中的抗日烈士墓地睡过一觉，那是秋天，枫叶红透，如血浸染，我睡不着，我老是想象着昔年的惨烈。在天空失血的时候，是谁剖开自己的血管为天空输血？在大地流血的时候，是谁撕开自己的命运为大地止血？当我在那温热的胸膛上睡过去，一觉醒来，我感到血脉里回荡着深沉悲壮的潮音。

前年清明，我又在故乡五泉山上父亲的墓地睡了一觉，父亲旁边，是邻居李三叔的墓地，李三叔的旁边，是同村卢明忠叔叔的墓地，父亲、李三叔，李正文堂哥，卢叔叔，兰自发大哥……这里安息的都是人世间最善良最勤苦的人，也是人世间最好的人。他们一辈子都在泥土里劳作，在草木间出没，他们忠厚如土，勤劳如牛。父亲去世前半月还强忍肺气肿扛着锄头为秧田放水，李三叔也是在无法下床时才停下田间的劳动，卢叔叔闭眼时还念叨着把来年小麦种子留够……他们是泥土的孝子，又何尝不是天地的孝子？他们以对土地和劳动的绝对忠诚，毫无保留地竭尽了自己的情感和良心。泥土接纳了它的孝子，现在，泥土的孝子正在变成泥土，我想，这里该是天下最好的泥土吧，这里生长的草木庄稼，应该最能告慰天地，芬芳山川，感染岁月，营养心魂。我睡在他们之间，睡在我父亲、李三叔、卢叔叔之间，睡在劳动的臂膀和厚道的胸膛上面，睡在古老淳朴的德行上面，睡在收藏了世世代代人民的骨殖的历史上面。多少时光多少生命托举着我此刻的睡眠啊。即使我熟睡过去，我也比最清醒的时候更深刻地体会着生命的艰辛和土地的仁厚，体会着善良的劳动者才是这个世界真正值得尊敬的君子和“神灵”。现在，我就与敬爱的神灵们睡在一起，我默默地接受土地的教诲和神灵的叮咛。

…………

祖先的墓地，草木茂盛，野花明艳，地气充盈，喜鹊筑巢于高大老树上，生儿育女，其亲族遍布四周山梁，呱呱鸣叫，喜气盈野。死者真的死了吗？但是，我却感到，死者仍有其死后的生活，比起某些卑鄙地活着的人，死者甚至过着更有价值的崇高生活。他们在暗中照料着这方土地的草木生灵，经营着一片古木森森、花草葱茏、雀鸟唱和、意境幽深、气象高古的生命共同体和生态保护区。

祖先真的死了吗？我们那死去的祖先，却以另一种方式更深刻地活着。死去的祖先，已变成了神灵、先知和圣哲，在时间深处永恒地启示和教育我们。

人经常到墓地走一趟，人就悟得了天道，知晓了天命，人就觉悟了，心地变得干净，变得宽阔，变得慈悲了，人就变成了诗人或哲人。

每当我在祖先身旁沉沉地睡过一觉，醒来，就感到心智高洁，心胸豁然，心肠慈悲，连走路的姿势也虔诚、平和、沉稳、安详了许多。

苔藓，大地的原始经典

在平原上，在城市里，我们很难见到苔藓，或者干脆说，我们根本就见不到苔藓。

也许，这个世界的绝大多数人，一生一世从来没有见过苔藓。

苔藓是古老、原生态世界的身份证，是大地的原始经典，是地球生命的最初宣言，是阳光、雨水、腐殖土、地气合作的第一首大地之诗。

没有见过苔藓的人，就不曾见过大地古老纯真的容颜。

就如同我们不曾见过自己祖父那苍老然而单纯的面容。

祖父在他的后人这里，却成了一个传说般、神话般的虚拟存在，我们的心里，因此总有一种悬空、无根、不真实的感觉。

现代城市的孩子，你若不告诉他，他会以为城市从来就是用水泥铺筑的，他会以为孔夫子就是在水泥路上跑来跑去，路上不停地向自己的学生群发短信，最后出版了那本短信汇编

《论语》。

再往后，过若干年代，一生下来就降落在电子环境里的孩子们，还会以为李白是住在用水泥瓷砖修造的酒馆里或缠满电线的星级宾馆里，一边喝酒，一边玩着随身听，一边在电脑上频频敲着回车键，敲出了那些长长短短的诗。

人是健忘的动物，上溯三代顶多上溯至四代，大部分人根本不知道自己先人的名字，其生平更是渺若云烟，如同他们根本不曾存在一般。

我就不知道我爷爷和奶奶的名字和身世。

世界的原初面貌，大自然未经篡改的本色是什么样子？请问，我们谁曾见过？

我们降生在一个我们根本不知道真相的世界上，我们生活在一个被人的欲望、智力和技术彻底改写了的世界上。

如同读书，我们读的并不是经典原著，我们读的是被改头换面、被删节缩水、被颠倒本末的缩写版、快餐版、口水版、戏说版和恶搞版。

我们置身的这个世界，也当作如是观。

你见过苔藓吗？你见过古老世界的纯真面容吗？

苔藓，它是幽蓝、安静、柔软的。

是的。幽蓝、安静、柔软，这就是苔藓。

且听我一一道来。

它幽蓝若海水之色，那是沉淀了无数时光、过滤了一切杂质或者是吸收了一切杂质，将“一”融进“一切”，又将“一切”提炼成“一”，那是丰富到极致而呈现的单纯之色。苔藓的蓝，是低调的，幽暗的，是最纯真的蓝，它几乎是时间本身的颜色。在我的想象里，若万物皆有色，时间也应有颜色，苔藓的蓝，就是时间之蓝。

它安静如得道高僧修禅入定，如落日用返照之光抚慰万物却寂然无声，如一位沉思的哲人独自沉入思想之海，我们只看见他如常人那般无所事事坐在那儿，却不知道他已经退出人世的狭窄此岸，潜入彼岸的无边深海。苔藓的静，是汇集了又消解了巨大声息之后的寂静，是震耳欲聋的寂静。

它柔软如襁褓，如纯棉，如质地细密的云朵，如释迦牟尼传法讲道的圆融语言，如想象中圣母的慈爱怀抱。这是时间用千万年的忍耐，用苦口婆心的低语，一字一句与土地商量和交谈，一字一句试探着说出的原始真理。它无比柔软，它是人工绝对仿制不出来的大自然的柔情，它是最谦逊的植被，如果说勇敢的岩石为地壳深处奔突的灼热岩浆设置了最后一道防火墙，那么，苔藓就是防火墙的诗意化装饰，是大地亲切的皮肤。一切坚硬之物都将在这里自动缴械，一切敌意都将在这里消隐，一切自命不凡都将在这里自动变成自我嘲讽。因为，静静呈现在这里的，是一种柔软而能稀释千古、无声而能说服万物的古老语言，一切不过是被它偶尔引用的例证，用以说明流逝的必然和变化的必然。

坐在苔藓上，就是坐在层层叠叠的时光上，就是坐在永恒亲手制作的坐垫上，你坐在永恒上，你情不自禁地开始沉思，永恒，什么是永恒？如果，这也不是永恒，那也不是永恒，那什么是永恒？连你这个匆匆过客，也在冥想永恒；连这无言的苔藓，也供你落座沉思永恒。哦，明白了，我们，和那万事万物，都是构成那个永恒织物的一点痕迹，一根经纬，一个针脚。

诗人坐在苔藓上，总能生发千古幽思，写出隽永好诗。那是因为，苔藓，这悠久与古老之物，它用一种安静的力量，让人暂时中断与现实世界的联系，而沉入对永恒与无限的冥思之中，时间链条的突然中断，会让人跌入意识的巨大黑洞，而产生高密度、高强度的情思之光，以照亮和填充这生命的幽暗瞬间。

王维静坐于苔藓铺地的古寺院中，不禁感觉那苔藓之色就要染蓝自己的衣服，染蓝自己的心境，再坐下去，他就会和苔藓、和时光化为一体了，这里面有多少对生命与时光的极深感悟？他的“坐看青苔色，欲上人衣来”，十个字里，包含着多少言外之意？

刘禹锡那“苔痕上阶绿，草色入帘青”的陋室，果真是陋室吗？陋而不陋，不仅不陋，甚而是豪华的，请问，如今，你到哪里能找到这被苔藓之痕、被芳草之色滋润和映照的豪华“陋室”？这酿造诗情才思的陋室，是古老自然托起的人文之屋，又反过来恰到好处地装饰了自然。苔痕融入诗行，草色漫进文思，自然和人文相互映照，古老和此刻相互耳语，在这样的“陋室”里，你想浅薄也无法浅薄，你无法不“悄焉动容，思接千载；寂然凝虑，视通万里”，你“观古今于须臾，抚四海于一瞬”，你精神豪奢如上帝，何陋之有？

“青苔古木萧萧，苍云秋水迢迢。红叶山斋小小。有谁曾到？探梅人过溪桥。”张可久的这首《天净沙》，把我们带入一个由青苔、古木、秋水、苍云、红叶构成的地老天荒的意境之中。自然界之浩大，与小小山斋之细微，青苔古木之苍老，与刚开梅花之簇新，形成鲜明对比，处处衬托出人在宇宙和时间长河里的孤寂渺小，而这正是人与所有生灵的根本处境。就在这无限寂寥和千古苍凉中，毕竟有点点梅花，捧出殷红的思念，而溪桥上走过的探梅人的身影，使这荒寂宇宙里有了温暖的情意，那是孤独去探视孤独，思想去探视思想，从而，孤独变成了思念，思念变成了诗……

记忆里，我还是很小的时候见过成片的苔藓，在故乡小河边大柳树下，在离我家有二十里远的凤凰山的松林里，那里，除了大片苔藓，还有彩练一样在林间环绕的彩色野蘑菇。

于今看来，那竟是我——一个当年的儿童瞥见的古老世界残存的一点纯真痕迹，那一瞥之后，我就越来越深地迷失于完全人工化、水泥化、塑料化、钢铁化、电子化的世界里了。

我们的心，我们的情感，我们的文化，也越来越人工化、水泥化、塑料化、钢铁化、电子化了。纯真的心，柔软的情感，质朴的文化，因此也越来越少了。

你见过苔藓吗?

你也许一生一世都不曾见过苔藓。

我们销毁了原生态世界的身份证,毁掉了它天真的容颜。

一个来历不明的世界,必然也是一个去向不明的世界。

置身在一个来历不明、去向不明的世界上,我们也来路不明,去向不明。

这就是为什么我们不停忙碌,我们十分艰辛,却总是常常深陷迷茫。

对此我也有自己的一点体验和对付的方法。

在情绪焦灼、内心迷乱的时候,我有时就骑车到很远很深的山里,走到一条河的上游或发源地,走进一片寂静森林,在草地上,在幽谷里,在苔藓上,在古老岩石上,在古藤老树周围,长久静坐或漫步,心情就会渐渐安静、放松下来。我觉得这对心灵世界是一种有效的解毒和清理,是一种净化、柔化和绿化,在这个由外及内的心灵打扫、重置过程中,你实际上是在接受自然意象的触动和暗示,在潜意识里启动了自我治疗的机制,心灵会依照心灵自身的原则,自动删除一些狂枝病叶,添培一些泥土水分,移植一些清新花木,心灵就会获得一次重整和再生。在这个过程里,苔藓,是促成心灵发生微妙变化的重要元素,它以其古老与恒久,把你带入时间的悠远长河,从而稀释了你的焦虑,因为在千年万载的古老面前,你的所谓大事或大烦恼,皆渺小不足道,连过眼烟云都算不上。同时,苔藓以其柔软与潮润,让你感到这个世界隐秘的温情和没有附加条件的依依之恋，你可能没有母爱的慰藉，或者母亲早已作古，但是，柔软的苔藓，提示着一种超越时空的自然温情的存在，这是自然之母、生命之母的温柔胸膛，人间的、肉身的母亲都会离我们而去，但是，在时间深处存在着一种不会枯竭、不会消失的母性之爱的源泉，苔藓，就是我们能触摸到的永恒母性的柔韧肌肤，它存在着，为你，为他，为我，为麋鹿，为兔子，为松鼠，为蚂蚁，为一切生命和生灵，而固执地存在着，并且分泌着不竭的水分和乳香。苔藓，这永恒母性的象征之物，就这样软化了你意识中的僵硬、钙化、尖锐、粗糙、荒芜的部分，唤醒并让你回到一种简单、柔软、温和、细腻、多汁的生命状态。

因此，我觉得，苔藓可以作为一剂偏方推荐给你，或许对你的孤独、迷茫、烦躁、焦虑、忧郁、无归宿感、无意义感等现代人皆难幸免的精神疾病有所化解和治疗。

那么，有机会就到深山密林里走走，到河流清泉边走走，到鸟语风声里走走，到苔藓上走走吧。

看见苔藓，你会想起这个世界的悠远恒久，想起在万物不停流逝的宇宙间，在这个急剧变迁、一切都变得越来越陌生的世界上，在惶惶不可终日的日常生存的背面，依然还有一种牢固、可靠、不变的本质。流逝和剧烈变动让人恐惧不安，而在流逝中保持不变的那些核心元素，则让人感到心有所住，情有所依，从而使漂泊的灵魂有了停靠点，使走过的岁月有了可以辨认的痕迹和证据，于是心里就有了一份踏实和安然。走在苔藓上，你还会想起世世代代的人和生灵也曾见过这苔藓，也曾从这苔藓上走过并留下他们的气息和行迹，你不过是继续着他们的行走，你的足音就是他们足音的回响和共鸣。走在苔藓上，你是和世世代代的人和生灵走在同一条漫长无尽的路上，你就不会孤独，就不会被流逝以及死亡的恐惧所挟裹，你会有一种悲壮感和万古苍茫感，同时也会感到一种内心的深远和广阔。

这种天长地久的感觉，是水泥、塑料、钢铁、金钱、权势、名利、电子、技术拼贴和浇铸的那个完全人工化、商业化的现代世界根本不能给予的，人工化、商业化世界给人的感觉，是嚣张，是势利，是无根，是漂浮，是短暂，是速朽。只有原生态自然，能把人带入一种旷远、幽深、永恒的诗意世界。

苔藓，大地的初恋情书

忍不住轻轻喊了三声苔藓，一些古老的凉意，便从舌尖上生起，继而蔓延到口中、胸中、足底，最后整个身心都浸润在一片古老而幽远的凉意中了。

苔藓。苔藓。苔藓……

当我禁不住连续写这两个字的时候，我感觉到满纸都是碧绿和幽蓝。

我在森林里见过苔藓，满怀尊敬和怜惜地从它身上轻轻踩过。下面是厚厚的腐殖土，留存着鸟声、落花和生灵们的故事。踩着柔软而潮润的苔藓，我知道，我是踩在千年万载的时间上。

我在悬崖上见过苔藓，在那样陡峭的命运里，石头们站立着，使劲支撑着庞大的山体。多少世纪过去了，它们也不歇会儿肩，改变一下姿势，这已经足够令人惊叹了！更让人惊讶的是它们一边负重站着，一边尽力挽留一丝一缕水土，呵护和培育着生命的绿色！那薄薄厚厚的苔藓，收藏着也分泌着天地间最珍贵的水分。谁不会为造化的艰辛和伟力而深深感动！大自然的每一笔都是杰作，即使漫不经心的随意涂抹，也足以让我们心魂战栗。

我在寺庙里见过苔藓。寺庙是尘世的净土，是修身养性的宁静栖园。修道者们苦苦寻觅的无非是人在大地上诗意栖居的生命方式。不管红尘千丈，我自守住心性，守住人与天、心与道最本源最深妙的血脉关联。世俗文化随着物欲的膨胀日益远离人与世界的真谛，求道者们以他们舍身求道的苦行精神维系了世界和人在根上的联系，这也为返本溯源的后来者保留了一条条秘密幽径。入定、静观、净心、涵摄和冥思，就是古人悟道和修行的基本方式，也是中国文化最核心的内在超越之路。我每一次谒访寺庙，踩着那铺满苔藓的小径，就仿佛看见了高僧们宁静淡远的背影，习习清风，犹回荡着诵经的声音。而飞檐上的月亮，莫非是他们留在天上的面容，高洁悠远，发慈悲光，是不是他们久久跋涉天路，陶情冶性而有大觉悟，默然绽放的慈悲而吉祥的神色？

我在《诗经》中，在陶渊明、谢灵运、李太白、王维、苏东坡的诗文中见过苔藓。“苔痕上阶绿，草色入帘青”“坐看青苔色，欲上人衣来”……读着这些诗句，我好像一步返回古代，返回到诗经时代的大自然，返回到那长满苔藓、车前草的阡陌、小径和古道，返回到那生长明月清风白云、孕育诗情画意哲思的无边田园和山水中。想想这样的情境吧：天上白云飘过，地上众鸟啼鸣，远处是葱茏无边的林莽，眼前是原野、小桥、流水、人家，一条铺着苔藓、摇曳着苇草的小径将远山近水和三五行人连接起来，将人与无边的自然连接起来。世界，是一首怎样浑然纯净的诗！

然而，大地上的苔藓越来越少了，到处是人的潮水，人的声浪，人的侵入。都市在扩张，水泥在扩张，贪欲在扩张，废气和噪声在扩张，而大地在沦陷，田园在萎缩，山水在日益脱去它天然的风骨和神韵。

我们踩在水泥地上，踩在钢铁上，踩在消费和效益的高速公路上，踩在一切人造的坚硬冰冷的物体上，我们的身、心、意，都日益变得坚硬冰冷而缺乏温润、深情和水分。

我们失去的仅仅是苔藓吗？不，我们失去的是这个世界最古老最朴素也最纯真的记忆。

苔藓是我们的老师。你看，它那样谦卑地倾听大地的心跳，不动声色地布置着一片又一片碧绿和幽蓝，守护古老而纯真的记忆。

苔藓。苔藓。苔藓……

桐子树与李商隐的西窗烛

生于丘陵坡地，枝丫向四周均匀伸展，树冠呈圆形，一派雍容气象。农历二月开花。民间把二月倒春寒称为“冻桐子花”，可见此树生于忧患。生于忧患，就不会死于安乐，秋来就是满树桐果。桐果可榨成桐油，我记得可作灯油，不知道它别的用途。我想古人照明用的油灯，大约就是桐油吧，灯下读书，灯下猜拳，灯下吟诗，灯下弹琴，一灯如豆，那微弱的光亮，迷蒙的身影，使数千年历史笼罩着一种温暖的情调和动人的幽暗。剪去灯花，把灯拨亮一些，灯盏里的油，总是慢慢地燃着，时光也慢慢地移动着。

“君问归期未有期，巴山夜雨涨秋池。何当共剪西窗烛，却话巴山夜雨时。”每读李商隐这首诗，思绪就有些温润潮湿。这就是诗的魅力，雨的魅力，还有那西窗烛的魅力。千年前的那场雨至今仍在下着，斜斜地飘进我们干燥的夜晚，而那灯烛仍在我的想象里微弱地燃着，随着风起伏摆动，似乎风再大一点，烛光就灭了，但烛光终没有灭，盏里的桐油再添上一些，守夜的人儿继续等待，等待与那雨中的归人，一齐面对时光的灰烬，一齐聆听梦中的雨声。

灯盏里古铜色的桐油烛照了那些相思的夜晚，缓缓飘动的灯影里，我恍然看见了那忧郁、深情的眼神，一个人是那么真挚地为爱情忧郁着，他(她)存在的地方，就是苍茫天地的中心。而在这小小中心里，灯熬着桐油，心熬着血，血浸染着思念，思念凝结成诗。

如今我们是不需要那古老的油灯了，孤寂的、滴滴渗入心中的夜雨已不再降临我们的夜晚。商业的灯光、街市的霓虹装饰着生存的天空。我们几乎没有见过灯花是什么样子，若把剪灯花的故事讲给孩子们，他们会觉得与神话一样不好理解。在现代，炽燃的灯火把夜晚照成嘈杂的白昼，没有记忆，没有等待，没有深情，没有思念，没有诗，空洞的影子追逐着影子的空洞，商业的魔术师导演了一个又一个消费的连续剧，古老的银河断流在金融大厦的上空，北斗和月光退出了视野，在一览无余的商业的伪白昼，我们关闭了仰望的目光，关闭了对辽阔宇宙的想象，关闭了对远方的思念，关闭了深挚的内心沧海，我们忙着攀缘不断刷新的财富指数，忙着追踪不停疯长的消费神话，在商业的太阳的暴晒下，自沉于物质主义池塘，我们似乎安于内心的贫乏和昏暗。

而桐子树，这古老的植物，这曾经照亮爱情、照亮诗、温暖诗人额头的忠厚植物，仍在山野坡地寂寞生长着，像古代那样生长着，到了秋天仍然结出满树的果子，虽然没有一粒果子会变成灯光，去照亮一行诗。桐子树生长在人的外面，大自然生长在人的外面。太阳落下山以后，山上的桐子树看见的仍是古时候的夜晚，它看见公元前的浩瀚天河，丝毫也没有落潮，李商隐细数过的那些忠贞的远古的星星，一颗也没有丢失……

柳木菜板已成图腾

是父母生前，留给我们的这个柳木菜板。

故乡漾河边有大片大片的柳林，林子里有许多老柳树，其中靠近田边的那棵老柳树，童年时我就认识它，它也认识我，它认识我的光脚丫子和小胳膊，我熟悉它身上哪儿有个鸟窝，哪儿有个虫眼，哪儿有一处刀痕，我同情它受过的疼痛，也羡慕它的好脾气，羡慕它春天里绿茵茵香喷喷的好头发。我一次次爬上它的树杈，也并不为什么，只是想站在高处，眺望一下河流和村庄，眺望一下田野里劳作的乡亲，吼几句不成调子的歌，大声嚷几句没有什么意思的话，比如：春天你好，云娃你在哪儿，鸟儿你们往哪儿飞呀，河流你见过海吗，快看我长高了，等等，然后，哧溜儿下溜下来，返回到地面，返回到清贫朴素却也不乏快乐的单纯生活。

后来村里分田，这棵老柳树紧挨着我家的田坎，也就归了我家。可是，树荫遮阳，妨碍庄稼生长，又因上了年岁，树皮剥落，枯枝渐多，已呈衰败之象。我爹就把老柳树砍了，砍树前，爹爹在树下点了香，跪拜叩头，请土地母亲宽恕，请老树之魂原谅。爹朴实厚道，人很灵性，又重感情，对人，对天地山川草木生灵，都视同父母亲人，深怀着感念和亲情。在面对老树跪拜忏悔的仪式上，爹竟流下了泪水。然后，他才不情愿地、愧疚地举起了那沉重的斧头。

这个菜板，就是老柳树的一部分。当时，爹用那老树身板做了几个菜板，爹妈用一个，其余送儿女用，我住在外地城市，爹妈也给我留了一个。

后来，爹妈先后去世，也没留下什么遗产和遗物。这柳木菜板，就成了他们留给我最后的纪念，也成了故乡留给我的影子和念想。

菜板上的小孔，就是柳树身上的虫眼，它当年的经历，它有过的痛和痒，成了它的眼睛，也是故乡的眼睛，每天，每时，故乡都在用那深沉的眼睛，固执地看着我，看着我的生活。

菜板上一圈圈的年轮，一波波的木纹，保存着漾河温柔的波浪，收藏着故土的风雨和呼吸，说不定，我童年时坐在树杈上说的那些话和我身体的气息，也珍藏在那细密木纹里。

就这样，在柳木菜板上，我切菜，切藕，切葱，切姜，偶尔也切肉，叮叮当当，叮叮当当，在故乡温润的年轮上，我听见了一声声方言和叮咛。

我切的土豆丝最见水平，均匀而细腻，木讷的土豆，在我手里渐渐变成闪光的金丝。就这样，在纷乱的、有时显得混沌的日子里，在逼仄的厨房，在故乡眼睛的注视里，我有了平和的心境，我尽量把内心整理得均匀而有光泽。

而当切肉、处理鱼的时候，我记起父亲当年向老柳树跪拜忏悔的情景，我也在内心感激着自然的养育和生灵的牺牲，我手中的菜刀看起来与屠夫无异，但我心里却起伏着一种复杂的感情。生活的过程就变得不那么理直气壮和心安理得，而是伴随着反省、不安、不忍和一种隐隐的痛感，而菜板上切割的程序，就加入了对山川草木和万物生灵的感念和缅怀。我当然是在做饭和吃饭，并且不拒绝营养和美味，但同时，在做饭和吃饭的时候，我也在咀嚼和反刍着其间蕴含的更多的滋味。

菜板越来越薄了，越来越瘦了，在它憨厚柔韧的身上，留下了密集的刀痕，那都是它隐忍的伤痕。看着这重重叠叠的伤痕，我这才意识到，我一次次切割着食物，切割着生活的细节，我对生活的坚持和爱，其实是以一种似乎热爱的方式，一遍遍地让日渐瘦弱的土地和故乡，不停地受伤受疼。

面对菜板，我时常问自己：你天天吃饭，时时消费，多少粮食在这里魂飞魄散，多少生灵在这里粉身碎骨，多少绿叶在这里香消玉殒，而你对土地、对故乡做了什么？不用思量，我很愧疚，除了对土地的依靠，对故乡的索取，我实在没做什么，我不曾给她浑浊的河湾送去一勺清流，不曾给她板结的记忆送去一点春墒，不曾给她荒芜的院落送去一声问候，也不曾为她即将失传的歌谣续写几句新词，要说我做了什么，就是在远离土地、远离故乡的地方，我直接或间接地仍在吮吸着土地的营养和故乡所剩不多的乳汁，因此，我生活着追逐着甚至跳跃着，其实也是在有意无意地，让土地和故乡受伤着，受疼着，受苦着。

这时，我刚刚举起的已经习惯于在菜板上切割的菜刀和我的手，忽然羞愧地迟疑起来，终于停了下来，停顿在窗外匆忙飞过的一声鸟叫里。那鸟叫，是好久没有听见过的故乡常见的那种斑鸠的叫声，我的父母生前最欢喜听的那种鸟的叫声，也是我小时候经常在河边柳林里听见的那种抑扬顿挫好像是背诵农谚又像是朗诵古诗的好听的声音。它匆忙地飞过去了，匆忙地传给我一个远方的口信，就头也不回地飞远了。

我不能再在这越来越薄越来越瘦的柳木菜板上切割和砍剁了，我一次一次切割和砍剁的，是越来越薄越来越瘦的故乡的影子啊。

这仅存的故土的年轮，实在经不起继续砍剁，我也不忍心再砍剁下去了。

再砍剁下去，我将一无所有。

就这样，故乡留给我的一个柳木菜板，终于成了我记忆的图腾。

我把它郑重地挂在书房中间，望一眼，我就想起了父母，看见了故乡，看见了土地。

我思量着，我应该对土地和故乡，好好地去做点什么……

第二辑

草木忠厚

采青，满山遍野的青翠

头天晚上就要把镰刀磨好，第二天鸡叫二遍，起床做饭，吃了饭，扛起尖担，腰里别上镰刀和用布包着的一小袋干粮（多数是几块锅盔，也有的是米饭），踏着月光和露水，走过田野，过了小河，再走过一片起伏的田野，天渐渐亮了，这支采青队伍也进山了。

山在原野尽头陡然升起，没什么铺垫和过渡，一下子就竖了起来，像一把把长短不一的青色锥子，戳向天空，就觉得这样的突兀和锋利有点不应该，有点没来头，有点不厚道。小时候，没进过山之前，站在家门口看远处的山那气汹汹的样子，就担心若是有人爬上哪个山顶，很有可能会被那尖锥子扎破身体，鸟若是飞得太快也会被剐烂翅膀，多亏月亮与山顶保持了不远不近的距离，不然就会被割成碎片掉下来，黑夜就黑得没边了。

随了大人上山采青，才知道真正的山并不是我以前猜想的样子，山站立得很有道理，即使很陡的山，也有它陡的道理，它是做了认真准备才陡立起来的。我们沿着瘦瘦的山路，在山的身上缠绕，转一个弯是一种感觉，再转一个弯又是一种感觉，好像每一匹山色都是不一样的，重重叠叠的山，就像深浅颜色不同的青布蓝布折叠在一起。我们是在一层层抖开的散发着清香的草青色布匹里行走着。

妇女和姑娘，力气小一些，到半山就停下开始采青，我虽是小孩，却贪爱山色，一直随大人往深处钻，往高处爬。白云在半山腰以上就起了絮，越往上就絮成了朵，再往上朵就连成了垛，渐渐垛与垛相连、相叠，就成了白的墙垛，成了白的车船，涌动着，翻飞着，变化出各种形状，有好多是我没有见过，也叫不出名字的形状。山顶已被棉花的波浪淹没。我们继续往上爬。

这时往下看，已经看不见那些妇女姑娘，她们早已失踪在白云里了，如果她们看我们，一定觉得我们已经去了天上，被白云卷走了。

快到山顶，我们停下来，青草茂密得已经拦在路上不许我们再走了，我们不正是要找草吗？这么多的草、这么好的草，在这里等着我们，等了多久了，现在开始纠缠我们，好像希望我们领着它们下山。

我和父亲、杨贵元爷爷、李成业叔叔、李正文堂哥、李保元表哥等等十几位乡亲，各自隔开一段距离，放下尖担、干粮，作为各自的根据地，挥动镰刀将四周青草一层层放倒。云絮在身边飘动、聚散，时不时有一只鸟从前面草丛里惊飞，我们吓它一跳，它也吓我们一跳。湿漉漉的青草一碰上镰刀的刃口，嚓嚓几声就倒下了，刚才那么精神的草，很快柔软地倒在我们手里，这时候，我忽然觉得对不起它们。也许它们阻拦我们并不是想与我们一同下山，而是阻拦我们不让我们上山，这是它们的家，它们疑惑我们为何闯进它们家里，而且是带着“凶器”闯进来的。我心里又想，草待在这里也会被牛吃掉，我们到这里来，是代表牛请它们下山，反正牛是吃草的，草是养牛的，用贵元爷爷的话说就是它们各有天命，能够各尽天命，就是福气。贵元爷爷的话我半懂不懂，但五十多岁长辈的话总不是乱说的，他的话，让我心安了许多，我手里的镰刀也不那么迟疑了，好像也把道理想通了。

我们把割倒的草铺开晾晒在阳光下，满山的青草色，满山的青草香，太阳朗朗地照在草上，青草的清香渐渐蒸腾出热烘烘的浓香，有点像父亲酿黄酒时，从被子紧捂着的酒缸里漏出的酒味儿，香里带着点甜，甜里带着点辣，漫山遍野笼罩在这好闻的酒香里，我们都有点醉了。

太阳偏西，草快晒干了，我们在山泉边阴凉处，喝泉水，吃干粮，歇息。然后，将晒干的草用绳子捆成捆，用尖担挑着，晃悠悠下山。烈日下忙了一天，割草时已经用去了一多半力气，此时还要挑着草担赶路，人是很累的。路边的溪水哼着自编的曲子往山下走，大人们受了启发，也边走边哼唱一些山歌，或是俏皮风趣的情歌，哼唱的节奏调节着脚下走路的步子，步子踏着节奏移动，就仿佛不是在起伏不平的山路上行走，而是在一首曲子里，在一个风情故事里漫游，歌声就这样冲抵了乏累，单纯的快乐在劳动中生发。路似乎缩短了，因为山歌被反复接续，即兴填进的歌词有对此次朝山过程的夸张描写和对最近村里事件的喜剧式褒贬，山歌的内容与草担下的人们有着好玩的关联，听着听着就有人笑起来，曲子被续长了许多，山路就被曲子缩短了，耳朵还在无意识地等下一段，眼睛却看见已走出山口，远远地，我们看见小河那起伏的白花花的脊背，看见对岸的家了。

我多次随大人们上山采青，那是很累的活儿，但也是很有意思的活儿，人在满山草色中，在满山露水中，在满山白云中，在满山鸟鸣中，如果你正好与有趣的人在一起，你会在浓郁草香里呼吸到民间的古朴风情，那是真正来自广袤泥土的草根文化。

我最后一次上山采青，是考上大学后的1978年的暑假，这次是一个人上山，有一点告别的意思，我估计以后不会再从事这种劳动了，我很认真地面对向我涌来的每一丛草，不无怜惜地割下它们，它们当然不知道这大约是我最后一次用这种方式和它们相遇。当然它们用不着伤感，说到底是我失去了它们，而它们则一如既往地守着这里的水土，岁岁涌翠，年年返青，使我们总能抬头看见那令人肃然起敬的不老青山。

果然，那次之后，我再没有采过青，我竟然真的告别了这古老的劳动，告别了古老的青山。别人可能会说我解脱了，我当时也有解脱的感觉。但是，时光如水，年轮倒转，我如今彻底明白：青草失去我，青草仍是青草；青山没有我，青山仍是青山。但是，我失去了青草和青山，生命里再没有了葱翠和露水，再没有了民间和风情，再没有荡胸的白云，再没有润心的清泉，再没有那漫过古今的青草香。

曾经，那时候，我的面前，我的四周，我的怀抱里，有过那么多的青草，那么好的山色……

草木忠厚

世上草木无数，宇航员从太空看地球，看到的是一粒蓝色晶体，那蓝，是海水的蓝和植物的蓝组成。那时我还小，听到这则消息，我就想，那位外国宇航员看到的，一定也有我家乡原野的草木之色，包括这秧苗啊，土豆苗啊，狗尾巴草啊，鹅儿肠草啊，槐树啊，李子树啊，等等。

草木无数，遍布地球，而我们认识的、能叫出名字的实在太少，活了多半辈子，仔细清点一下，见了面能认识的，也就三四十种，多数还都是经常吃的蔬菜啊，果木啊，十分的实用主义，缺少美学趣味。这算什么呢？一本几十万字的字典里，只能认得三四十个字，不是个文盲是什么？我们都是植物盲，草木盲。

这三四十种相识，还是早年的故乡给我的。这么多年，就再没有新结识一株草木。就像我的那些亲戚，姨姨，舅舅，姑姑，表哥，都是小时候在乡下熟悉的血亲，年月久了，或因疏于来往，或因人世变故，不多的亲戚也渐渐更少了。

的确，这自小就熟悉的植物就是我的亲戚，念起它们的名字，就忆起它们的样子，闻到它们的气息，想起它们的好处。来，叫叫亲戚们的名字吧：麦子、水稻、荠荠菜、桃树、柳树、车前草、柴胡、水芹菜、紫苜蓿……它们带着亲切的露水和清香，出现在我荒芜的记忆里，组成一片亲情的原野。

我一直觉得自己愧对自然和草木，自然不计成本养育我，草木粉身碎骨帮助我，可是我对自然缺少尊敬，更谈不上回报。我对草木缺少了解，也缺少爱惜，我连它们的名字多数都叫不出来。大街上行走，别人给你让个路，人家只是侧了侧身子，你都要连声道谢；别人请你喝杯茶，你也忘不了回请人家。自然时时养我，草木时时帮我，我何曾说过一声谢谢，何曾有过报答？内心里还认为理所当然，(天下哪有理所当然的事情？)更有甚者，还动不动就做出伤害的举动。

人类是一种看重恩义的动物，但是很遗憾，人类很多方面的表现又证明自己是忘恩负义的动物。就人与人之间而言，“恩深仇重”“仗义每多屠狗辈，负心总是读书人”“好心换来驴肝肺”等等成语俗语，都透露了对薄情寡义者的遗憾和谴责；而在人与自然的关系上，人的表现更差，若让自然说出对人的看法，也即给人下个操行评语，估计自然不假思索脱口而出的，就四个字：忘恩负义。

草木们肯定也赞同这个评价。不过，草木忠厚，草木无言，草木不记仇，草木尽管饱受伤害，但草木仍然簇拥着我们，在我们到达的所有地方，草木都提前到达，提前帮助我们料理山川，准备粮食，酝酿诗意，布置美学。草木心里也许有一个埋得很深的盼望和念想。我要好好想想，沉默了亿万年的草木们究竟在想什么？

我希望并且要求自己，除了不断修改自己的毛病，净化自己的人性，我还希望我的身上多一点草木的性情。

"草木有本心，何求美人折"，到了这个境界，你就可以与草木站在一起，拈花微笑，目送飞鸿。

我把秧苗插在了银河两岸

跟着爹，一双小光脚跟着一双大光脚，扑通扑通就跳进水田里了。

两只手都不闲，两只手都握着青秧。左手握着一大把，右手从左手里每次取出一点点，一点点插在水田里。

就像我在学校做填空作业。我在学习为土地填空，为春天填空。

倒退着，水里的白云倒退着，天空倒退着，父亲领着我向农业深处倒退。

我八岁的腰困了，我站起来歇歇。

看见远处的父亲也站起来，捶了捶腰，又弯下身子。

我也弯下身子继续插秧。

水面上静止的天空还没有回过神来，我已把一苗苗青秧插在它碧蓝的胸口上。

这一刻，我感觉我是在天上插秧，我把秧都插在蓝天上。

劳动真好，插秧真好，如果腰不困，手不疼，这是多么好玩的游戏，我们把一苗苗青秧插在天上。

只可惜，站在田埂上一看，父亲插的秧像高年级学生排队，整整齐齐的。我插的秧像小学一年级新生，歪歪扭扭的，很乱。

春天一下子显得乱了，田野一下子显得乱了，天空也一下子显得乱了。

于是我返工，重插。还是乱。又返工，重插。

直到天黑，我仍然不愿回家。在土地上的第一次填空作业，我一定要做好。

月亮出来了，星星出来了。它们远远近近地参观我插秧，还彼此交换着眼神，它们蛮有兴趣地欣赏我插的秧。

走上田埂，忽然发现：水田里秧苗摇曳，星光密集，我已把青秧插在了银河两岸……

寂寞的稻草人

播种时节和谷豆熟了的日子，田地里就会站起一些稻草人，他们大都头上戴一顶旧草帽，身上穿着破旧衣服，有的扬起手臂，仿佛正在用力抛掷什么厉害物件；有的手举竹竿，正向可疑的目标用力挥去，但却迟迟没有挥下去，那竹竿，就那样费劲地举着，倾斜着悬在半空，让过路的好心人看了，都有点同情那一直举着而不能放下去的手臂，它是太辛苦、太疲惫了。这么一想，过路的人就为自己悠闲的手感到不好意思了。

天气有时热有时并不热，太阳有时并不出来，他们却都要戴着那顶旧草帽，夜晚也不摘下来，难道怕月亮和星星晒黑了自己？这倒不是。主要是怕大白天那馋嘴的鸟儿们，如麻雀呀，斑鸠呀，喜鹊呀，看清了他们的真面目，说，哼，想吓唬我们，连眼睛耳朵鼻子都没长浑全，还不如我们耳聪目明能跑能飞，哼，把我们当傻子瞎子，你才是傻子瞎子呢。说着，就认定这熟了的庄稼也有自己一份，就吃起来了，吃饱了，翅膀一扇，还跳到那傻子的肩上，叽叽喳喳，取笑他们一番。

当然，以上情形只是偶尔出现过，多数时候，鸟儿们还是有些惧怕稻草人的。他们头上那顶旧草帽，让他们面目虽然有些模糊，但基本保持着辛苦劳碌的农人的形象，保持着父亲的朴素形象。而出没于田野的鸟儿们，是尊敬，甚至有些怜悯这些辛劳的父亲的。它熟悉他们劳作的身影，它聆听过他们的方言和谈吐，它见过旧草帽下他们的脸和表情——那是劳动间隙，他们摘下草帽在地畔河边树荫下歇息的时候，它曾在树枝上偷偷端详过他们的脸，那脸上，满是皱纹和汗水，说笑时，就绽开一脸憨厚和诚恳，当然，有时也有苦笑，并伴着叹息。

鸟儿们亲眼看着，是这些父亲们播种侍弄了田野的庄稼，现在稻麦飘香了，他们又没日没夜守在这里，他们要靠这庄稼交公粮，要养家糊口，他们也真不容易。鸟儿们时不时偷吃一点，尝尝鲜，但是，他们那举起的竹竿从来就没有抡下来过，手里的厉害物件也从没有向它们劈头盖脑抛下来过——看来只是吓唬吓唬我们，并不忍心伤了我们，那意思是说：龟儿子，吃一点就行了，河湾苇荡里，山上林子里，有的是你们的吃食，这庄稼，可是我们农人的命根子啊。

因此，鸟儿们是尊敬、同情这些守在地角田边头戴草帽身穿破旧衣服的农人的，也许心里还感恩于他们辛勤侍弄的庄稼充当了自己的部分口粮，并为自己不劳而获感到几分惭愧，觉得对不起他们。尊敬、同情、惭愧，就混合成一种隐隐的惧怕的心情，就不忍再做过分的事情，尤其当着他们的面做，那就太过分，太对不起人家了。所以，稻草人守着的庄稼地里，鸟儿们并不厚着脸皮久留，顶多路过时叨两口尝尝鲜，转身就飞走了。

我家地里的稻草人，与别人家地里的稻草人一样，总是穿着父亲穿过的破旧衣服，戴着一顶破草帽，不论白天黑夜风吹日晒，都寂寞地站在田头，守护着我们的庄稼和日子。

我们的父亲勤劳、清贫，但我们的父亲很善良，有着柔软的心肠。他不忍心让忙里忙外、缝衣纳鞋的我们的母亲，再穿着旧衣服，戴顶破草帽，以稻草人的形象，站在田野里受日晒雨淋，受鸟儿嬉笑。他更不忍心让自己的孩子以稻草人的样子开始生活，他不让他们在烈日里暴晒童年。

所以，那时，在我的家乡，田野里站着的稻草人，大多数都是男人，都是父亲。我们的父亲，坚决地做了稻草人的原型。我们的父亲，他有着比稻草更柔软温和的心肠。

被父亲们守护的田野，笼罩着丰富的氛围和意境。他们破旧的衣服和草帽，让人感到一种辛苦和清贫；他们的固执、坚持和习以为常，却让人感到温暖和安宁。

有一次，走在放学回家的路上，我忽然看见田地里同时出现几个真人和稻草人，都像是我的父亲。一个父亲正在坡地上弯着腰为豆子除草，那是真的父亲，我看见他在豆子地里起伏和移动着的身影。另外还有三个父亲，他们都戴着一顶破草帽，穿着父亲的破旧衣服，一个站在稻田东边，一个站在稻田中间，一个站在稻田西头,他们手里都举着竹竿做着赶鸟的动作。

我幼稚的心里,竟忽然涌起一种辛酸的感情。我寂寞的父亲,劳苦的父亲啊。恍惚间,我感觉满田野都是我寂寞的父亲,都是我劳苦的父亲,满田野都是我穿着破旧衣服的父亲。

不知不觉间,我的眼睛湿了。

我不忍心我的父亲是这个样子。我的父亲,即使化身为三,即使化身无数,难道都是这劳苦寂寞的样子吗?

我流着眼泪,走到三个稻草人——三个父亲面前,向他们一一鞠躬,并轻声问候:辛苦了,爹爹。

忘不了,田野里的稻草人,我们的父亲,我们辛劳的父亲,我们清贫的父亲,穿着一身旧衣服的父亲,戴着旧草帽的父亲,被寒风吹彻被烈日暴晒的父亲,越走越远的,我们农业的父亲,我们寂寞的父亲。

每当看见头顶飞来飞去的鸟儿,我都忍不住想问它们一声,你们,还记得那些稻草人吗?还记得我们的父亲们吗?那些手总是举着,却从来没有向你们抛掷过厉害物件的,那些田野里站立着的父亲们,你们还记得他们吗?

伤心的麦子

麦子认错似的低着头。

它们有什么错呢？它们把自己的一生全都变成了粮食，全都交到了我们手里。

不忍心用锋利的镰刀割它们。

我久久地看着它们。

看着看着，就感到庄稼真是一种优秀的植物，也是一种悲哀的植物。

大人们在一旁说：这孩子不敢割麦子，是不是怕麦芒扎疼了你？

我提着镰刀跑回了家。

妈问：你怎么不割麦子？

我说：我怕麦子疼，怕麦子伤心。

妈说：麦子不疼，麦子不伤心。割了今年的麦子，还有明年的麦子。麦子的心里还藏着麦子。

妈拿起镰刀，陪着我返回麦地……

孤独的玉米妈妈

她们穿着长袖子的衣服，比我妈的袖子还要长。

原来她们怀里抱着好几个娃娃。袖子短了，就无法为娃娃们挡雨水，擦汗水；天闷热的时候，还要用长袖子为娃娃们扇风。

她们个子真高，比我妈妈还要高一大截。

她们的身段真好，都六七个娃娃的母亲了，还这么挺拔、苗条。

我妈才养了三个娃，背都有些驼了。

她们好像有些过于本分，有一点傻。就这么抱着娃娃站在山坡上，也不想想，娃娃要是丢了怎么办，自己太老了身子骨倒下去怎么办？

好在我妈到底也是养娃的，知道苞谷娃娃们养大了，老是抱在怀里不是个事，就把娃娃们接回我家。

我的怀里也抱了几个苞谷娃娃。

妈妈说:“娃娃,抱好这些娃娃。”

我回过头看看玉米地,心里一颤。

她们,长袖子的玉米妈妈,娃娃被我们抱走了,她们的怀里空空荡荡。

那长袖子在风里摇着,像一双双别离的手。

她们怎么能不伤心呢?

她们以后的日子怎么过呢?

她们还能再见到自己的娃娃吗?

电影里和小人书里总是说着人世的生离死别。

植物的永别,也一定是很悲哀的吧?

房前屋后药草香

我妈养了我们这一群孩子，艰苦不易，但都活了下来，直到现在都还算健康。这不能不想起小时候，那是人生发苗时节，若有个三长两短，随时会夭折的。没夭折，靠命大，命是说不大清的。佛教说修行要靠自己潜心证悟，也要靠诸般善缘的护持，才能渐入觉悟之境。护持，说得好。我想说的是，我们小时候的成长，一部分是多亏了房前屋后的诸般善缘——那些散发着药香的草木，护持了我们。

我家老屋房前是一大片菜园，为使下雨天屋檐水畅流，专辟了一条沟渠，从菜园蜿蜒穿过，有渠、有坎、有园，门前就有了田园的格局，沟渠两边，就长满了各种草木，全是野生的，不知何时定居于此，估计与先人们同时吧，更有可能，远在三皇五帝之时，它们就在这里生长多年，谁住在这里，它们就是谁家的芳邻。草木众多，现在还记得的，有薄荷、野水芹、柴胡、前胡、麦冬、车前草、野菊花、指甲花、扫帚秧、薏米，等等，还有五六株椿树，七八棵榆树，三棵桃树，一棵柿子树，几棵冬青树，另外还有一株木槿花树，两株花椒树，在中医里它们也是药木。一到谁有了头痛脑热，胃里泛酸，身上起疖子，出生中医世家、懂点医道的我妈，就几步走进我们的中药铺子——我们家的菜园里，采些对症的，薄荷哪，柴胡哪，麦冬哪，熬成药汤，喝几次，小毛病就好了。

对了，屋后也有芳邻，我家屋子有个后门，后门外是一片竹林，竹林外边是我家宅地边缘，绕村而过的溪水正好从竹林边淙淙经过，好像流水也喜欢这片竹林，就放慢流速，想多在竹影里待一会儿，还哼唱着什么，调子很低，像在试唱，或回忆歌词，但嗓子终未嘹亮起来，歌词还未记起来，已走出竹林。溪水可能觉得对不起这片竹林和这户人家，流水有情，且是深情，水走在哪里就要留下些什么的，鱼儿、泥沙、水草、倒影，或一段民谣，这些，水该给我们的都给了，但是，这段多情的流水觉得这还不够情义，就特意在溪畔、竹下，留下了几样药草，鱼腥草、菖蒲、葛根、金银花、麦冬、灯芯草，等等，有好几样，正好是房前菜园里没有的，这样房前屋后一互补，常见小毛病都有药可治、可防，我家真成了一个中药铺了。无论有病无病，每过一些时候，我妈就要熬上一锅药汤，让我们每人喝一大碗，我妈说，有病治病，无病防病，这药汤，有药性，也有营养，养人也护人，孩子们，喝吧。

春夏时节，我家周围的空气里弥漫着一阵阵药草的香味。

记得那时日子很清苦，但也记得，那时夜晚睡觉几乎不做噩梦，总有某种神秘的气息潜入梦中，改变着梦的方向，梦一次次被黑绊倒，又爬起来，拐个弯，朝向黎明那边草木盈盈的原野奔跑。

当时，不觉得这些有什么特别，现在回想，明白了，我们其实是在草药的看护下度过了童年。那些本分厚道的草木，秉承着大地的深恩大德，环绕着我们的老屋，环绕着我们小小的岁月，用它们的苦口婆心，用它们绵长的呼吸，帮助和护持着我们。人的生命里肯定是有年轮的，我若能解剖和考察我的年轮，一定会看见细密纹路里珍藏的那些多情草木的身影，还会闻见封存完好、永世不绝的药香。

第一次熬中药

当归、柴胡、麦冬、连翘、大黄、车前草、黄芩、白茅根、金银花……

此时，它们在药罐里嘀咕着，嘀咕着。

是否在小声议论我身体里的病？

当归，是爷爷去年在北山采的。

柴胡、连翘是爹爹今年夏天在南山采的。

麦冬、车前草是妈妈昨天在田埂上挖的。

金银花是哥哥从邻居家的院墙上采的。

从高高的山上，从宽阔的田野，从洒满阳光的院墙，它们，来到这小小的药罐里。

它们即将进入我的身体，苦口婆心地劝说，劝说那病，快些离开我的身体。

为了我小小的身体，小小身体里小小的病，大地动员了她最优秀的草木。

它们耐心地等待在我的身边，细心地酝酿着力量……

田埂上的野花芳草

那天，我独自到郊外田野游逛，时值初夏，油菜正在结籽，小麦开始灌浆，田埂上花草繁密，清香扑鼻。车前草、马蹄莲、狗尾巴草、灯芯草、灯盏花、鹅儿肠草、荠菜花、野草莓、鱼腥草、麦冬、苜蓿花……叫得上名字的和叫不上名字的，一丛丛，一团团，一簇簇，它们全神贯注地沉浸于自己的小小心事，酝酿着田园诗意，精心构思着代代相传的古老乡土艺术。一些性急的野花已捧出了成熟的小果果，我采了几样放进嘴里，有的纯甜味，有的微甜带涩，有的不甜只涩，有的很苦涩。我当然不能埋怨它们不可口，压根儿它们开花结果就不是为了我吃。它们是为延续自己的生命而保存种子。它们自私吗？不，一点也不自私，它们没有丝毫的私心，也许它们本来无心，若说有心，那也是草木之心，草木之心者，天地之心也。它们属于天地自然，它们活着，是在为天地自然活着，是在为天地自然工作。它们延续了自己的生命，也就延续了土地的春天，同时也就延续了蝴蝶的舞蹈事业和蜜蜂的酿造事业，延续了鸟儿们飞翔和歌唱的事业。这样，其实也就延续了田园的美景，延续了人类的审美体验。在公元前的周朝和春秋时代，我们的先人在原野一边耕种，一边吟唱，顺手拈来，脱口而出，就把身边手头的植物作为赋比兴的素材，唱进了风雅颂，在《诗经》三百余篇诗里，保存着上古植物的芬芳、露水和摇曳的身姿。沿着诗的线索，沿着田园的阡陌，一路走来了陶渊明、孟浩然、王维、杨万里……簇拥在他们身边脚下，摇曳在他们视线里的，都是这些朴素的野花芳草。兴许，他们还曾一次次俯下身子，爱怜地抚摸过它们，有时，就坐在地上，长久地凝视着它们，为它们纯真的容颜，纯真的美，而久久沉浸，在这种单纯的沉浸里，他们触摸到了天地的空灵之心，也发现了自己的诗人之心。面对大自然呈现的天真之美，诗人们无以报答，只有将一颗诗心回赠，于是，他们捧出一首首饱含情感之露和灵思之美的诗，献给自然，献给原野，献给这些美好的植物，其实是献给了从大地上一茬茬走过的岁月，献给了一代代人类之心。

我看着阡陌上可爱的植物们，内心里涌起了很深很浓的感情，对这些野花芳草们充满了由衷尊敬。它们从远古一路走来，万古千秋，它们小心地保管着怀里的种子，小心捧着手里的露水；万古千秋，它们没有将内心的秘密丢失，没有将手中的宝石打碎。它们完好地保存了大地的景色，维护着田园的诗意。它们是大自然的忠诚卫道士，是田园诗的坚贞传人。即使时间走到现代，文明已经离不开钢筋塑料水泥，它们断然拒绝向非诗的生活方式投降，在僵硬的逻辑之外，依旧坚持着温婉的情思和纯真的古典品质。瞧，此刻，我身旁这些花草，它们手中捧着的，仍是《诗经》里的露水，仍是陶渊明的种子，仍是孟浩然的气息。我就想，我们手里也曾有过不少好东西，但是，一路上被我们有意无意地丢失了、摔碎了多少？植物若是都像我们这样不停地丢失和损毁，这大地，这原野，这田园，会是什么样子？

我长久地望着这些温柔的植物们，想起那些关于地球毁灭、动植物灭绝的不祥预言和恐怖电影，想起我们充满忧患和灾变的地球生态环境，内心里产生了深深的忧郁和恐惧，对“灭绝”则是十万八千个不愿意！不说别的，就凭眼前这些温存、美好的植物，这些从上古时代启程，揣着《诗经》的露水，沿着唐诗和宋词的纵横阡陌，一路千辛万苦走来的野花芳草，这个世界就不该灭绝，而应该千秋万世延续。是的，我们必须将纯真之美坚持下去，将自然之诗捍卫到底。

归去来兮，田园将芜胡不归！我听见，在南山之南，在田园远处，亲爱的陶渊明大哥，正向我招手、吟啸……

除了草木，谁曾与父亲深情握手

麦苗、秧苗、豆苗、玉米、丝瓜、南瓜、葫芦、芹菜、葱、蒜苗、白菜、萝卜、姜、青笋、藕、魔芋、山药、荠荠菜、薄荷、桃树、梨树、李树、柿子树、枇杷树、柴胡、前胡、麦冬、灯芯草、车前草、艾草、蓑草、铁线草、茅草、皂角树、花椒树、椿树、榆树、棕树、柳树、桑树……父亲与这些草木稼禾，几乎天天都要见面握手，有时一天要握好几次。栽植、培土、剪枝、嫁接、修护、防虫、采摘，都是他和草木的亲密接触和亲切握手。那些矜持的树木，比如挑剔的花椒树，尖刻的橘子树，还有一些木讷果树之类，见面多，礼数则少些，但每年开花、挂果、成熟的时候，也总要握几次手。与父亲握手、点头，互相弯腰施礼的草木稼禾，可谓多矣，少说也有几百种。多么广大的草根族群，他们都是父亲的真朋友好兄弟。走在故乡山水原野里，每一颗露珠都认识父亲，每一片绿叶都熟悉父亲的掌纹。我粗略计算，以平均每天会见三四十位朋友、握手百十次计算，在长达八十年漫长农耕的一生里，我的父亲与他的众多草木朋友，至少握手达一千万次以上。

与草木稼禾无数次相握的父亲的手，一生里，却从来没有一双人间的手，主动从各种围墙、各种台阶、各种身份、各种脸谱、各种虚伪、各种势利的隔墙里伸过来，主动向下，主动伸向泥土草木，主动伸向父亲，握一握他那辛苦、粗糙的手，注视一下他那满手的老茧、辛酸、劳苦、寂寞和期待。

而我，和父亲唯一一次的握手，是在他失去手温之后。他静静躺在他一生的寂寞和疲倦里，躺在我们的哀思里。我握起的，除了凉意、愧疚，还有心酸。

我不如草木深情，它们一生一世与父亲相握如友，相敬如宾，一生一世陪伴和安慰着我劳苦的父亲。

我慢待了我的父亲，我对不起我那勤劳如牛、寂寞隐忍、受苦受累的父亲，我对不起父亲的那双手……

缅怀河边那片野菊花

昨夜通宵大雨。在距离故乡不远的旅馆里，我睡不踏实，老是担心河里涨水。

倒不是担心别的，比如过河办事之类，河里涨水，过桥就行了，谁还担心河水阻隔？现在有的是桥。钢筋水泥一搅拌，两折腾，桥就架起来了。此岸彼岸是过去的说法，现在早没了彼岸，我们把所有的岸都合并了，我们都在此岸，在此滩，或此摊，或此店。

我担心的是河湾那片盛开的野菊花，它们过不了桥，桥与它们无关，即使连接天堂的桥，通往净土的桥，它们也不需要。它们出现的地方，就是它们的天堂和净土。它们哪也不去，相反，倒是我从老远赶来这里，看见它们，才知道它们的好，它们带给河湾的那份好，带给我的那份好。

昨天下午，我沿河散步，走到小时候捉迷藏、采野菜、看彩虹的那片河湾，当年的柳林、竹林、草地、芦苇荡不见了，到处是挖沙淘金者留下的许多可疑陷阱,河滩显得荒瘠,景物稀疏寒碜,全不似当年。心里很是惆怅。人感到“山河不可复识”的时候,就会觉得构成生命的一部分珍贵内容也变得模糊和不存在了,有一种被掏空的感觉。

就在伤怀之际,我的前面忽然一亮,一片金色绸缎在起伏闪光。我以为是金黄色的塑料袋或闪光的建筑废弃物,这样的现代光芒既不能慰藉眼睛,更是要加剧心里的荒凉的。但是我没有贸然掉头而去。因为此时,我想救济一下我的眼睛,抚慰一下我的心灵,我想找到一点我想要的东西招待一下自己。毕竟是故乡嘛,故乡总会保存一些念想和好东西的吧。

于是,我走向那一溜窄长沙洲,那一片金色光芒。

果然,是一片野菊花正在盛开,河风和暖阳里,它们举着金质小酒杯,碰杯欢饮,好像在庆贺自己的生日和大家的生日,我甚至听见了它们的酒令和祝酒词:呵呵,干杯,干杯,不是都见到了吗?不容易见一面,终于见到了,眼睛一睁,就看见我们自己,我们每一朵全都是自己的自己,又都是大家的自己。来,干杯吧,我们是此刻的自己,也是以前的自己,一千年或三千年前的自己。干杯吧,碰一下、碰三下吧,干杯。正说着,一阵稍大的河风吹过来,它们全都把身子、把手中的杯子碰在一起了,呼呼的风声里,杯子响成一片,它们笑成一片。沙洲上,涌动着金色漩涡。

只见旁边的河水里,荡漾着一片迷狂的金色碎光;河湾里的风，正均匀地传递糅合着热烈与羞涩的古老清香。

我被故乡保存的这不多的一点古典的盛景给陶醉了。

一片逼仄沙洲上盛开的野菊花，点燃了我童年的记忆。

在逼仄的沙洲，在危险的河道，在商业应用文和现代粗暴语法里，它们像一首纯诗，向不知诗为何物的现代荒滩，固执地出示古典的意境，它们摇响的天真铜铃，召唤着饱受伤害而显得闷闷不乐的河流的灵性。

我分享了它们天真的快乐，接受了它们的祝酒，我伏下身来，将我难免有些粗俗和饥渴的嘴唇，递给其中的一个酒杯，我饮了一口，我看见，有几只蜜蜂也在酣饮。

接着，我静静地坐下来，坐在它们面前——坐在这首不期而遇的古诗面前。

它们，不知道它们置身于何等的险境。不断扩大的荒滩，逼仄的、随时可以倾覆的沙洲。一首纯诗，出示于危险的地理环境和粗暴的语境。

在一小片临时逗留之地，它们经营着永恒的梦乡。

怀着对它们的怜爱和担心，我离开了它们，从一首诗，我返回到生存的应用文和商业的街道。

当晚，雨下得很大，我失眠了。

一定涨水了，据天气预报说，上游的雨更大，上游的水流下来，河，可能已经暴涨了。

那么，河湾里那片野菊花呢？

天亮了,我听见河水咆哮的声音远远传来,很猛,很剧烈,声音里似乎夹着水波和水雾,耳朵里好像也汹涌着一条暴涨的河。

我终究没有去河边。有两次,我已朝着河湾走了一阵,但我都将自己强行拽回。

我不愿去看。那河湾肯定已被洪水淹没,那逼仄的沙洲已经倾覆,被激流卷走。

昨天,我邂逅的那生日盛宴,那首古诗……

我这样安慰我自己:毕竟,那首诗出现了,并且,我看见了那首诗。

在乏味的商业应用文和粗暴的语法之外,在现代的荒滩,我毕竟看见了一首诗……

三月的柳烟

父亲挑着青秧行走在柳烟里。

母亲提着菜篮行走在柳烟里。

哥哥滚着铁环奔跑在柳烟里。

妹妹挽着她的同学说笑在柳烟里。

一头水牛摇着尾巴晃悠在柳烟里。

一个过河的人，从河这岸的柳烟走过，一转身，隐入河那岸的柳烟里。

而当三五只白鹭，六七只斑鸠，八九只燕子……哼着各自祖传的歌谣从柳烟里飞过，柳烟出现片刻紊乱，很快又恢复了静谧，而且比先前的柳烟，显得更加意境深远。

远远看去，柳烟深处，那条小河抖动着一匹刚刚织好的丝绸，朗诵着好听的句子，柳烟，遂有了一首流传千年、在此时显得新意迭出的题诗。

远远看去，柳烟深处，藏着宋朝的词，唐朝的诗，藏着公元前的《诗经》,“昔我往矣,杨柳依依”,那依依杨柳,仍依依在眼前。

那依依着的,就是这如梦如幻的柳烟。

这已是多年前的往事了。

此时,我走在钢筋混凝土浇筑的城市,呼吸着万丈尘埃,努力忆想着童年的三月,三月里的河堤,河堤上的柳烟。

我忆想着昔年故乡三月的柳烟,我那被钢筋混凝土反复搅拌和浇筑的心,似乎也变得湿润、柔软了……

千年古柏的年轮

一棵千年古柏倒下了，在雷雨之夜。

倒地的声音宏大苍凉，附近的人们被惊醒，如闻创世巨响，好似神从天降。

是古树倒下了。

我在古树的遗址，看见了那硕大的老根，有考古者正在丈量、审视，从树的年轮考证此树的确切年龄，与此前说法相当：这棵古树是三国后期栽植的，已经一千八百多岁。

一千八百多年的站立，瞬间倒下。时间之神站累了，坐下来休息。

坐下来，神走了，留下时间的影子。

它站着，看见多少朝代走远，多少人群走远，它把一切都看成了背影。

一千八百多年，它的见闻该是惊人的丰富。

年轮一圈圈转动，如螺纹丝丝缠绕，将历史一层层加密，然后封存。

它一直在暗中为岁月录音，灌制成这储存量无限的唱片，可惜无法播放。

如果能够播放，历史教授都将失业，它才真正有资格讲授历史。

然而它不说话，大音稀声，大雷如默，它的寂静里藏着千年跫音。

不知道考古者除了考证出树的年龄，还考证出别的什么？

我在“唱片”靠近中心的部位，也就是最初几圈细密年轮里，看见了一个细小颗粒，灰黑色的，是一只虫子的化石。

我猜想，它就是一只三国时的虫子，在某个夜晚，当诸葛亮正摇着羽扇钻研兵书，曹孟德骑马走在历史的险径，张飞蘸着月光把宝刀磨了又磨，就在此时，一只虫子，它路过三国，路过这棵月下的树，它被一股好闻的香气诱惑了，它拐了个弯，贴近树身，香气更浓了，于是它爬上树的一个节点，柏树的汁液正在这里渗出、凝结，它走过去，它崇拜那让它着迷的芳香。

结果，它陷进了黏稠的汁液里。

慌忙地，它出走，它挣扎，它要摆脱这危险的诱惑。

然而晚了，它被挽留在这致命芳香里。

时间在不停逼近，不停地在它四周奔跑、集结，时间携带着无数秘密，又把无数秘密提炼成凝重一线，围着它缠过来，绕过去。

时间在对它层层加密。

然而这闯入者，这后悔者，它一直都保持着挣扎、出走的姿势。

直到我看见它的此时此刻。

我想象着，如果在陷落之后的一个瞬间，它找到了出走的方法，但是没有捷径，也无法加速，它只能随了年轮一圈圈、一年年、一分分、一秒秒行走，它永远跟在历史的后面追赶历史，它永远比历史晚了几步，它看见的总是历史的背影。

如果它真的爬出了历史的封口，它睁开眼睛，它将一无所见，因为，历史先它几步已经走远，连背影都消失了。

它看见的只是虚无。

所幸它没有走出，它永恒地停在时间漩涡的深处，停在三国的一个夜晚。

它与时间早已达成和解，它安睡在时间最深的睡眠里。

此刻，我看见了，在无穷时间的某个瞬间里，在幽暗的中心，它保持着千年前熟睡的姿态。

时间和历史是一个大秘密，此时，我看见无穷秘密的深处，藏着一个小小的、精致的秘密。

在时间的长夜，它厮守着最黑暗、最芳香的一瞬……

木格花窗的眺望

是松木做的，阳光照晒的时候，惊喜的窗木就飘出内质的清香。这是我们能够嗅到的乡村气息的一部分，也是农业气息的一部分。植物的魂灵遍布于生活的每一个细节：桐木的门、臭椿木的梁柱（臭椿被民间称为树王）、桦木的椽、棕木的房梁、榆木的门墩、盛米的椴木勺、舀水的葫芦瓢，就连脾气难免尖刻的菜刀也有着柔和的柳木把柄……这一切合并成一种浑厚清洁的气息，这是民间的气息，也是古老中国的气息。

就这样，一部分松木就来到母亲的生活，以窗的形式，帮助着母亲，也恰到好处地把一部分天空、一部分远山引进了她的日子；到夜晚，就把一部分月光、一部分银河领进她的屋子，她的梦境。

站在窗前，首先看到的是那一片菜园，韭菜整齐排列着，令人想起千年的礼仪，民间自有一种代代传递的肃静与活泼；白菜那白净的素脸，那微胖的身段，是一种永不走样的平民美貌；

葱那不谙世事的单纯的手，却能在不动声色的土里取出沁人心尖的情义；花椒树，经营着浑身的刺，守着那古老的脾气：鲜美的麻，一种地道的民间味道。

人在愁苦的时候，就依在窗前，看一眼这菜园，内心里就有了春色，有了不因世道和人心的扰乱而丢失或减少的、那种生的底色，也是心的底色，这就是天地生命的颜色。

我能想象，母亲多少次站在窗前，看那菜园，那经她的手侍弄的植物们，那些绿，星星点点竟绿成这一大片，要不是泥土缚了它们的脚跟，它们也许会翻过窗，走进屋子里来的。

母亲曾说，她年轻的时候，也常失眠，就站在窗前，久久凝神看，好几次看见月光从窗格里进来，就变成四四方方的，她就想这是一封封信，是从天上寄来的，静静地放在窗台，等她收阅。我知道母亲这一生是没有收到几封信的，也许她是在想象天意里会有一个夫君，等着她，却无缘相遇，就在远天远地的夜晚辗转投寄来这一封封素笺。

窗框雕有简单的图案：喜鹊、蝴蝶、莲花、仙桃。古中国的偶像，只是这自然里美的生灵。人居住在它们之中，受它们庇护，也庇护着它们。人与天地就这样互相凝视，互相友善，自然成就了人，人也变成了自然的情义。

阳光洒进来，月光照进来，星星走进来，风有时也跑进来，雨有时也会两三点跳进来，更有时，那迷路的蝴蝶也会因了照眼的窗花飘进来，在屋里逗留片刻。窗外墙根下，时不时就冒出几丛喇叭花藤，顺着墙壁爬上窗子，在母亲难免有些寂寞的窗口，吹奏起淡紫的、蓝色的音乐；那些蛐蛐们，蝈蝈们，根本见不到面的无名无姓的虫儿们，就伴和着唱它们的歌，那从远古一直传下来的老歌；喜鹊、斑鸠、麻雀、八哥、云雀、布谷、阳雀、清明鸟……也远远近近地唱着、唱着。从这木格花窗，你抬眼可望见万里，你侧耳能听见千秋。

我站在窗前，嗅着淡淡的松木香气，和从窗外深远的天地飘来的草木风月的气息，我在想我小小的母亲，她仅是这窗里的一个小小妇人吗？

此时，鸡叫二遍，已是深夜丑时，母亲熟睡了，我静立窗口，看见月亮偏西，泊在遥远的一个山脊上，银河浩瀚，展开了它波澜壮阔的气象，我似乎听到天上涨潮的声音，哗啦啦的声音，它的波浪汹涌过来，拍打着夜深人静的民间，拍打着这小小的窗口，笼罩着我小小的母亲。

哦，小小的窗口，小小的母亲，小小的我们，与浩大的天意在一起，我们很小，但是，人世悠远，天道永恒……

雕花木床：一艘古船

母亲曾说过，人一辈子活不过一张床。岂止一辈子，这张床已有一百三十年历史，足足停靠过好几代人生。

人不过是床的一场梦，梦散了，人走了，床，还在那里。

床框床板上那精致的图案，逼真的花纹，仍显现着匠人的手艺和腕力，他是那么认真地，为动荡的岁月，雕刻着安宁的梦乡。

床头内侧，靠近梦的地方，那丛木雕莲花仍然欲开未开，时间的长夜里，人可以走远，走失，梦却从未中断。我想象，母亲一生的梦里，都缭绕着莲的清香。

床腿已经换过多次了，榆木、樟木、枣木、柏木，都曾轮番支撑过梦和一部分生活的重量，支撑过母亲的呼吸。这些木的腿们，苦苦地、忠实地站在夜的深处，站在生活的暗处。

我抚摸这床，抚摸它光滑和粗粝的木纹，抚摸它被钉子叮咛过、被斧头敲打过、被雕刀装饰过的每一个细节，抚摸它停靠过一代代人的体温、梦境、病痛、低语、倾诉的床板床头，情不自禁地，我对它生出深深的敬意和敬畏——

它，不正是一艘古船，涉过时间的深水，运载着一个家族？

母亲说，我的太祖母、曾祖母、祖母都曾睡过这张床。一代代的孩儿都在这里降生、长大，然后分床去做他们的梦。母亲仍然睡在这里，枕着上一代母亲的梦，把自己睡成祖母，睡成一个家族的传说。

我静坐在床前，久久地，久久地，我感到我的先人们并未走远，他们只是在梦里翻了一个身，隔着薄薄的夜色，他们的声息仍停靠在床上。

我听见婴儿啼哭的声音，我听见接生婆用庄重的剪刀剪断脐带的声音，我听见她惊喜地报告“是一个男儿”“是一个千金”，我听见月夜里床的颤动，窗外蛐蛐的叫声飘进屋里，与低声的呢喃交织，恰到好处地掩饰了夜的温存和羞涩；我听见祖父的鼾声漫过五更，混合着祖母温柔的呼吸，使民间的夜晚山高海深；我听见父亲翻身的声音，我听见母亲为他捶背的声音，他患风湿病的身体，只有贴近母亲的体温，才能得到缓解，这满床的月光就成了仙药，为他疼痛的骨头止痛；我听见掖被子的声音，我听见挂蚊帐的声音，我听见床前中药罐絮叨的声音，疾病是祖传的，药方是祖传的，文火是祖传的，情义也是祖传的，我闻见了苦涩的药香，我闻见了病的气息和温情的气息，我同时闻见了乳香，闻见了婴儿的体香，窗外草木的气息飘进来，疾病和死的气息退去，弥漫在床上床下的，仍是梦的气息，生的气息，从一个家族血脉里散发出来的莲的香气薄荷的清气，以及在平淡日子里缭绕的五谷的气息，泥土的气息，炊烟的气息。

我忽然听见水流滔滔的声音，大河一浪浪漫过。

睁开眼睛，看见的仍是这床，仍是这艘古船。

它一动不动，却已渡过时间的大水，搭载着一个家族的生与死，梦与醒，泪与笑。

此时，母亲已经熟睡。我推窗仰望，星光满天，月光泻地，全宇宙的航灯闪烁，银河的船队已到达天庭中央。啊，这小小木床，小小古船（母亲，是小小船长），搭载着一颗心，搭载着许多颗心，也加入这浩瀚的船队，在夜的深海、时间的深海、宇宙的深海，横渡，远航，漂流……

温柔的棒槌为河流招魂

它是木头做的，浑厚朴素，完整的、彻头彻尾的木质，没有一点铁或塑料，没有漆，没有化学，没有近代、现代的任何气息，没有被加工的痕迹，没有商标，没有被买卖的经历，没有哗众取宠的表情，没有充当旗杆的想法，没有伤害的意图和暴力倾向。世上没有比它更纯粹的木质器物了，你看，木的凳子上少不了几根钉子，木的拐杖上也会有龙凤装饰，木的椽子上免不了要压上瓦，木的水桶肯定被尖锐的东西在暗中控制……唯有棒槌，它完整地保持着木的形象和本质，它是完全的自己。

此刻，我闭起眼睛想了很久，没有想出第二个像棒槌一样的事物，一生一世，就做一根单纯的木头，就做木头做的事情。

它从来到世上的那一天，也就是由树变成木头、变成棒槌的那一天，几千年，也许上万年了吧，从世上有了衣服开始洗衣服的那一天，从它来到河流的那一天，从那时候开始，它就是这个样子，到现在还是这个样子。它简单，一开始就把简单变成完美。从女娲开始到现在，它没有任何变化，它不需要变化，简单不需要变成不简单，完美不需要变成不完美，诗不需要变成散文。况且，河流喜欢它这个样子，衣服喜欢它这个样子，那些温柔的手喜欢它这个样子。而它自己也喜欢自己这古老的样子。

它也许是我们唯一能看见、能把握的古老的事物了。

握起它，你就知道在《诗经》的上游，那些女子们是怎样握起它的，她们用棒槌清越的声音，为河流押韵，为生活押韵，为风雅颂押韵，为古国的心灵押韵。你自然也就知道，在唐朝，在宋朝，在明清，母亲们是怎样握起它的，她们仍然是用这简单的棒槌，守着漫长的河流，敲打着内心的节奏。风平浪静的日子，她们用轻松的心情，把河流绾成柔软的身段，把生活收拾得有模有样；在河水涨落无定的时节，她们用忧愁的手势，细心劝说暴躁的河流，反复揉搓不安分的日子。随意打开一卷古书，你都会看见，男人们总是用刀，用剑，一次次把河流搅浑、斩断，是母亲们流着泪，坐在河边，握起浑厚的棒槌，一遍遍、千万遍地诉说着，叮咛着，直到浑浊的河渐渐变清，直到断流的河又开始重新流淌，直到发皱的生活又找到了自己的款式。因此，我完全相信，最有诗意的河流，是母亲们守护的河流；最动人的诗歌，是棒槌为之押韵的诗歌。

是的，几千年了吧，都是这浑厚的棒槌，在不厌其烦地拆洗生活，教导衣服，应答河流，在一丝不苟地为诗歌押韵，为岁月洗尘。那手握棒槌的女子和母亲，是河流的女神，被她揉搓和折叠过的衣服，穿在谁的身上，都是合身的；历史虽然跌跌撞撞满身伤痕，一旦穿上她换洗的衣服，也总显得光鲜、整洁、得体。

这是棒槌，浑厚朴素，完整的、彻头彻尾的木质，仍是几千年前的样子，《诗经》里的样子，唐诗宋词里的样子，孔夫子看见过的那个样子，陶渊明在南山溪水边看见的那个样子，李白在“长安一片月”里，听见的“万户捣衣声”，那捣衣的棒槌就是这个样子，西施用过的棒槌是这个样子，曾经握在我母亲手里的，也是这个样子。

它，也许是我们唯一能看见、能把握的古老的事物了。

不对，我已经多少年没有看见它了。

很可能，它与我们擦身而过，头也不回地远去了。

没有了它，河流成为真正的流浪汉，穷光蛋，没有了女神的撩拨和抚慰，没有了棒槌的韵脚，没有了浑厚的回声，没有了生动的倒影，没有了温柔的挽留，河，没有诗意，没有风情，没有灵魂，没有想象，没有期待也没有回忆。

这时候，我才知道，《诗经》和唐诗里的河流已经一去不返，匍匐在我面前的，是漂白粉漂着的河流，是农药毒着的河流，是淘金船淘着的河流，是洗衣机搅着的河流，是钓鱼竿钓着的河流，是正在死去的河流。

我必须赶快回一趟老家，找到母亲用过的那个棒槌，把它永久收藏起来，这该是河流留下的最后一点把柄了，凭着它，我才能想象河的上游，那万古千秋的岁月的上游，那神话的上游，传说的上游，母亲的上游，诗意的上游。

我将握起它，沿着河流行走，我将不停地用它制造声音，为死去的河流招魂……

柳木拐杖的故事

爷爷拄着一根柳木拐杖，去河那边走亲戚。走到半途，在原野的尽头，爷爷撒了一泡尿。爷爷提起裤子继续赶路。忽然感到手里缺了一样东西，路似乎也高低不平了。爷爷才记起在撒尿的时候，他顺手把那根柳木拐杖插在地上，忘记了，于是手就这么空着，路就难走起来。

爷爷在亲戚家住了十天。临走时，亲戚给他一根柳木拐杖，并且叮咛说：再不能把它丢了，无论撒尿、歇息，都要记着它，你手里有一根柳木拐杖。

爷爷走原路返回。在原野的边缘，他看见了他丢失的那根柳木拐杖，它已扎了根，长出细细的柳芽。

爷爷拄着亲戚送给他的柳木拐杖走回家。回到家，柳木拐杖已被太阳烤干，爷爷用它烧柴做饭。

原野尽头的那根柳木拐杖，已很快长成一棵大柳树，成为过路人乘凉的地方。树上的鸟儿叽叽喳喳，生儿育女，成就了一方乐土。

爷爷对我说:孩子,手里如果有多余的东西,比如一捧种子或一根柳木拐杖,能扔下就要舍得扔下,不要自己吃完用尽,留一些在路途上吧,说不定,它们会长出一片风景。

爷爷还说:不要害怕自己丢点东西。自己受些损失,天地会因此得到好处。天地好了,你还会不好吗?柳木拐杖长成柳树了,鸟还愁没家吗?夏天还会愁没有绿荫吗?

爷爷送我一根柳木拐杖,叮咛说:孩子,一路走好。

在城市,我不敢拄这根柳木拐杖,人家会笑话我土气,嫌我影响交通;如果我不小心将它丢失在大街上,它不仅不会在水泥地板上长出绿叶,我还会因此而被罚款。

城市呀,水泥呀,工业呀,技术呀,电脑呀,网络呀,市场呀,数字化呀,爷爷给我的这根柳木拐杖果真就没有价值了?果真就没有了长成一棵柳树的希望了?除了垃圾,我再也不能给这个世界留下别的东西了?

我很快回到故乡,我把这根柳木拐杖插在爷爷的坟上。它会长成一棵柳树。等我老了,我就离开城市返回故土,从这棵柳树上折一根枝丫做我的拐杖。

我会像爷爷那样,拄着拐杖在大地上走来走去,如果不小心丢失了它,没关系,它会被土地保存起来,长成一棵大柳树。

柳树的绿荫,是我留给大地的身影……

想念尖担

人们都知道扁担，是用来挑水、挑货物的。但是，还有一种扁担，严格一些说不能叫扁担，而应该叫“尖担”，是过去乡里人挑柴用的。它形状类似扁担，但两头是尖的，所以叫尖担。为什么两头要削尖？那时上山割柴采青，柴、草用草绳、棕绳或藤条捆成两捆，两头尖的尖担各扎进一个柴捆或草捆，然后翻山越岭挑回家。有时农民也用尖担挑稻草捆、挑玉米秸捆，等等。几十年前山上还有不少狼和熊，割柴采青的乡亲时不时遭遇它们的袭击，这两头尖的尖担就成了防卫的武器。我老家有一个人，姓杨，当时十六七岁，随大人上山割柴，累了，就在柴山上打起盹来，一只小狼啃吃了他的半只耳朵，他感到痛，尖叫着醒来，他的父亲举着尖担急忙跑过来追杀狼，戳在了狼的后胯上，狼逃了，可能没有受大伤，姓杨的小伙子却永远缺了半只耳朵，他现在还活着，已经是八十多岁的老人了。

我小时候也随父亲上山割过柴，采过青，使用的就是这种尖担。第一次从几十里外的大山把柴挑回家，父亲特意用秤称了重量，是四十三斤，当时我才满十三岁。以后挑回家的柴就增加到五十多斤，七十多斤，八十多斤，在我不满十七岁的时候，挑回的柴曾经达到一百二十斤左右。那时候我就很高兴，用今天的话说就是很有"成就感"。那时候很单纯，我喜欢读书，喜欢劳动，读一本感人的书，好几天都沉浸在书中的情境里；挑一担山柴回家，就自豪得像个完成了很大使命的英雄。

那时候用的工具，比如这尖担，是如此朴实单纯，就像厚道纯朴的乡亲。一根憨厚的木头，斧头劈几下，刨子推几下，两头削几下，就憨憨地来到乡亲的肩上，来到一个少年的肩上。此生我忘不了，是那一根普通木头，一根朴素尖担，最早来到我稚嫩的肩上，最早认识了我单薄的青春，也最早让我认识了劳动，知道了负重而行的滋味。

我还记得，我肩上的第一层茧就是尖担磨下的，当时有些痛，还埋怨过尖担。想不到，它送给我的这早年的礼物，一直保留到现在，此刻我放下笔，将两只手放在肩上，同时摸到了左右两肩那稍觉厚硬、稍觉疼痛的地方，没错，那就是茧，就是尖担留给我的纪念。

我先后用过大约三四根尖担，最后一次扛着尖担上山割柴是1978年2月，刚立春不久，我已收到大学入学通知书，那是大学停止招生长达十年之久后的第一次高考招生，我刚毕业的那个中学只有我一人考上大学。欣喜是难免的，但我没有忘记我的老朋友——我的尖担，它熟悉我年轻的肩膀，它和我一起负起了生活最初的重量。现在我就要与它分别了，我有点舍不得这憨厚的老朋友。虽然，割柴、采青，重量压在肩上并不轻松，甚至很累，但我从那种负重穿越的劳作里，也体会到自然的诗意和劳动的美好：柴的沉郁，有点像中药的味道和长者的沉稳；草的碧绿，扑面而来的全是山野的翠色和清香。有时候挑着柴担走在山路上，竟有三两只鸟歇在柴捆上啄理翅膀，扑腾着陪我一程；蝴蝶、蜜蜂、蜻蜓也常常是我不期而遇的朋友，它们追着我的柴担、草担飞行，好像我是就要远行的春天，或者，它们以为是我挑走了山里的一部分春色，劝说我把春色留下来。有时，我也学着乡亲们，在山顶上或山谷里吼一些很野很野的调子，唱几支很老很老的山歌，就听见山鸣谷应，群山互答，百鸟联唱。当时，真有一种"万物皆备于我"的辽阔、亲切、伟大的感觉，真想从内心里向人世、向大自然致意：人活着真好啊，活在劳动中真好啊，活在天地间真好啊。所以我在上大学的前几天，特意扛着尖担上山割了一回柴，我想好好看看那些亲爱的山，亲爱的水，亲爱的草木，亲爱的白云，亲爱的鸟儿，我想与我的老朋友，我亲爱的尖担，在一起多待些时候，再挑回两肩白云，再挑回一担山色，深深地珍藏在记忆里。

遗憾的是从那以后，我就再没有割过柴、采过青了，也就再没有用过尖担。于今想来，考上大学的那一天，我也就开始疏远土地，疏远劳动，疏远大自然，疏远了人的生命里最珍贵最深切的感受:与万物肌肤相亲,与土地血脉相连。

随着年龄渐长,我怀乡恋旧的情感越来越浓了,每次回老家,都要找寻和看望早年用过的旧物,锄头、镢头、镰刀、背篓、风车、犁铧、水桶、水勺、石磨、磨刀石、连枷、扁担……凝视它们,就是凝视过往的岁月,凝视我们千年万载深沉的乡愁;抚摸它们,就像抚摸一代代父老乡亲粗糙而温暖的手,抚摸我们清贫、朴素、浑厚的农耕文明。但是,随着父母那一代人陆续去世,老家已找不到几样旧物,包括那尖担再也见不到了。我真想再见到当年用过的尖担,我要把它紧紧抱在怀里或扛在肩上,说一声:老朋友,我想念你!然后仔细凝视它安详的、略显疲倦的面容,从它的皱纹里,找到我肩膀的印痕;贴近鼻子,会嗅到它木质的微香气息,会嗅到它收藏的山野气息,柴的气息,草的气息,一个少年单纯的汗的气息和青春气息。

"放下尖担,就打卖柴的",是我故乡的一句俗语,告诫人不要忘了根,不能丢了人的本分。我想我虽然放下了那根木头的尖担,但肩膀上从来就扛着别的无形的尖担,挑着一种情怀,一种责任,一种道义,也难免挑一些麻烦和遗憾,在看不见的地方磨下硬茧硌下伤痕。试看茫茫人海,在世界的大街小路上,谁的肩上不扛着一根或若干根有形与无形的尖担,挑着一担沧桑,挑着一些苦乐,挑着一份期待,孜孜矻矻追赶着家国之梦,坎坎坷坷攀缘着岁月之山?不容易啊,日月星辰不容易,虫虫鸟鸟都不容易,男男女女老老少少都不容易。我既没有放下尖担,就更不会去“打卖柴的”了，因为，那实在是自己打自己呀。我肩上的老茧时时于暗中提醒我：负重者不易，若有余力莫忘帮人一把；行路者艰辛，若能同途莫忘陪他一程，哪怕诚恳地说几句体贴的话，投去勉励的眼神，这样，才不枉土地对你的教诲和尖担刻在你身上的殷切叮嘱。

水勺的前生后世

是柳木做的。你生长在水边。水遗传了你爱水的天性和耐水的韧性。一转身,由青枝绿叶的前生,来到这今生:空空的,似乎遗忘了过去的记忆;空空的,渴望着有什么来填满,来充盈。今生,你注定期待。

然而你并未走远,睁开眼睛,仍是在水边,这淙淙着、潺潺着、清清着、盈盈着的,都是从前生流过来的水。

一生都在水里度过,很像是一种鱼。然而,水里的鱼从来不知道水外面的生活,在最深的水里,鱼也只有浮浅的经验。只有你,在水里看见岸的饥渴,在岸上知道水的心思。

你熟悉泉水的冷暖,那从地脉里走出来的,该是来自地老天荒的胸膛,是怎样深沉的情感?你被那泉涌打动着,涓涓的流溢,情不自禁的倾吐,你知道了什么叫山高水远。如果一个人也像你一样,经常被透明盈满,被清流沐浴,那他的灵魂,该是怎样干净和空灵?

你知晓河水的清浊，你比候鸟熟悉水的情况，因为你无法迁徙在水之外，你是水国的居民。当世道恶浊，人心黏浊，水也就浑浊；当世道清明，人心清洁，水也就清澈。爱清洁是你的天性，但你无法逃避浑浊。有时你焦灼地等在岸上，希望浊流沉而为泥土，清流荡而为浩波；有时你就走进浑水里，以小小的吞吐，试图激浊扬清；有时你就沿河而上溯流而行，到深山更深处，到记忆和爱情发源的地方，去寻找并舀回那能照见我们面影的干净的一勺，那藏在内心深处的、最初的好水。

你了解水缸的深浅，你比生活更了解生活，它的涨落、盈亏、苦乐、动静、明暗。沉下去，你知道它的根底；浮起来，你懂得它的边缘。你搅起的波浪很小很小，但大海不能嘲笑你的水域太逼仄，你其实在搅动一个家族的潮汐，而再大的海也不会去关心一个乡村家庭碗的冷热和锅的深浅。我知道世世代代的民间厨房里，那忠厚地守在水缸里，荡在水桶里，忙在灶台上的，不是皇家的龙，也不是仙家的灶神，实实在在，木木讷讷，安安静静，本本分分，就是你，浑身湿润的水勺。

一生都在水里出出进进，把水舀给水，把生活舀给生活，把情感舀给情感。而你仍然空空的，永在期待。

其实，你喜欢这样空着。午夜，你静坐在生活的水边，空空的，时间也空空的，大地也空空的。就有满天的月光漫过来，就有整整一条天河的水漫过来，就有一生的记忆漫过来，把你空空的心，盛得满满的……

柳林里的喜娃

站着是树，倒下是桥，就是这柳木桥。

稳稳横过急流，波浪不服气地喊叫着，水花打湿你的肌肤。

一身都是水淋淋的，也许，一生都是水淋淋的。

狗怯怯地走过去，寻找对岸的朋友。

猫急急地跑过去，捕捉远方的消息。

牛颤颤地晃过去，鉴别两岸的春天是不是同样的味道。

老鼠慌慌地窜过去，争取更多一些生存的机会。

也有那小小蚂蚁，不顾覆灭的危险，排着长队，飞渡这横越激流的天桥。

我也加入这过桥的队伍，一次次从桥上走过去，又走回来。

有时是随了大人到远处山上采青，有时是与小伙伴到对岸采猪草，也有时，什么都不做，仅仅是过了桥，钻进对岸的柳林，然后高喊留在桥那边伙伴的名字，我喊："喜——娃——喜——娃——" 喜娃拖长声音回应：哦——我——在——这——

里——

于是河的两岸回荡着悠长的童声：哦——我——在——这——里——

那声音经过河风的抚摸和过滤，变得有些潮润，有点像女孩的声音。但那肯定就是喜娃，就是憨厚善良的喜娃发出的声音。

喜娃家是地主成分，他父母经常被批斗。他偷偷将家里藏的书借给我读。有时，喜娃家改善生活，他会把一个温热的蒸馍揣在怀里送给我，我家改善生活时，我就偷两个粽子送给喜娃。我们用这微薄的心意创造着童年伟大的友谊。

现在，喜娃站在河的对岸发出悠扬的喊叫：我——在——这——里——

我不再呼叫喜娃的名字，我回答喜娃：我——在——这——里——

不知道喜娃听到的我的声音是怎样的声音，是不是也有些潮润，有点像女孩的声音？

我忘记了问喜娃。我不知道穿越一条河流之后，我的声音是否会被河流修改和润色？河流的插话会不会使我发出的语言变得含混？河风会不会让我的声音转弯、走调？喜娃听见的我的声音，真的就像我发出的声音那么喜悦、那么清澈、那么真诚吗？

我忘记了问喜娃。

我再也没有机会问喜娃了。

有一天黄昏，喜娃一人在河里游泳，淹死了。

我一趟趟在柳木桥上走过来走过去，想看见喜娃突然从柳林里跑出来。

低下头，我寻找喜娃留在桥上的痕迹。

我看见柳木桥上嫩绿的柳芽。

树倒下这么久了，它已经变成木头了，但它仍然在发芽、生长。

树是这样，人呢，人也会这样的吧？

我相信喜娃到另一个地方仍会成长。

多年以后，回到故乡，我来到小河边，柳木桥已不见了，让我欣慰的是，两岸的柳林仍葱茏着记忆里的风景。

我想起了喜娃。

我特意过了河，在对岸柳林里，找到当年喊喜娃的地方，模仿童年时那拖长的稚嫩音调，高声喊：喜——娃——喜——娃——

但是除了河水的声音，我没有听见应答。

我久久地坐在河边，闭目倾听，我忽然听见柳林深处飘来隐约童声——

哦——我——在——这——里——

我舍不得那个竹篮

家里那个竹篮，是我从一位老农那里买回的，他说他家后山有一片竹林，农闲时就砍些竹子编些篮篮筐筐，进城卖点钱补贴家用。现在厨房用具大都是塑料或不锈钢制品，结实、光亮、耐用，但我不怎么喜欢。在我看来，化工气息和钢铁气息是最乏味的气息。看看房间，就知道化学和钢铁已经包揽了我们的全部生活。这也是没办法的事，我也只是尽可能在生活中保留一些传统的、带着农耕气息的用具。那些草木做成的用具，拿在手里，有一种柔和、忠厚、亲切的感觉，因为它们是有根的，是有生命气息的。有时看一眼，就把人带回到土地的面前，带回到我们曾经生长过的地方。比如每次看见那块柳木菜板，就想起那杨柳依依的小河；握起那洗碗的丝瓜瓤子，就恍若看见老家门前丝瓜架上金黄的丝瓜花，听见采蜜的蜂儿嗡嗡的声音，看见月光从花叶缝隙漏下来，正好停在丝瓜架下纳凉的父亲的光膀子上；捧起那个竹篮子，眼前就有竹影摇曳，就忆起竹林里吹出的甜丝丝的风，若是个文人，还会记起“未出土时先有节，到凌云处更虚心”“莫听穿林打叶声，何妨吟啸且徐行”等诗句……而面对化工和钢铁制品，你的想象是停滞的，或者根本就没有什么想象。你总不能面对一个不锈钢锅，想象炼钢炉里的熊熊烈焰，想象被炸毁被掏空的千疮百孔的矿山；你也不会对着那个煤气罐，去想象与它形状相似的对空导弹和精确制导导弹……

对那些农耕时代用具，留恋归留恋，但胳膊拧不过大腿，你不得不归附化工和钢铁大势，多年下来，我家也仅保留了极有限的几样“老东西”：吃饭用的木筷子、切菜用的柳木菜板、洗碗用的丝瓜瓤子，再就是这只洗菜用的竹篮子。它们，像农耕时代的前朝遗老，保持着昔年的衣冠风骨，怀着对前朝往事的眷念，不情愿地被时间卷入完全陌生的生活，既不能彻底隐身而退，又不能完全融入当世，只好在化学和钢铁的强势统治下，谋个无关紧要的闲职，形单影只地过着半隐半现的尴尬日子。看见它们，就像在光鲜的时尚人群里，瞥见穿着老式衣服的三两老者，让人感叹时光流逝之快，江山已不可复识。

我家这个竹篮子，买来用了一年多时间，多是洗菜用，水浸泡久了，篾片开始朽断，又将就用了一段，直到中间部分已朽空，实在无法盛东西了。放到过去农家，竹木器具朽了，就当柴烧，可说是鞠躬尽瘁死而后已，体现了感人的草木品格。那是土灶，现在的“洋灶”却无法这样，竹木也就难以善终。随便往垃圾堆一扔了事，于我是万万不忍，在我眼里，这竹篮即使烂了、朽了，它也不是垃圾，而是故去的、值得尊敬的竹子。又不能烧，无法让它在烈火里获得永生；又不愿扔，不愿用垃圾之名污蔑它清白的一生；又不能将其当文物珍藏起来。怎么办呢？为难许久，还是十分不情愿地将它割舍了，只能尽量为它选个好一点、安静一点、干净一点的地方，让它有尊严地“作古”。选来选去，最后，在小区绿化带的一个小竹林里，我将它放了进去。对此结局，我倒略觉欣慰：在水泥钢筋的包围下，还能有一小片泥土，还能在最后的日子，与自己的竹子兄弟在一起度过，对于一个即将作古的竹篮，也算是幸运的了。

每过一段时间，我就去到小竹林边，看看我的那个破竹篮。撩开竹叶，我看见它还是我放进去时的样子，像在等待把什么盛满，等待着我把洗净的青菜放进去。有个晚上，我散步到了小竹林边，拨开叶子，我看见残破的竹篮里，竟盛着半篮月光，此时，楼顶的月亮正把一捧捧月光，顺着竹林的缝隙洒下来，我的竹篮，就一点点地把这珍贵的月光收集起来。

昨天下午散步，我又撩开竹叶，看望了我的竹篮，它更破了，快散架了，若遇连日阴雨，它怕是会完全朽掉，化成泥土的。

不过，它现在还保持着竹篮的轮廓。我看它看了好几分钟时间，走开了，忍不住又返回去看了一会儿。

每次看它就仿佛是看最后一眼。我感到，它是那样孤独，那样寂寞，那样凄凉。一个器物或一个生命，到了最后，都是这样。

我心里禁不住有些难过。

竹帘，一格一格的思念

它是朴素生活画龙点睛的部分。

风轻轻撩动它，风有时用力抖动它，它把粗暴的那部分细心地挡在外面。屋里的灯，灯下的那本书，窗前那双缝衣的手，就感受到来自天地深处的问候。

必得是从竹片的缝隙漏进来的风，才是这般深情地掠过心尖，将一种温柔的情绪撩拨起来，接着是像春天的原野一样广阔的内心的宁静。

竹帘把视野分割成一格一格的，把寂寥无着落的心分割成一格一格的，心可以在任何地方定格，透过竹帘望出去，就看见春天是一格一格的，对面匆匆走过的人影是一格一格的，天空是一格一格的，远处的青山是一格一格的……那么，命运、爱情、死亡是不是也是一格一格的？那突然降临的事物，其实都是好不容易走过了千山万水才降临的，是一格一格地降临的。

帘外的天空，那无限充盈的蓝色，不正在一格一格地慢慢形成、聚积，渐渐延伸至无穷的苍穹？

遥想一代代古人，他们也曾在竹帘后面，凝视门外一格一格的天空，一格一格的青山，那时，他们可曾想到，他们的视线后面紧随着我的视线，被他们凝望过的青山，又被我长久凝望——甚至竹帘也没有任何改变。变了的，仅仅是竹帘后面的眼神。

曾有过多少代多少代的母亲，在竹帘后面缝衣、绣花、做针线，帘外的鸟影、虹影、云影，被她们敏感又伤感的心捉住了，于是一代代的孩子们的衣服上、鞋子上，就有了那么好看的图案。

曾有过多少代多少代的少女，在竹帘后面凝望缥缈的天空，如凝望那不可捉摸的命运。突然出现的虹，涂抹了她们如虹的心情；虹散了，梦一样散去；日落了，青春一样落去。她看见不远处的湿地上开着的苦菜花和路边的车前草，她喃喃地念着它们的名字，仿佛在叫着自己的乳名。泪水打湿了黄昏。她倚门远望，帘子外面，星群如野蜂飞舞，银河横流天际，倾泻着不尽的波涛，仿佛要注入这竹帘，注入她小小的屋子小小的心……

蒲扇:自然的手掌

握住蒲扇的那一刻就像握住了自然的手。手感是柔和的、诚恳的,带有一种木质的厚道。如果你刚刚放下电器、键盘、鼠标、刀、斧头、枪、警棍、钳子、电焊枪……你顺手握起蒲扇,那感觉是何等的不同啊。你会有一转身就回到古代的幻觉。是的,你回到了古代,至少你身体的一部分已经离开了机械和僵硬制度对你的掌握,你把手伸进了田园,伸进了山水,伸进了故乡,你轻轻一摇,这个动作正是你在向古代招手,表示敬意和邀请。你就这么一招手,山林水泽的风就吹过来了,唐诗宋词里的凉就漫过来了,你感到了一种久违了的农业的清爽,民间的清凉。

当母亲轻摇着蒲扇,在大柳树下与她的儿女们围坐一起,望着树梢后面的星星,讲牛郎织女,讲女娲补天,讲嫦娥登月,讲后羿射日,讲灶神升天,讲这些讲了百千年的故事的时候,你说,这个情景,像不像唐朝的一个情景,像不像宋朝的一个情景?是的,这个时候,我会突然觉得:我的母亲,她是从远古一路走来的，走了一路，讲了一路，一直讲到今夜此刻。因了她，孩子们心里的那条银河才没有断流，天上的那些神仙才没有走失。

小孩子们围着她，向她要故事，要清凉，要风，她的大蒲扇轻轻一摇，古代的风就吹过来，天上的银河就涨潮了，从树梢上淌下来，孩子们的心里就满当当的，清亮亮的。

我真希望这样的情景不要消失。民间的大柳树不要枯萎，天河不要在工业和电子的上空断流、干涸，那些有情有义的神仙不要被人造卫星驱赶，不要被二氧化碳窒息，牛郎织女们都不要失踪。

我真希望古老的蒲扇，仍然在山林水畔好好地生长，为僵硬的现代，为机械组装的天空，为电线捆绑的都市的夜晚，为囚禁在商业牢笼里的燥热心灵，送去清凉的好风。

夏天到了。我要回老家去，看望母亲，看望那把老蒲扇。我要坐在母亲的风里，沐浴童年的天河。

我还要带一些蒲扇进城，给妻子送一把，给女儿送一把，给朋友送几把，让他们亲手召回一缕缕古代的好风……

蒲扇、孔夫子、佛以及诗

天热了，就到门前溪畔，折一片蒲叶做扇子吧。

春秋、秦汉、唐宋……蒲扇轻摇着，几千个夏天的酷热，都被习习凉风送走。

孔夫子用没用过蒲扇，史无记载，不好考证。但我猜想，他是用过蒲扇的，论语里那些温润的句子，有可能与蒲扇上生起的某几缕轻风有关。

释迦牟尼肯定用过蒲扇，那些清凉的话语，那些深沉的真理，那些悲悯的思想，绝不是电扇吹出来的，绝不是空调调出来的，因为空调遵循损人利己、伤天利己的原则，自己享用凉爽，却把热浪浊气转移给别的人和别的生灵，而佛是为众生输氧的，佛不是氟利昂，佛不是高碳挥霍，佛不制造臭氧空洞。佛，是这个世界的正能量善能量慈悲能量，佛，是从莲田里生长出来，从菖蒲的叶面上随月光一道走来。

躬耕垄亩的陶渊明，一生没有离开过蒲扇，当然，不只是蒲扇，他的诗，是从麦苗叶子上，从稻禾叶子上，从豆苗叶子上，从菊花叶子上，从松柏叶子上，从菖蒲叶子上……和着露珠一同生长出来的。

李白、杜甫、李商隐、苏东坡、辛弃疾……若你认真考证，他们的许多诗稿，最初是顺手写在蒲扇上的，那扇子后来又随手送人了。那些幸运的人，接过了扇子，接过了一缕缕清风，也接过了一首首好诗。扇子朽了，烂了，没了，诗却传了下来。你此时打开他们的诗，会感到一阵清凉，在文字和意境后面，那深藏的蒲扇还在摇动、摇动。

现在的所谓诗，越来越没法读，那根本就不是诗，诗情、诗意、诗境，稀薄得几近于无，诗神沦落到皮包骨头、破衣烂衫、行将就木的可怜境地，实在令人心痛。为何？原因很多很多，最大的原因，就是现代社会本就是消灭诗意、埋葬诗意的，商业主义、消费主义和技术主义统治一切的世界是非诗、反诗、无诗的世界。还有一个原因，就是，我们的大地，除了生长钢筋水泥欲望金钱，已经不生长诗性的菖蒲了；我们的手，除了数钱、炒股、摆弄鼠标、敲击键盘，我们的手里已经没有了那把蒲扇，没有了明月清风……

遥望那扇蓬门

春水，群鸥，花径，蓬门……

隔着一千多年的雾岚，我贪馋地远眺那扇蓬门。

远眺古人的生活。

“舍南舍北皆春水，但见群鸥日日来。花径不曾缘客扫，蓬门今始为君开……”(杜甫《客至》)

蓬门内外，鲜活着那么丰饶的花木、生灵、意境和风情。

一些柴薪，数根竹枝，半亩菜园，搭起了一座天堂之门。

客来了，隔着篱笆，邀来邻家老翁，把酒对饮。

我就是那位老翁，此刻，我接受诗的邀请，走进蓬门。

从蓬门里望过去，花径，春水，群鸥，绿野，白云，无限青山，无边诗意……

恍惚间，蓬门消失，回过神来，我看见我被囚禁在现代铁门里。

从这防盗铁门望过去，我看不见春水，看不见群鸥，看不见花径，看不见邻翁，看不见绿野，看不见白云，看不见青山，看不见诗意。

我只看见另一扇防盗铁门，和无数防盗铁门。

从任何一扇防盗铁门看过去，看见的都是另一扇防盗铁门。

重重叠叠的防盗铁门之外，是钢铁、水泥、机械、车轮、塑料、噪音、废气、污水、垃圾、枯河、荒原、沙漠，是大自然的废墟，诗的废墟。

杜甫的诗意河山，被谁盗窃得空空荡荡？

莫非，当诗退出我们的生活，我们就开始了对大自然的疯狂盗窃和抢掠，开始了对诗意事物的大肆洗劫和毁灭。盗窃和洗劫，就成了我们的生活方式？

我站在防盗铁门里，遥想着那扇古老蓬门。

它永恒地敞开在那首古诗里，惊讶地打量着——

这失去诗意的、貌似繁华实则空洞的现代荒原……

用草木填补世界

一

门前的地上出现一点空白，父亲会及时去填补，填一窝蚕豆，几苗青菜，或一架葫芦。若是父亲忘了，母亲就去填补，补几棵指甲花，或一丛薄荷。父亲唯物、实用，然而，他的唯物和实用，也被自然之神导入灵性的意象和审美的情景，豆苗和青菜以及葫芦，让我们的视野绿意盈盈，缠绕在窗前的葫芦藤蔓，令我们在夜晚的梦里顺藤攀上浪漫的月亮；母亲则唯美、仁慈，即使她选择的实用之物也天然地带有唯美和利他的倾向，指甲花装饰我们的手指，薄荷治我们和邻居的风寒病。

那么，如今，在拥挤的生活里，在已没有什么空白的世界上，我们除了在银行卡、求职表、履历表、购物券上，填上我们的姓名、密码和欲望，我们还能给世界填补点什么呢？

小区楼下有一小片空地，是该填补点什么的？我们不约而同想到的，就是赶紧用水泥硬化了，抢占一个车位，填补上我们那用于高速狂奔的轮胎。

老张犯事了，空出一顶乌纱帽，众人跃跃，觊觎着填补那个位子，成为那顶帽子的新主人。

电线杆上贴满了一个时代的病症和推销给它的主要用于加重其病情的假药：壮阳秘方，治癌秘方，根治性病秘方，根治瘫痪秘方，根治抑郁症秘方。

…………

除了填补垃圾和更多垃圾，填补欲望和更多欲望，填补伤害和更多伤害，填补遗憾和更多遗憾，我们，还能够给世界填补点什么呢？

这时，就想起父母一辈和他们的上辈以及上辈的上辈的好了，他们总是在大地上填补那些柔软、青翠、芬芳、分泌露珠和情义的事物，支持了生存，滋养了情感和心灵，也维护了大地的水土和景色。

二

面对这越来越拥塞逼仄的世界，我有时真的很急，我想给世界填补点什么的愿望至今不能实现。

想给天空填补点什么吧，天空一口否决，说间谍卫星、飞船、飞机、导弹、废气、雾霾、尘埃、风筝，满天拥挤结队奔跑缭绕不散，天空已经呼吸困难，已经转不过身。我如果有本事，我就给天空填补一条四季当空舞的彩虹，环绕地球，变幻出万千花朵的形状，让普京、特朗普们一抬头就看见我的花朵状彩虹，于是宣布收回他们的导弹和卫星，为美好的彩虹让出领空。可惜我没这个本事，只能望着午后的灰蒙蒙的天，为它喷吐几个它并不需要的烟圈。

那么，就给大地填补点什么吧，为它填补几眼泉？当然，我完全能挖出一个个貌似泉的深坑，可是哪有泉脉和泉源？又不能指望我的眼泪，即使天天大哭也哭不出一汪泉的。那天，我扛起镢头，怀里揣上种子，想种地，想亲手种点蔬菜和庄稼，想亲手为大地填补点好东西，却不知道该往哪里去，才记起我早已无地可耕，怀里揣的种子，都激动地往外面蹦着，可是，该把它们填到哪里呢？月球上也许有一块等待我下种的空地？可惜去不成。城市里只有广场偶尔还空着点地方，可是水泥地板拒绝耕种，你只能为时尚的鸽子撒下一点矫情的食物。

三

最后，我退回书桌，退回纸上，退回网上，发现纸上和网上如山如海密密麻麻的字，实在也没留下多少空白。几千年了，多少天才都在时光之网里填补啊，填补啊，诸子百家，诗词歌赋，千古名篇，锦绣华章，李白、杜甫、苏东坡、李清照、曹雪芹、鲁迅……都在填补啊，填补，不停地填补。

纸啊纸，网啊网，文字啊文字，你们需要我吗？我还能填补几句有意思的话吗？

满身露水的花椒树

多少年了,我总是忘不了老家门前的那三株花椒树。

花椒树个子矮,浑身长满了刺,每一根刺后面都挂着一串花椒。

我当时觉得这树有些怪,也很精明,个子矮,免不了任何一双手都会伸来摘,它就长一身的刺来自我防卫。

高的树总是一些单纯有力的树, 它们不长多余的东西,只是带着一身热情的汁液向天空攀缘,如那些桦树、柏树、杨树。

矮的树有太多的对土地的依附和不明不白的周围事物的纠缠。它们长不高,但作为树又要完成它分内的事务,它们用很大的精力保护自己,同时细心地、战战兢兢地去尽自己作为树的责任。瞧这花椒树,它用多少刺才能守护住花椒。

我当时觉得这树太小气,每次采花椒总要被它扎伤,就叫它:小气树。

后来我知道感激它了。

是它让我知道了麻的味道。

是它让我懂得了有一种既不痛，也不痒，既不难受，也不好受的感觉，叫作麻。

而且，四周的邻居都爱来这里摘花椒，拿回家去炖汤或煎药。据说汤里放了花椒，会特别鲜；药里放了花椒，会增加药性。

花椒树，你给平淡的生活增添着鲜的感觉，你也在分担岁月的疼痛。

貌似小气的花椒树，你是这么慷慨。

花椒采摘完了，叶子掉尽了，花椒树，你孤独地站在寒夜里。

感谢花椒树，你让我知道了一种复杂的感觉。

感谢花椒树，你让平淡的岁月尝到了鲜。

如今，我无论走到哪里，无论是住在豪华宾馆或简陋小店，清早起来，我总是习惯打开窗子，想寻找点什么，寻找在记忆中藏得很深的东西。我看见的总是钢铁，水泥，轮胎，傲慢的高楼，炫耀的霓虹。

我多么渴望，推开门或打开窗，就看见一株小小的花椒树，满身露水的花椒树。

伸出手来，就给我一点麻的感觉……

深不可测的一杯茶

茶，是最朴素、淡泊的美物。饮茶，是最朴素、淡泊的美事。

在一间陈设简单、干净、空旷的小屋里饮茶是最好的。华贵、复杂的房间里不宜饮茶，那高大、贵重的东西在茶面前摆谱、显阔，茶的自然气息就被埋没了。

饮茶的时候，心情越平淡越好。心情平淡的人，才能感受茶带来的宁静、澄明和清新。

每一片绿叶都在高山深谷浴过风雨云雾，听过鸟声虫鸣。简单的叶子，却有着绝不简单的经历。但它们是沉默的，在滚烫的水里它们并不发出惊叫，接受了这过于热烈的邀请，它们慢慢吐露出纯洁而芳香的情愫。

此刻的杯子里漾出碧绿和淡淡的清香。在这个时候，茶是最香的，但在这个时候，我常常不忍将嘴唇交给茶杯。茶的一生，就这样了结了吗？我想起人生的种种细节，想起那珍藏在这些细节里的眼泪、微笑、期待和感动。就这么喝下去？茶的一生就这么毁于一旦?

于是,我默默向茶感恩,向生活和大自然的每一个细节感恩。向云雾中采茶的那双小手感恩——那是我的妹妹,在鸟声和微风里站着,她伸出手,和着露水采下了一生中最纯洁的瞬间,采下了天空中渐渐呈现的一角蔚蓝,然后,她哼着一首险些失传的民间小调,将满捧的绿色盛进竹篮,盛进别人的生活和日子,盛进我的日子。此刻我的杯子里,那浮动的叶片上,印满她的手纹。

我喝下了茶水,我接受着这感人的馈赠。

如果我们在生活中,不仅为事物的色、香、味、形所惑,而且联想到事物不平凡的来历和它们蕴含的艰辛、忍辱、牺牲等等内涵,当我们遭遇这些事物的时候,就是与生命和命运遭遇。这些事物就不仅进入了我们的身体,而且深入了我们的灵魂。

世界不只是一堆物,世界更是一个比物更丰富、更恒久,也更惊心动魄的精神过程。我们透过物的"物性",看到的是更其深广和神秘的"神性"。一件物到达我们面前,它不仅吁请我们感受它自身,而且期待我们体悟与它关联的一切。

茶不仅仅是一种饮料,它更是一种有意味的事物。饮茶,就不只是为解渴和去乏,更是要感受在茶的氛围里所呈现的境界、情调和韵味,有时要达到一种智慧和觉悟。

由茶,我们可以推想到许多。一株树不仅是供我们乘凉和做家具的,一株树也是一种意境,一种生命的境界,树根在深深的地下展开着纠结着，它使我们联想到，生命的明亮部分往往由其幽暗乃至苦难的根基所营养，由此才有树冠那巍峨葱茏的生命高峰。一头奶牛也不只是供我们挤奶的动物，它也有感情，有痛苦，如果不是人的挪用，也许这奶牛早已做了母亲了，我们享用的富含蛋白质和维生素的牛奶正是奶牛用苦痛所酿就。生命的成长是这样美好，而其背景又是如此艰辛甚至带着残酷，当我们喝完了牛奶，是不是不只增加自己的几分脂肪和体力，而且也增加了一些德行和慈悲——对大自然、对生灵多一些珍重和怜悯。我们被其他生命养育着，为了我们活着，许多生灵承担了苦痛。如果我们再额外地为大自然和生灵增加痛苦，我们就大大地错了。

人的一生要喝多少茶，茶里的香味、甘味、涩味、苦味、意味、禅味，我们能品出多少？从第一杯茶到最后一杯茶，由浓郁到平淡，由浅尝到深品，永远有品头，永远品不到尽头。即使生命到了尽头，最后那杯茶，仍如最初的那杯，眨着绿的、深长的眼神……

一杯茶的午后

你当然听不见，滚烫的开水注入杯子，那一声声尖叫。也许，大音无声，至痛无语，至痛，反而不痛，赴汤蹈火，只是去完成一场前世的约定。

怎么也没想到，从数千里之外的高山，来到这里，来到你的面前，来到你的杯子里。而且正好，是在安静的午后，与你面对面。

隔着浅浅的水，你是否看见了千里外的青山，重峰叠峦间，渐渐生出一片片白云，漫过雨后的森林和寺庙，停靠在茶树嫩绿的枝头，正在这时，是谁那满是伤痕的手指，采下了那片云、那些叶子？

隔着浅浅的水，你也许听不见，那只孤独的鸟儿，它在茶山上飞来飞去，它不住地鸣叫，将它的影子，一次次投下来；又是谁，和着绿叶与露水，拾起了那声鸟鸣，盛进青涩的三月的竹篮？

当然，你与这一切，仅隔着一层玻璃，却隔着万水千山。你看见了吗，在水深火热中沉浮的，那心形的叶子，是怎样一些多汁的心？那眼形的叶子，是怎样一些蓄满愁思的眼？

深陷于水深火热，深陷于记忆的波澜，时光倒流，一生的岁月一一浮现，被折叠的年华渐渐展开，被缩水的梦重新泛绿，那被夭折的芽尖儿，有了再次发芽的幸福幻觉——它似乎就要重返枝头，邂逅春天。

——然而，很快，连续的沧海涌波，一次，二次，三次，连续的波浪之后，海，落潮了，天色渐暗，越来越暗；记忆退回史前的荒滩；时光的残渣，终于被时光随手倾倒，不知所终。

（这时，这浅浅的杯子，其实深到无限。深到足以让一个人看见自己的一生，深到足以让考古学家前来打捞，打捞出从古到今所有失踪的沉船。）

这时候，杯子是空的，时间是空的，天是空的，心是空的。杯空，天空，心空。空空的杯子，默对着空空的天空，静静地，一字不说，却说出了一切。

——这些，似乎与你的茶道无关。据说，清净无虑，平和无忧，才是近于茶道的。上面这些，似乎是不够清静不够平和的。然而，此刻，在喝完这一杯茶之后，面对空杯，你是否才真正发现了茶道？是的，那空空的杯子里，此时，才真正盛满了茶语、茶经、茶意、茶境、茶道。

老子曰：道可道，非常道。

汉语的茶遇见英语的咖啡

美洲炽热的阳光注入我黄昏的杯子。

一杯复一杯。

今夜我要写一首长诗，今夜我决定不眠。今夜我要向月亮学习，为天空值班，为大地守夜。

我的血流加速，心跳加快，咖啡因搅动着也兴奋着我的血液，流淌在血液里的古老汉语也被搅动，惯常的语法被颠覆，平和的语态被撕破；一些奇怪的句子和诡异的意象频频出现，终于，在后半夜，一首连我自己也读不太懂的诗，被浓烈的咖啡浇灌出来了。

总是在茶香和宁静的轻雾里，散步、沉吟的汉语，儒雅、安详的汉语，圆润、清净的汉语，言简意赅的汉语，修炼成仙的汉语，竟然也看不太懂它写的这首诗。

这是诗吗？诗是这样子的吗？

被咖啡因搅动和操控，我的汉语走火入魔，濒临癫狂，它已不知道意境、意味、神韵为何物，它以为诗就是欲望宣泄，就是胡言乱语，它果然胡言乱语了一大堆，据说是一大堆诗。

看来，清茶的汉语读不太懂咖啡，也不太欣赏咖啡。

虽然，茶杯与咖啡杯紧挨着，就像汉语词典和英语词典紧挨着，它们彼此都读不太懂对方，尽管可以互译，但那核心意蕴，是无法互译的。

（汉诗里那种丰赡、微妙的意境和韵味，是英语能够翻译出来的吗？）

于是，我决定，明天，或后天，我将在一个晴好的日子，净手、焚香，沏一杯清茶，放一段古乐，在一种缓慢、清澈、安静、冲淡、幽深的心境里，揣摩并修改这首诗。

我相信，清茶有修改咖啡的能力。相反，咖啡不能修改清茶。

被清茶修改的句子，将更接近诗。

被清茶修改的世界呢，是否也更接近诗？

我真想用东方的清茶，修改这个被咖啡灌坏（惯坏）的世界……

与黄连同病相怜

黄连，性苦，解毒，去心火。中医书上是这么说的。我服过多少次黄连已记不清了。它以它的苦味和苦心，解我体内的毒，去我心上的火，一次次把我从病中搭救出来。我十分感谢黄连，感谢它的苦口婆心。

有时候我想，从古到今，有多少人喝过黄连，黄连以苦涩的话语教诲着人的身体和性灵。黄连帮助过一茬茬人，以它的苦减少了人世的苦。一茬茬人在对黄连的回味中走了，黄连仍长在山中，留在人世，接受病的求救和访问。

人其实是一种疾病存于世上，文明史其实就是人的疾病史。民间有言："百草皆是药。"可见造物者是把世界当药房造的，人来了，病来了，于是就在病房里吃药。所谓幸福，就是无病无灾、身心健康的感觉，就是那些暂时不吃药的日子。而黄连是常用药，因为我们经常体内藏毒，心上起火。我们的病苦由黄连去解，而黄连的苦呢？我们喝黄连的时候，才知道它周身皆苦，我们喝下它，让它去察看我们的五脏六腑，去深入隐藏在我们体内的病灶，不知道黄连在我们体内都发现了什么，有些什么观感？它或许发现我们病得不轻，发现我们满身皆苦，或许觉得我们也是一种黄连？

这么说来，我们与黄连是同病相怜，我们吃它的苦，它治我们的病。就这样我们与黄连达成了永恒的默契——黄连有苦就找我们，我们有病就找黄连。

密林里的秘密

密林里杂木混长，都长得很直，粗壮的不多，都处在材与不材之间，让人感到它们永远都在生长过程之中，没有巨树老木，少了苍茫感，也少了些衰朽之感。这样的林子，或许让那准备打造宫殿者遗憾，却让漫游者感到大自然的年轻气息。生长者万岁，过程万岁。让生长的过程更悠长一些吧，我不愿看到过程终点那千篇一律的惨淡结局。能力常常诱导出能力。黄金贵重，遂诱导出疯狂的拜金掘金冲动。冲天的大木诱导出杀气腾腾的斧子。出色的能力每每招来毁坏的能力。大自然常常以它的无能隐匿和保护着它的万能。在外地，我看到过太多的秃山，一打听，那肯定是多年前林木葱茏的宝山，太多的好木诱来太多的斧锯，它毁于它的丰饶。大自然终于还有那么多青山，它们或生杂草，或长灌木，无用且无能的草木却保存了群山的青绿血脉。这就是无用而有大用，无能而有万能，无为而无所不为。我想以我愚蠢的脑子，向大自然提一点建议：多生长一些无用的东西吧,多一些无用的杂草,无用的野花,无用的灌木,让那些贪婪的眼睛从这些无用的东西身上移开,这样,大自然有福了,大家都有福了,生灵都有福了,我们终于有了大片的草地,大片的花坡,大片的密林,有了大片大片的青山绿水,有了大片大片放飞心灵的审美空间,有了大片大片的好心情。

你瞧,在这无用的密林上空,飘动着那么洁白的云,这无用的白云啊,谁也不能抢劫,谁也不能据为私有,它是从我们空旷的心里,飘起的洁白洁白的情绪。

让大地上多一些无用的、不能成材的杂木林吧,让它们永远生长在大地上,大地就永远是绿的,我们的心里也绿意充盈。

在松林:我的天堂故事

少年时,在野地里睡眠,是经常的事。最难忘的一次睡眠,是在凤凰山的松树林里。

凤凰山离我家有十几里路,同村的孩子经常结伴到那里挖野菜、拾地软、采蘑菇。有时,也单独一人上山。那年秋天,我就独自上凤凰山捡蘑菇。到了山上,走进松林,雨后的松树散发着浓厚的松香气息,在林子里转了一会儿,竟没有看见想象中的遍地蘑菇,只发现松软的地上,有一些探头探脑的小脑袋藏在泥土里,却不肯露面,我也不忍心向人家下狠手,人家是孩子,我也是孩子,孩子都是怕受惊、怕疼的。

因为已经赶了十几里路,我累了,就躺在厚厚的松针上,听着鸟声和林中的风声,一会儿就睡着了。

睡了大约有几百年之久(年少时的时光总是地久天长,酣睡一觉,就有一梦千年的恍惚之感),一阵奇痒将我惊醒,一只不知姓名的小鸟竟歇在我头发上,正为我捉痒痒,修理发型,我手一伸，一睁眼，小鸟忽地飞了。我在哪里？不像是在家里的床上，也不像是在河边青草地上，也不像是在宋朝水浒的阴森林子里（那时已读过水浒连环画）。终于完全醒过来，哦，我是在凤凰山，在松树林里，我是来捡蘑菇的那个孩子。

这时，阳光透过林梢洒在地上，我站起来，一看，呀，我的面前，一片片、一簇簇的彩色蘑菇，白色的，灰色的，粉红的。妈告诉我的，白的是槐树变的，灰的是杨树变的，粉红的是松树的魂变的，它们没毒，不是毒蘑菇，它们是林子里的精灵，是树的香魂儿。

我蹲下来，无比惊喜又无比心疼地面对着它们，我不忍心采下它们。受了一缕阳光的邀请，在我熟睡的时候，它们从各自的梦境里醒来，经过漫长的跋涉，它们走出笼罩了它们数千个世纪的夜雾，终于，它们睁开眼睛，它们看见了一个孩子，与它们相似的孩子，也在做梦的孩子，多么可爱善良的孩子，除了梦，他身上竟没有任何别的东西；它们也是这样的：除了梦，它们身上没有任何别的东西。于是，它们，提着盛满露珠和清香的花篮，提着一生的心愿和梦，它们围过来，围绕着一个孩子的梦，它们静静地绽开各自的梦。

此时，没有一个人知道，没有一个人看见，松林深处，只有那个孩子独自邂逅了这个天堂里的故事……

你当然能想到事情的结局：那个孩子没有采蘑菇，他柔软的手，几次伸出，最终又返回，返回到柔软的位置。他怎么会去伤害和撕碎那些纯真柔软的梦呢?

他提着篮子轻轻地走出林子,他的篮子是空的,然而,他的篮子真的是空的吗?他空空的篮子里,盛满露珠、鸟声、梦境,盛着他一生里最纯洁的记忆。

树的美感

在风中,远处近处的树,都向我们打着友好的手势。

如果你仔细看,会发现树的手语真是太丰富了,我们内心的许多情感,即使我们自己也未必能找到妥帖表达的语言,而树,他会用微妙的手语帮助我们表达出来。

那用力的挥动,是表示拒绝吗?那轻轻一颤,又向怀里收去,是表示接纳吗?那很快地举起,又垂下来,停留在一个迟疑的角度,那是在痛苦地沉思吗?那样轻轻地摇着,一副怡然自得的样子,树也有物我两忘的时刻?

在正午时分,太阳、树、树的影子垂在一个浓缩的黑的瞬间,树的每一根手指,都全神贯注,仿佛要紧紧抓住这深不可测的一瞬。

树的语言是如此丰富,这丰富来自于他多汁的内心,你不信吗?你见过树的年轮吗?那一圈一圈的,树一生都坚持写着内心日记,写着成长的经历。风雨,雷电,阳光的教诲,星光的暗示,月光的耳语,他都仔细聆听,然后收藏起来。

甚至那曾经使他痉挛和疼痛的伤痕,他也保存下来。你瞧,那棵树,在我们望他的时候,他也在注视我们,那伤痕成了他的眼睛,他用伤痕深沉地注视我们。

树的姿态是这样的丰富,树,没有一种姿态是丑的,是不好看的。摇曳是美,静立是美,在雨骤风狂的时候,他的愤怒和悲哀,也有一种感人的美的力量。

你注意过月光下的树吗?你知道月光下的树布置了一种怎样的唯美、神秘的意境?

是午夜了,东张西望的星子们已有了睡意,月亮悄悄走过来,他有些累了。他停靠在大槐树上那个喜鹊窝旁边,他看见了,这是多么简单温暖的窝啊!豪华的天空也未必有它温暖,有它美,月光也想躺在窝里孵出一只鹊儿,月儿真的躺进喜鹊窝了,可惜只有一小会儿。就这么一小会儿,树的每一片叶子,每一滴露珠都帮助着月亮,成全着月亮,让他做圆这一小会儿的梦。你看,树一动不动,他静穆庄重得像一幅古典版画,贴在深蓝的天上,贴在月亮行走的路上。

巴西亚马孙红木地板

足不出户，我已到达巴西。

经过技术处理，经过资本切割，经过商业交易，南美洲炽热的阳光、茂盛的林莽和如潮的鸟鸣，已化作我脚下安静的地板。

奔腾的亚马孙河的滚滚波涛，化为滚滚利润，迅速向后退去，退去，终于波平浪息。

最后，它匍匐在我的屋子里。

一条浩瀚大河，用它潮涨潮落的水位，仅仅灌溉了我的消费指数和居住品位吗？

有好几次，我莫名其妙蹲下来，匍匐在地板上，仔细辨认和端详，在涂了漆打了蜡的木板上，抚摸那清晰的年轮和木纹。

在价格和品牌之外，在油漆之外，我寻找被商业砍伐了的，大自然的涛声和鸟鸣。

我的匍匐，对被迫匍匐在我脚下的大自然、对被迫禁锢在我脚下的那条大河，意味着什么呢？

对匍匐者的匍匐，是尊敬？是惭愧？

是的。是十分的惭愧。

地板静静地散发着南美洲的木质清香。我又一次感到，全球化气息已充满我的屋子。

全球化，这就是说，借助万能的商业和资本，我们可以消费地球上所有的涛声和鸟语，践踏所有的年轮和月光。

生产刺激消费，消费拉动生产，据说这是消费社会的绝对真理。作为这一真理的实践者，我之消费，不仅拉动了生产，拉动了亚马孙热带雨林隆隆作响的电锯，最终，我还拉动了全球气温升高，拉动了臭氧空洞扩大，拉动地球以更快速度走向末日。

是的，我们足不出户，就已经踏遍天涯海角，踏遍巴西的落叶。

我惭愧，但我却天天如此：被商业锁定的双脚，天天踩踏亚马孙的波光涛声鸟语……

树是我们唯一能留下的身影

1

植树前，你要在众多的树里选几种树，你会来到苗圃，你惊喜地发现，树在它们的幼儿园里，很乖，很可爱，就像你们家也在上幼儿园的孩子。

2

你肯定要扛一把镢头或一个木把铁镐，你多年没摸它们了，你父亲一辈子都没有离开过它们。它不像鼠标那么圆滑，不像键盘和车床那么生硬冷漠，这些木质的事物，是温和、木讷、忠厚的，让你想起父亲的手和他生前的表情，想起了古朴的农业。

3

你恰好栽了一株柳树，柳者，留也，你把你对土地的心意就留在这里了。

4

你栽的柳树旁边，你的朋友栽了一株杨树，“杨柳青，杨柳青”，可以肯定，你们的友谊永远都是青绿色的，杨柳做证。

5

你栽的那株树的树干有点歪，没关系的，大自然会因材施教，使它的那点歪产生别致的审美效应，比起那平庸的正确，它错得独特，笨得有趣，歪得深刻。

6

面对树，你发现：人有雅俗之别，树无雅俗之分，每一种树都是高雅的，也都是通俗的，雅俗共赏，大俗大雅，人做不到，树做到了。

7

你还发现，人有好坏之别，树却都是好树，每一种树都是君子之树厚道之树，它绝对不会嫉恨你诽谤你伤害你，不会从背后向你发射子弹。

8

人有美丑，而每一株树都是美的，都那么好看，树是美人君子，是天生的唯美主义者。

9

你读树,却在无意中读懂了老庄哲学:树真正是无为而治,无为而无不为,树从来不制订什么成功指数、成才指数、利润指数、幸福指数,从不宣布什么吓人的目标,它只是默默站在那里,结果却是:它比我们任何人都长得高大葱茏,比这世上最高大的人类还要高大若干倍,葱茏无数倍。

10

你刚把树栽好,就有一只鸟儿在你头顶盘旋了一会儿,临走时还亲热地说了几句话,你听懂了吗?我给你翻译一下:谢谢你,朋友,我终于有家了。

11

人是为自己活着的,而没有一株树是仅仅为自己活着的,它为鸟儿、为土地、为风、为乘凉的人活着。树比动物高尚,比人类高尚。

12

即使你指桑骂槐,桑和槐都不会与你结仇,你依然能呼吸到它们送来的氧气,树做到了以德报怨,你做不到。

13

在荒坡挖树坑的时候，突然挖出了一节骨头，这是先人的骨头。你对生死忽有所悟：土地是生死轮回之所，在无穷的生死里，你只是暂时活着，你最终的居所是在泥土里。树不想这些，它只按季节和天意行事。

14

趁周围无人的时候，你在树根下浇了一泡尿，树不会责怪你没有礼貌，树虚怀若谷，兼收并蓄，树从这温热的阵雨里收获到一份体贴，树的心在微微战栗。

15

你在树身刻上你的名字，树忍着疼，把你的名字保存在它的伤口里，一直保存到它的年轮里和骨头里。

16

风来了，树在风里吟诗；雨来了，树在雨里填词。树在任何时候都像一首诗站在那里。

17

无风无雨的时候，树静静站在那里做着深呼吸，无欲无念，一灵独存，树是入定的得道高僧。

18

树经历了一件事情，就长出一个枝杈，经历很多事情以后，就长出满身枝丫，这时候树就长大了，树浑身都是故事。

19

树也有自己的心事，不信，你就看看它细密的年轮吧，树天天都在写着成长的日记。

20

你栽树的时候，忽然看见远处闪过一个你多年前眷恋过的身影，你转过头目送了很久，树记住了这一瞬，并暗暗模仿你，结果就长成了一棵歪脖子树。

21

有才的树，被砍了做成屋梁和家具；无才的树，就在大野高坡散漫自在地活着。才与不才，都是木匠和斧头的看法，树各有各的活法，各有各的命，各有各的好与不好。

22

世上没有一株树会炫耀自己的成就，即使它做了教堂的柱子，主教和上帝也受它庇护，它也不会自命不凡。它永远都是谦卑质朴的木头。

23

你看见的树总是一动不动站在那里，你不知道它的根在地下走了多远，树的根是底层深处不会熄灭的闪电，缠绕着时间的长夜。

24

树的根，闪电一样行走在地底的黑夜，它穿越坚硬的乱石，它从墓穴里汲取死者的遗言，它从恐龙的骨骼里搜集时间的灰烬，它从远古繁华的废墟里提炼出结实的线索来反驳死亡和虚无——我们看见的树总是那么简单，明朗，一目了然，而它的根基和背景，它在暗处的漫长叙述，竟是如此复杂丰富，深不可测。

25

一个放风筝的小孩不小心将风筝挂在了树冠上，树就认真地把这风筝保管了好多年，等待孩子来认领。直到这孩子长成大人，从树下路过，他看见树的苍老的手里，还握着他童年的时光。

26

连我们的亲人、恋人、朋友都会背叛我们，树永远也不会背叛和遗弃我们。你和树有一个约定，你让树站在这里等你，树就永远站在这里，三十年，五十年，一百年，甚至五百年，一千年，它都站在这里等你，即使你把它忘记了，即使你不在人世了，它仍然站在这里，等你。

27

在冬天，你走累了，就在树身上靠了一会儿，树立即感觉到你的体温，并珍藏了来自你身上的温暖，次年春天，知恩必报的树，多长出三根枝条，多开了三朵花。

28

你在树旁为一件伤心的事哭泣，你流了很多的眼泪，都被树根悄悄吸收了。许多年以后，人们从这棵质地柔韧的古树身上，发现了晶亮的盐粒，但是已无人知道，树保存的是谁的岁月里的一段忧伤往事。

29

那棵站立在悬崖上的古树，在风雨里，在冰雪里，趔趄着挣扎着，就那么站了五百年，还将站立下去。我能在那里站五分钟、五秒钟吗？在这个险象环生的世界上，每一棵树都是冒险的勇士，都是英雄。

30

树一直坚持绿色的信仰，树是坚定的生态主义者，树对地球怀着忠贞不渝的苦恋和爱情，树千万年来一直默默无闻、不计回报地坚持着对地球的绿化、美化事业。树在多少亿年前，就创造了生态哲学、生态美学和生态伦理学，直到现在我们才懂得一点点。比起树的先知先觉先行，我们难道不是很愚昧吗？

31

假如月球上忽然出现一棵树，我们就会觉得那是惊人的奇迹。在插一根拐杖就能长出一棵树的大地上，有这么多的树友爱地陪伴着、守护着我们，这怎能不是奇迹呢？

32

迟早有一天，我们都会离开这个世界，但我们栽下了树，树身上保存着我们的手纹，树根下保存着我们的脚印，树的年轮里保存着我们对自然的感情，树的某个枝丫保存了我们的某个最真挚的手势，树冠会把对我们的记忆一次次展开，让天空和鸟儿阅读。我们留下了树，只有树能保存我们的身影，让世界总是看见我们。

33

写一百本书,至少得砍一万棵树。先生们,少写点书,多栽点树吧,书是苍白的,用太多的苍白覆盖生活,多荒凉啊。多栽些树吧,树是现实主义的杰作,却有着浪漫主义的境界,树因而是超现实主义的经典。无聊的书,转眼变成垃圾,栽树吧,每一棵树都值得凝视和欣赏,每一棵树都是杰作,都可以传世。

34

我在偏僻的地方栽了一些树,长成一片树林,我经常去林子里转一转,看一看,与草木们握握手,与树上的鸟儿说说话,时间长了,我也变得有点偏僻了,在这个热闹得有些过分的人世,我悄悄地享用着我的这点偏僻,以及只有在偏僻里才有的那种安静、清凉、完整的内心和与自己和睦相处的美好感觉。陶渊明诗曰,“心远地自偏”,那么,我也可以说:地偏心自远。看来,人,和大自然一样,都需要保留一些偏僻的地方。

35

在春天的早晨,我立正,向大地上的树木致敬,这时候我发现:树一直都保持着立正的姿势,向大地,向天空,向河流,向所有的生灵,深情地致敬和祈祷。

36

树的任何一种手势,都是美的,都那么意味深长。多少年之后,树仍然站在那里,向我们打着手势,直到我们消失了,树仍然打着手势,依依地,久久地。

37

树,是我们唯一能留在世上的身影……

勿忘我

走在朝圣的路上，当你看见路旁的野花，就情不自禁地放慢了脚步。

（“生活中的许多细节/妨碍我们走向崇高/但却使我们对生活感恩”——这是已故诗人骆一禾的诗句。）

你俯身，或坐下来，久久凝视春天的容颜。

是谁说的：上帝创造了美好的花朵，却忘记为它安放一颗同样美好的灵魂。

错了。你此时面对的，难道不正是一颗美好的灵魂？

你无法想象花朵的后面和深处，不是一颗纯真的灵魂，而是一缕邪念或一个噩梦。

只有表里俱清澈、肝胆皆冰雪的事物，才有如此动人的形象。

只有从灵魂深处绽开的生命之美和精神之美，才能照耀灵魂。

你真想用露水的语言，与花朵签订一个美的合同：让花朵借用你的方言与你交谈，让你拥有一朵花的灵魂。

一株植物，用整整一生的心血，来创造和绽开一朵花。

植物所追求的，乃是灵魂的完美，以及完美灵魂所释放的精神的芬芳。

植物的唯美主义理想和高尚的生命境界，令人类羞愧和汗颜。

宇宙定然有着神性的冲动和方案，河汉、星空、飞鸟和草木，无不显现着神性的光辉。

路旁这小小花儿，它的小小的心上，定然藏着它所认领的神的暗示。

哦，紫苜宿、灯盏花、水仙、野百合、野菊花、勿忘我……

其实，你们的名字可以概括为一个名字：勿忘我。

匆匆地，默默地，它们开了，谢了。花瓣，随风飘散，零落成泥。

现在，你与它相遇，你停在它面前，默默地，你与它交换灵魂。

你听见它说：勿忘我。

你回答它说：勿忘我。

是的，浩浩荡荡的时间，会淹没和席卷一切，使曾经发生过的一切，形同乌有。

即使这灵魂与花朵的动人相遇，即使你的灵魂里绽开了花朵，即使花朵里安放了你的灵魂，多么美好的事件！然而时间的暴力，也会使之消失，无形，无影。

勿忘我，勿忘我，勿忘我……

你固执地相信，你与花朵交换灵魂的那个时刻，整个宇宙都慢了下来，停了下来。

整个宇宙都凝眸于这纯真的一瞬。

宇宙，在时间之外，度过了最纯真的瞬间。

宇宙因此有了另一种元素，另一种呼吸，另一种深度，另一种记忆。

这一刻，爱，阻止了遗忘；美，战胜了死亡。

你听见，健忘的时间也学会了一个新词：勿忘我……

凝视一朵野花

在这荒远的山野，在这呈 45 度倾斜的斜坡，一朵花，静静地开了。

我发现你时，你正在绽开。像一位幽居的诗人，向唯一的读者，慢慢打开珍藏的手稿。

我看见的，竟是如此精美的情思。

如果我不看见你，我怎么能想象，一棵朴素的草身上，存放着这么动人的灵魂。

可惜你不会说话。如果你能向我说出你内心的秘密，我就不必在毫无美感的大学里研究什么美学，你已经向我透露了最古老的美学原理。

虹的构造、美德的构造、爱的构造，心的构造，都能在你这里找到原型。

甚至一个星系的构造，都遵循了你单纯而深奥的美学。

那么天真，诚恳，思无邪，你是一首完美的纯诗。

一缕淡淡的香漫进我的身体。

可惜我不能与你交换相似的体香。此时，我忽然觉得自己十分污秽。

令我略觉欣慰的是，在你的纯真面前，我发现了我的浑浊，并为此深感惭愧。

这说明我正在把一朵花的灵魂，移植进我的体内，以改变灵与肉的比例，改变美学与社会学的比例，改变神圣与庸俗的比例，从而使我的品质稍稍高出尘世，不辜负造物的苦心和构思。

就这样，一朵不知名的野花，正在从内部修改我。使我能以比较优秀，至少不太丑陋的生命历程，展开和完成自己。

我就这样静静地、目不转睛地凝视着这朵野花，然后，我转过身来，离你而去。

我不愿看见你凋零的时刻。

我将永远记住你向我微笑的神情。

那一刻，整个宇宙也变成了一朵绽开的花，那无限展开的，都是精美的情思，神的情思。

别了，一万年后，也许你还会在这里开放，那时，是否会有一个人，凝视你的时候，想起：曾经有一个古人，那真挚的凝视？

我确信我的目光，那被你点燃也被你净化的目光，最终也被你收藏于内心，并多多少少感染了你。

遥想，一万年后的某个早晨，你又一次悄悄绽开了，你绽开的时候,顺便透露了我的一部分眼神。

一万年后,遇见并凝视这朵野花的那个人,你知道吗?在一朵花上,有我寄存的目光,此刻,我和你的目光,相遇了……

第四辑

水果诗篇

面对水果，我心惭愧

一

我不能想象，如此鲜活纯洁的美物，竟是供我们吃的东西。

用锋利的刀刃、尖锐的指甲谋杀你们，然后用牙齿嚼碎，用唾液搅拌，然后咽下去，埋进阴暗的肠胃——我不能想象，天真的水果，这就是你们的命运？

二

这是屈原赞美的那种橘子吗？浑圆如秋夜的星星，如沉沦在水底依然向我们微笑的天国的宝石。那些孤寂的夜晚，从李商隐头顶从苏东坡眉梢匆匆坠落的流星就是你们吗？我的手不敢触碰你们，我怕触痛了历史的某根神经。

三

苹果,总是这样腼腆,熟透了,依旧是青春的脸和处子的表情。浑身的汁液和情感,你们以缄默克制着内心初恋的冲动。面对苹果,我感到我的心已被岁月风干,我感到我空虚的内心塞满了稻草,我感到了我的手太脏太世故,我不配触摸你。

四

这么亮的葡萄!这么亮的眼睛!世世代代女儿们的眼睛,母亲们的眼睛。多少眼睛都熄灭了,葡萄仍保留着那些深情的眼神。葡萄,做我的眼睛吧,让我用多汁的目光注视干燥的世界吧。

五

这是河北鸭梨,缺水的北方用什么酿造了这水灵灵的美物?我突然有了一个意外发现:在这颗光洁的梨上,我看见一枚小小的手纹,一定是一位北方女孩在采摘时留下的?或许是在露水盈盈的黄昏,她一边采摘树上的梨,一边采摘着心中的思念,满手是露水和月光,这时候,一颗幸运的梨来到她的手中,她并没有留意这傻乎乎的梨,这颗梨却悄悄收藏了她的手纹,收藏了她手上的露水和月光。此刻,我久久凝视这小小的手纹,凝视手纹里珍藏的小小的北方的秘密。

橘子是一颗心

一瓣一瓣紧挨着，围绕一个芬芳的轴心，它们均匀地排列、旋转。

那封闭的穹窿，是它们的工地，它们认真施工，它们仔细酝酿、构思和校正自己，让每一瓣都尽可能符合思念的质地和美学的尺寸，让每一瓣都是上好的建筑材料。

它们认真镶嵌自己，把自己镶嵌在另一个自己和更多的自己旁边。

仿照太阳和星星的造型，它们修建一座圆形的建筑，一座梦的建筑。

它们如此安静，不声不响，它们深藏不露，它们要在难免有些生硬、荒凉、危险、粗糙的宇宙里，另外建造一个柔软、多汁、温情、精致的宇宙。

它们既是建筑师，也是建筑材料，也是建筑本身。

如此圆满和纯粹，如此安静和温润，这是我们能看到和能想象到的最好的圆形建筑了，这是绝不次于，很可能优于佛经以及圣经里所描述的任何天堂的最好的建筑了。

在这座建筑里，除了柔软、温情、甘露，除了爱的纤维、思念的经纬，再没有任何杂质，再没有任何杂味，再没有任何杂念。

这圆形的、梦的建筑，芬芳的建筑。

这心形的建筑。

不，它就是一颗心。

除了这么好的橘子，我实在想象不出还有更好的橘子。

就如同，除了《诗经》里的句子，我实在想象不出还有更好的句子。

把苹果放在一首诗旁边

据说,牛顿在苹果树下沉思,一颗苹果掉下来,砸出了一个伟大灵感,牛顿忽然顿悟:为什么苹果只能落下来,却不能飞上天去?他认为,这是因为地球引力的缘故。他于是发现了著名的万有引力定律。

由此就解释了天上密集的星星们为什么不向宇宙深处掉下去,而是围绕各自的引力场,各安其位、各循其路,旋转复旋转,始终不迷乱,从而维持了稳定的宇宙秩序和一以贯之的永恒天道。

今天下午,我手捧这颗苹果,也陷入了沉思,但我没有再想它为什么会掉下来却不会飞上天去的问题,因为这已经不是问题,牛顿早已给出了答案。

我想的是:世上有无数无数的苹果,为什么恰恰是这颗苹果,来到我的面前,我伸出手,就一下子握起了它?

而且,我发现这颗苹果上,有一个细细小孔,很可能是哪一只小鸟啄过的，它也想尝尝秋天成熟的味道？很可能一阵风或口哨惊吓了它，它终止了它还没来得及开始的午餐，就匆忙地飞走了。就这样，苹果粉红的脸上，留下它细细的唇印，留下它小小的心事。

一只我永远也不可能见到的远方的鸟儿，曾经，它一路寻觅和飞行，在一个向阳的山坡，它看见无数闪烁的、微笑的光芒，在向它深情示意，它俯冲下来，它落在那个轻轻颤抖、特别芬芳的枝头上，它用激动的鸟语，赞美了上苍的盛情，然后，它开始品尝——

就在这时，风或口哨响了。它受了惊，它飞走了。

我遗憾，一只鸟未能分享上苍的美意，却完整地留下了这个苹果，留给了我。

然而，我无法心安理得地独享。

我与那只我注定见不到的鸟儿是有缘分的。我和它，都发现了这颗苹果，也都赞美了这颗苹果。

在同一颗苹果上，留下了一只鸟的体温，也留下了我的手温。

就是这颗苹果，短暂地接待过天上飞来的鸟儿，最终，接待了我。

就这样，我迟疑，我惭愧，我放下了手里的水果刀。

我把苹果放在一页纸上。

这页纸上，记录着我最喜欢的一首诗。

这就是说,我把一颗苹果放在一首诗上。

不经意间,我做出的这个举动,是什么意思呢?

是把苹果当供品供给诗呢,还是把诗当供品供给苹果呢?

我想,这其实是同一回事。

把苹果供给诗,把诗供给苹果,都是最相宜的。

唯独,用刀子谋杀和解剖如此美好的苹果,是不应该的。

久久望着苹果,我想,是不是这样呢?

此刻,我坚决认为,它不应该是让我们切开、嚼碎,然后吞进肚子的东西。

它太好了,我实在不忍心用尖利的刀子去切开它,用粗俗的嘴去咬它,去吃下它。

世间总有一些纯粹、美好的事物,原本就不是供我们消费的,原本就不是供我们吃的。

它们原本就是只能用来做供物的。

它们原本就是上苍颁发给心灵的礼品和供品。

此刻,我觉得:把苹果供给诗,把诗供给苹果,是相宜的。

是的,这么好的苹果,应该与一首好诗,在一起。

它的好,诗的好,合成一个纯粹的好。

这样,很好。

削苹果的妇人

一颗充满汁液的柔软的心，做梦也没有想到，有一把刀子等着你。

在夏天的枝头，你一夜夜凝视四周低语的星子，模仿它们的形象你设计着自己的形象，尽量圆些再圆些，尽量丰满些再丰满些。

你在一个合适的高度，布置了一个伸手可触的天国。

把苦涩的经历都深藏在自身内部，让它们转化成情感的纤维，直到羞红的脸泄露了内心满溢的秘密。

你离开故园的枝头，搭乘高速车辆，你全然不知道，你将到达怎样的筐子，怎样的算计，怎样的手。

我为你难过，在一个必然的地方，一把刀子已等候多时了。

在你和刀子之间，她优雅地坐着。

此时，她温柔地、很有风度地捧起你。

而锋利，正向你逼近。你一阵眩晕。

你感到了闪电的暴力……

与枇杷有关的忧伤

我的初恋,就刻在邻居英子家门前那棵枇杷树上。

几十年前的那个下午,趁英子一家人都不在家,趁院子里空寂无人的时候,我用铅笔刀一笔一画刻着英子的名字,一笔一画刻着一个小学生的秘密。

我希望这棵名叫英子的枇杷树,永远不长大,永远不变老,永远结枇杷,永远长在这里,哪怕永远不进我的家门,哪怕永远只做我的邻居。这样,每天早晨开门,我都看见一棵名叫英子的枇杷树,站在清风和露水里。

英子的名字,在枇杷的甜露里发育,渐渐长大,渐渐长高。

英子很快就出嫁了。

枇杷树质地坚韧,可做手杖,可刻印章。邻居家的大人后来就把那棵枇杷树卖给了县城的印章社。我的秘密,就被分成了无数份,被刻成许多人的印章,签署各种契约,见证许多事件。

可是,对我来说,它最终只是见证了:伴随着许多印章的消失，许多岁月的湮没，我那小小的秘密，也彻底失踪了。

枇杷富含营养，味道甜而略带酸涩，我想，不管后来的人们怎样嫁接、改良，哪怕用转基因技术对它实施基因修改，枇杷也许显得更大、更浑圆了，但是，枇杷的味道，仍然是甜而带着酸涩，这是无法改变的。

哲人说：有文皆苦，无食不酸。

被苦涩的海水浸泡的地球，是苦涩的，生命和万物，因此都带着苦涩的胎记。

我眼中和记忆里的枇杷，以及别的水果，总是甜而带涩的。

甜味会很快过去，那涩，却久久在着，久久令我们回味。

终于，我们的内心，渐渐有了海的深邃……

羞怯的山桃

你们乘坐农用拖拉机，一路颠簸着，好不容易来到了城市。第一次走出山林的女孩儿，见什么都新鲜，见什么都胆怯，见什么都羞涩。在街道边，你们端端正正、一个挨一个坐在篮子里。你们害羞地微笑着。你们不露声色地看着，思忖着，缄默中含着纯真、紧张的期待。

你们，整个儿全是汁液，全是月光和露水凝成的思念。每一丝笑纹都含着维生素，含着城市不小心流失了的珍贵矿物质，含着纯洁的感情。哦，怎样的耐心和天真，怎样的对于成熟的迷信！多少寂寞的日子和风雨的日子，你们默默忍受着，默默酿造着内心的秘密。海在远方咸涩着，河流在远方浑浊着，你们全然不知道那些庞然大物们在分泌什么，你们只相信山泉的启蒙和溪流的叮咛，你们全然依照天性和天意，固执地封闭了自己。你们对外面知道的太少，你们只知道专注地在自己的内心里酿造，直到把自己的每一根纤维、每一次心跳都酿造成芬芳和甘美。

此刻，我凝视着你们，但久久不敢接近你们，我不忍伸出我的手，我的手，根本不配握起你们。

在你们的纯洁面前，我感到我的手很不厚道，很不干净，这老辣的手以及手中的水果刀，都带着市场的冷漠、尖利和病菌；在你们的纯洁面前，我觉得我的手太脏，太世故，太像一个阴谋……

投之以木瓜

真的,至今,我还没有吃过木瓜。

但是,我相信木瓜的味道是纯正的,是甘甜的,是厚道而富含营养的。

何以为证?

有最权威的证据。

我们高贵的祖先可以做证,不朽的《诗经》可以做证:

诗曰:“投我以木瓜,报之以琼琚,匪报也,永以为好也。”

你拿木瓜送我,我把琼琚赠你,这不是简单的物质交换和回报啊,是希望我们的心里,永远记住这份恩爱啊。

字字真挚,句句温润。

留下这首诗的古人,他们是何等的纯真和深情。就像那时的大地万物没有被污染,古人的心灵也荡漾着天真纯洁,他们的诗句才如此晶莹如露,洁净如雪。

我相信留下这首诗的诗人,他先是尝过了多种水果,觉得就数这木瓜味道最好最醇厚，他才把它作为信物，赠给他所挚爱的伊人，见证他们“永以为好”。

遗憾的是，《诗经》以后，《木瓜》以后，似乎再没有了感人的木瓜诗篇。

如今，木瓜以及许多古典的木本和草本事物，已不配做人们的信物了，人们拜的是真金白银，要的是豪车华宅。

假设有人为他们物质主义的“幸福生活”写下这样一首诗：

“投我以宝马，报之以别墅，真报也，门当户对也。”

是诗吗？

百分之百的非诗、伪诗。

挪用了诗的形式，其实只是一则唯利是图的商业广告。

难怪现代寡情，难怪现代无诗。商业化的生活，商业化的人格，已将万物定价买卖，唯独无价的心灵和真挚的情感，日渐贬值和短缺。

放眼今日之世界，市场之外，商品之外，买卖之外，还剩下几处诗性的意象？还剩下几颗天真的心灵？还剩下几个醇厚的木瓜？

好在，我无限尊敬的远古那些高贵的先人，我无限思念的远古那些纯真的诗人，他们把一种最纯正、最醇厚的木瓜，保存在一首不朽的诗里。

不朽的诗，是可以为心灵保鲜、为万物保鲜的。

那么，我相信，最好的木瓜的种子，还活在那首诗里。

我们，还可以继续播种。

虽然我至今还没有吃过木瓜。

但是，我一定要种一棵木瓜树。

我一定要尝尝木瓜。

我一定能见到《诗经》里的那种木瓜……

枣树的秘密

多年前，在我很小的时候，看见我外爷的坟上长着很多树，有柏树、松树、冬青树等等，还长着一棵枣树。

枣树比别的树长得慢，但比我长得快，不久就结枣子了。

我们这里的枣子比北方的枣子要小一些，但味道更甜。大人说不论啥果子，个头小的，味儿才浓，他们不说“小的是营养和精华浓缩的精品”之类洋话，他们说，老天爷给谁的元气和福气都是有定数的，谁把架势撑得过大，里面就撑空了，架势小的、谦逊的，才与老天爷给你的本钱相般配，才实在。

我吃着又红又甜的枣子，回想外爷活着时候的样子。记忆模糊，我只能像在小学课堂上做填空作业那样，一点一点填写出外爷的模样。

记得外爷是个老中医，高个子，圆脸，瘦，眉毛淡，好像铅笔随便在那画了几下，让人担心一出汗就会洗掉，当然那是不会的；眼睛总是笑眯眯的，但很少见过他眉开眼笑；嘴抿着，像自己与自己在低声商量什么,说出声来,总是温和的,缓慢的;耳朵大,厚,脸却清度,就觉得耳朵有点过分了,耳朵对不起脸,耳朵把本该长在脸上的肉肉多拿了过去。可能外爷的脸太忠厚,耳朵太聪明,耳朵就做了对不起脸的事,就让外爷的脸度了。那时,我喜欢并同情外爷的脸,对外爷的耳朵有点意见,觉得外爷的脸那么瘦,耳朵要负责任。

外爷走路的样子一点也记不起了,他多大的脚,穿什么鞋,都没印象。记得他的手,软,轻,暖和,他摸过我的脸,记得那是下雪的冬天,他摸了一会儿我的脸,热乎乎的,我希望他一直摸下去,等于烤火哩,可是,他把手收走了,他要给病人治病、抓药。哦,记起了,外爷身上总有一股好闻的中药的气味,与他药房的味道是一样的。只要是在外爷身边,就等于进了中药房。

后来知道中医是要望、闻、问、切的,就觉得外爷身体的样子就是为望闻问切准备的。才觉得我以前冤枉了外爷的大耳朵,外爷要不停地问世间的病,问病人的苦,问救苦的药,耳朵就要不停地听,仔细地听,听着听着,那太多太多的声音,就把耳朵拉长了,养大了。

中医的望闻问切,很重要的是那个闻,闻味识病,闻息知病,这要靠鼻子。鼻子,怎么忘了鼻子呢?这就记起外爷的鼻子,他的鼻子尖上,时常是红的,外婆背过他就叫“你糟鼻子爷爷”,我一直听成“枣鼻子爷爷”,是啊,那红鼻子并不糟,倒像一颗小红枣。记得那时的病人多数都瘦弱,外爷说那是虚寒症,药方里总少不了枣子，说枣不仅好吃，也是一味补药，有扶正温补、益气养血之效。我心里想，难怪外爷长了个枣鼻子，原来那是一种补药，长在他的脸上。

外婆活着时，我们年年秋天都去外婆家，在那个叫“阳山”的山湾，在外爷坟上的小树林里，在枣树下，跟着大人摘枣子，吃枣子，摘着，吃着，我就想起外爷那红红的枣鼻子。

我忍不住悄悄研究起枣子和外爷的关系，研究枣子和已经藏进土里的那个我想念的枣鼻子的关系。我想它们是有关系的，但我不敢说出口，虽然我还小，但我知道有些话是不能说出口的，何况我和大人们都在吃着枣子。

我看见树木的根须，包括枣树的根须，都隐隐约约缠绕在坟的周围，看得出来，那根都扎得很深，它们在努力寻找什么，像是要寻找已经走远了的东西，像是寻找一个失踪的人，像是寻找一种越走越远越走越深的声音。而那棵枣树，它固执地伸出那么繁密的手指，生怕把好不容易找回来捧在手里的珍贵东西，又被风或闪电抓走了，就长出一些刺来拦截风和闪电；它的根就一直往土里走，它相信很多好东西都深藏在土地深处和时光深处，它一定要把它们找回来，然后，再把找回来的好东西高高地出示在枝头，让人们、让生灵们来认领。

是的，就是这样，我在外爷坟头，看见了一棵枣树的秘密，看见了年年如期归来的我那么思念的枣鼻子，看见了人世间永不失效的一种补药。

在葡萄架下散步

星期天的夜晚，我在葡萄架下散步，一滴露珠，滴——答，掉在我的额头上，有点凉，可能还很甜，可惜额头顾不得品尝，额头忙着胡思乱想。

我仰起额头，提示额头看远些，想远些，既然你承天露之泽，又受天意点拨，你该想点遥远、神圣的事情。

这时，透过葡萄架，我看见了银河——我看见天国的葡萄园也正忙着扯藤、挂果，偶尔有几颗流星——不，那其实是一些早熟的葡萄，兴冲冲向天国的酒窖坠落下去。

我发现，我的葡萄架与头顶的银河——那古老繁密的天国的葡萄架，正好对应着，形成两条平行的河流，分别流经天上和尘世，都泛着芬芳的波涛。

我就想，天国里的神，此时在做什么呢？天黑了，他是否也要散会儿步啊？他是否就在葡萄架下散步呢？因为，从我这个俗人的角度望过去，那古老繁密的葡萄架，也应该是天国里最好的去处。

我这么猜想着天国和天国里的神的日常生活，不觉间，就在葡萄架下走了好几个来回。

也许此时，天国里的神也在他们的葡萄架下走了好几个来回。

我一边在葡萄架下散步，一边想着神在天国那葡萄架下散步的情景。

就这样，整整半个夜晚，我和神，分别在天国和尘世，在大致相同的葡萄架下，进行了大致相同的散步，度过了大致相同的周末生活。

这完全是有可能的。因为，神辛苦了一星期，周末他也是要休息的。天上那古老繁密的葡萄架下，若没有一个神在那里散步，也未免太可惜了。

我这么想着，就觉得劳作了一星期或奔波了一生之后，在一个周末之夜，能远远地陪着神，在大致相同的葡萄架下，进行大致相同的散步，这日子还是值得一过的。

即使离这片葡萄园不远，就种植着大面积的黄连、黄芩、大黄等等苦药，即使疾病、疼痛、受苦，也是我们必须要过的日常生活；但是，我们不能忘了，在离黄连、黄芩、大黄不远的地方，毕竟有一片葡萄架，可供我们散步。

即使最后的钟声响了，我仍然要为孩子们认真栽一棵葡萄。当然，我也要在葡萄架下，再一次远远地看看天上那葡萄架，并好奇地想：神，也许正在那里散步吧？

老人与桃

听说山梁那边的王老汉今天过七十五岁生日。我提了一瓶酒和几包糕点去恭贺老人。老人很高兴，笑得合不拢嘴，牙已没有几颗了，一笑，就露出了通红的舌头。舌头显得很生动，也很嫩，舌头好像没有年龄，老人的舌头和小孩的舌头似乎没什么区别。我把老人的舌头端详了许久，他一笑，我就看他的舌头，像一片火焰，像一片含在口里的朝霞，人到黄昏了，仍保留着这一片年轻的朝霞。我想，人即使活到一百岁或五百岁，舌头也许是不会老的。这永远天真的舌头，永远渴望着味觉，一直到最后时刻，都渴望品尝到什么。这也许是人的弱点，这弱点维持着人的基本生存信念。爱因斯坦和眼前这位敦厚的山里老人，也许功德和智慧无法相比，但至少，在他们的黄昏晚境，我们从他们身上能看见的最年轻生动的一样东西，不会是别的什么了不起的，只是这红红的舌头，保持着孩子一样的天真和渴望，仿佛在说：来吧，生活，我要品尝。

我想这位老人也许一生受了许多苦，心里的苦，包括舌头上的苦，他消化了多少苦涩的日子。而此刻，他笑着，他的舌头也快乐地笑着。我忽然想到，人的记忆是饱经沧桑的历史学家，不大容易为偶然的情节打动或改变，人的舌头却是一个长不大的儿童，给它一粒水果糖，它就乐起来，哪怕曾经吃过一吨黄连。人应该感谢这天真的舌头，它减轻了人的苦难感，它让人珍惜每一个片刻，它说：片刻的幸福也是幸福。

老人说："没什么招待你。就吃桃子吧。房前屋后都是我栽的桃树。你愿意吃哪一棵，就上去，坐在树杈上吃。"

想不到老人很利落地爬上了一棵桃树，坐在上面吃起来了。我也爬上旁边的一棵，顺手摘了桃子吃起来。

老人顺手摘下一个熟透的桃子抛给我，说："吃这个，这个红。"

"嘿嘿，我们不是两个猴子吗，我是老猴，你是小猴，猴子上树吃仙桃，福气不小哇。嘿嘿……"

老人笑着，透过树叶，我看见满树的红桃，我看见老人的舌头，那么红嫩，那么天真，还有点馋……

梨树与万物之灵

假若梨树看见了我，他会羡慕我吗？他会羡慕我们这些据说是“万物之灵”的人吗？

“做了千万年梨树，还从没吃过梨，不知道梨的味道。咱不做梨树了，去变个人，也当一回万物之灵，尝尝梨是什么味道。”梨树会动这个心思吗？

我想，这是不大可能的。

理由如下：

之一，梨树从来没有离开林子去找人，倒是人老往梨树那里跑。

之二，看见人来了，梨树也从来没有盯着人看这看那，问这问那，他对人视若无睹，他只是安静地开他的花，结他的梨，或者既不开花，连一片叶芽的微信都没有，就干干净净站在冬天的萧瑟和自己的寂寞里。

可见，梨树一点都不羡慕人，很可能到现在梨树还不知道啥叫人，不知道人长什么样子。

倒是，我这个勉强也算“万物之灵”中的一个微灵，常常羡慕着梨树，仰望着梨树，有时还攀缘着梨树，想变成梨树。

我常在心里苦思冥想：梨树，你怎么就能在无滋无味、有时甚至苦滋苦味的土里，提炼出芬芳和甘甜呢？即使在没有任何欣赏的目光，也没有任何神灵监督的偏僻荒野，你也要认真诚恳地开花、结果，尽量用鲜美的语言礼赞上苍，用饱含汁液的意象，表达着我们难以体味的你那深藏在根部和年轮里的艰涩心路历程？

而我以及我们这些据说是“万物之灵”的家伙，即使站在丰厚肥沃的历史土壤上，即使饮着阳光的甘霖，即使有着上下五千年圣人们的耳提面命，我们却难得抽出诚恳芬芳的枝条，难得绽出鲜美的绿叶和繁花，很少结出温润饱满的果子，连像样的果子都很少有，有时结那么几枚，干瘪无味，有时是苦果，有时还结些毒果，有时就结些假果子，自欺欺人，空的壳子里，盛满颓废、虚无和谎言。

梨树，为什么你就那样可爱呢？我却是如此不可爱呢？

那年春天，梨树开花的季节，我来到山上的梨树林里，梨花如雪，微风里一阵轻扬，白雪落了一地，我不忍踩踏如此芳洁的处女地，就停下来，躺在梨树下，我想：我这么浑浊的一个“万物之灵”，在天地间从没开过一朵花，从没播撒一缕芬芳，也从没捧出一枚甘果，我有何用呢，有时却还有害，就让这白雪把我埋了算了。

白雪果然就把我埋了。我在雪里越埋越深，埋着埋着，我这个“万物之灵”，就附着在了梨树身上，我慢慢伸出我的手臂，我把我的手臂嫁接在梨树上，它不再荒凉而僵硬，渐渐变得柔软、多汁、修长起来，指尖擎着露珠和月光；我忽然一阵阵战栗，感到来自骨髓深处的痛和痒，我开花了，洁白、清凉、馨香，风吹来，我开始轻扬，我开始飘雪，我的雪，和梨花的雪落在一起，继续对我进行着更彻底的埋葬。我，被深埋在白雪的坟茔里了。

我一边埋葬自己，一边庆祝着这美好、洁白的埋葬。

就这样，由白雪主持的葬礼，埋葬了那个浑浊的、自以为是的家伙，净化了我前生今世的一切不洁和污秽。肃穆的圣歌，响彻心灵的苍穹。

突然，一声鸟唱。我出土了，我爬出坟茔，我活了过来，我醒了——

原来，我在梨花的白雪里做梦，我梦见了一直沉睡在我生命深处的，那个本来洁白、温润、芳香的自己。我梦见，我被白雪埋葬之后，我一直为自己喊魂，一直找啊找啊，终于找到了我丢失的另一个自己，我回来了，我开花了，接着，就要结梨了。

…………

你看，即使在我被埋葬之后，即使在梦中，我也梦见自己把自己的手臂嫁接在了梨树上，并且开出雪白的梨花，结出甘美的梨。

我是如此羡慕、崇拜梨树，那么，回到开头的问题，梨树羡慕我吗？梨树如果也做梦，梨树会梦见我吗？我品尝了那么多的梨，梨树，你是否也想尝尝我呢？

心诚则灵。我相信我的诚意会感染敏感多情的梨树。

梨树，你就尝尝我吧。

现在，我刚刚从你白雪的坟茔里醒过来，我死而复生，我被一种圣洁的襟抱重新怀孕和分娩，我刚刚重新诞生。梨树，请尝尝我，看我新生的生命里，有没有与你近似的鲜美的心灵汁液。

请你鉴定：我，作为据说是“万物之灵”中的一个微灵，是否真有那么一点可信、可口、可心、可爱，甚至可敬呢？

此刻，我谦卑地站在你的面前。

梨树，请你品尝，请你鉴定。

荔枝·唐朝·杨贵妃

荔枝，多汁的南方捧出的蜜一样的水果。

也是含糖最高的水果之一，现代医学提示：高血糖患者不宜多食。

我猜想，古时候，制糖的技术还未充分发育，制糖的产业极有限，那时，糖，不多，也许很匮乏，人们对糖、对甜的渴望，不易满足。

除了天然蜂蜜，就依赖品种不多的水果，来满足舌尖、胃和内心对甜的期待。

如果男女相遇并有缘分，谁能给对方一种甜，无论舌尖上的或心上的，那甜，就会改变他（她）对生活和命运的味觉乃至全部感觉，黏住他（她）的记忆，进而黏结起他（她）的身体和感情。

人世苦多甜少，愁多乐少，悲多喜少。看看地球的构造与比例，就可知造物者的良苦用心和构思，确有不测之深，虽严谨森严，却并非至善：无边海洋覆盖浸泡着狭窄陆地，海水里，鱼鳖竞逐于血腥深渊；陆地上，人世悠悠，轮番上演生老病死苦。

佛曰：苦海无边，回头是岸。

真相却是：无论岸上，岸下，皆浸泡于生之苦海，皆笼罩着死之浓雾。

于是，甜，成为一种图腾之物，成为一种味觉宗教。

人们对甜的追求和期待，成为一种生活信仰。

人们的口里和心里，总是期冀着，时常有一点甜，或较多的甜，滴入时光之海和生命之海，让海水变得不那么苦涩，变得甜一些。

自古而今，水果，糖果，甜食，一直是爱情和婚姻的礼品和供品，如同香火是神的供品。

那能带给我们甜的感觉、甜的希望的人，就是我们的朋友、恩人和爱人。

荔枝，薄薄的果壳里，盛满糖汁，这饱满的甜，遂成为水果中之上品，之圣物。

在我的故乡，有一条著名的古代栈道——荔枝道，在离我家不远的群山逶迤穿过。

荔枝道，从唐都长安起始，穿越秦岭巴山，贯通川陕大地，抵达重庆，然后连接起出产荔枝的云南。

这绵延数千里的古栈道，纵横于崇山峻岭，缠绕于古河荒村，打通了大都边地，只为运送一种供品和圣物：荔枝。

史载：贵妃杨玉环喜食荔枝，唐玄宗就动用帝国力量，在万岭千山中开凿、修筑了这条专门运送荔枝的数千里栈道。

为了博得贵妃的欢颜，荔枝要保证新鲜、可口，荔枝不能隔夜，必须朝发夕至，尽快抵达长安，抵达杨玉环的纤纤玉手，盈盈红唇。

数千里荔枝道上，每隔几十华里就有一个驿站，有精良骏马和英武骑手昼夜待命，将带着露水的新鲜荔枝，一站一站飞奔传递，就像传递接力棒、传递圣火、传递圣旨、传递神恩一样。

我的一位做了一辈子邮递工作，晚年潜心研究邮递史、驿传史的老朋友王自立先生曾对我说，传递荔枝，与传递圣旨一样，都要分秒必争，半刻也不能耽搁的。

我问，数千里长途，怎么保证不耽搁呢？

老王边用手比画边回答：整个栈道，就像王朝的神经一样，要时刻保持畅通、兴奋和高效，前一站骑手还没有到达，下一站的骑手就提前做好准备，在驿站的路边立马等待，前一站骑手一到，就立即接过荔枝，嘚儿驾，嘚儿驾，飞马急奔。

就这么一骑一骑飞奔，一站一站传递，然后，就如诗人杜牧所说："一骑红尘妃子笑，无人知是荔枝来。"

朝露未干，荔枝如蜜，于是，贵妃笑了，玄宗笑了，帝国笑了。

这是爱的力量吗？好像是。

这也是性的力量，这更是权力的力量。

据说，权力是生命的春药，性是权力的春药。

服了春药的皇权，使帝国发情。

皇帝的一次勃起，令整个王朝痉挛。

皇帝的一次射精，使万里江山疲软。

皇帝的一次性高潮，使历史面红耳赤，泡沫四溅，绯闻不断。

皇帝的床榻一次次大尺度起伏，起伏成史书的暧昧段落，起伏成诗歌的香艳意象，起伏成民间的情色传说。

而荔枝何辜？

荔枝是可爱的、纯真的、欢喜的水果。

上苍怜悯众生，不忍生命总是浸泡在苦涩的生死海里，上苍给生命赐予了这可口甜点，这珍贵礼品。

荔枝生长于山野丛林，一如既往保持着它那甜的基因，甜的口感，甜的情意。

它全心全意地酿造着内心的甜，为苦海无边的人世，不间断地一滴滴注入：甜的味道，甜的念想，甜的祈愿，甜的安慰……

李子树下走来我们的老子

老子，李耳，字聃，我国古代伟大智者，仅留下《道德经》五千言，却字字如钻石，如恒星，长久地烛照历史的夜空。

此刻，我又重读了其中一节，一度沦陷、迷失在时代雾霾废气里的我那浮浅狂躁的心智，忽觉安静、澄明、宽阔起来。

抬起头，扫视我写下的累累文字，以及无数的笔们写下的、无数的键盘们敲下的、堆积的泛滥的、如山如海的文字，真是汗颜呀，那么多那么多的如恒河流沙的字啊，究竟有几个字可以洗心、铸魂呢？有几个字值得细读深思呢？有几个字可以不朽呢？

我想，老子，是我们共同的老子，皇帝也必须称他为老子，老子老子，我们叫了几千年，而且将世世代代这样叫下去。我们有这样一个伟大的老子，我们就不敢充大，就不敢充爷，就不敢充大师巨匠，就不敢充泰山北斗，就不敢充老子，因为我们有一个好老子。

当然，老子并没有想当我们的老子。老子想的是如何怀朴抱素，如何“复归于婴儿”，即做一个宇宙的婴儿，自然的赤子。

令他想不到的是，他这个婴儿、赤子，却成了我们的老子。

有老子在，我们就不会轻易被别的爷、别的老子所哄骗，所迷惑，因为，我们有一个好老子，真老子。

我又想，老子与李子树同姓，那么，他从李子树下走过吗？他修真悟道时，是否在李子树下长久地静坐冥思，长久地凝视深邃莹澈的星空呢？释迦牟尼在菩提树下静坐冥思，凝望星空，终于得了天启，证悟了无上智慧。我们的老子也应该在树下静坐冥想过，那棵树肯定是李子树。是否有那么一颗李子掉下来，砸中了老子宽阔的额头，触动了他的神思呢？

桃子太魅，葡萄太酸，柿子太软，杏子太愣，荔枝太腻，枣子太甜，木瓜是爱情的信物，苹果呢，时常要用来敬神灵——这些，估计老子都见过、尝过，但未必很喜欢。

李子朴朴素素，普普通通，干干净净，安安静静，老老实实，李子，是宇宙的婴儿，是自然的赤子。

亲爱的老子啊，你是李家的孩子，我相信你家门前曾有一棵李子树，你爱李子树，也吃过李子，你在李子树下长久静坐，冥想着那些天长地久的道理。

古语说：真味只是淡，真人只是常。

我相信，老子是一个朴素慈祥的真人，也是一个安静厚道的常人。

真人才会有真知,常人才会得常道。

我们的老子,你是李家的孩子,你是李子树下走过的朴素孩子,你是自然的纯真孩子,你是宇宙的谦卑赤子。

然后,你才是我们的老子。

永恒的老子……

李子树下走来一个诗仙

野史载:李白出生不久,手指李树,自呼为姓。

诗仙与李树同姓,李树下面走来一个诗仙。

这事儿,李子树知道吗?

万物有灵,李子树该是有感应的吧?

何况那诗仙,经常是醉醺醺的,醉醺醺走在唐朝的高山大岳,醉醺醺走在民间的阡陌小巷,醉醺醺走在历史的荒村古道,所到之处,把万物都走成了醉醺醺的诗。

民间有言:桃饱人,杏伤人,李子树下醉倒人。李子含有天然酒精成分,多吃,人会醉的。

那么,李子树天生就带着醉意吗?

李子树是自然界的诗仙吗?

李子树知道树下走过去的那人,与他同姓,叫李白,是一个诗仙。

但是,李子树见多识广,自从开天辟地以来,自从李子树成为李子树以来，它见过的天物、灵物、事物、人物，太多太多太多了，见惯不惊，一切在它眼里，都不过是自然而然的自然现象。

会喝几杯酒，会写几个字，会写几句诗，自然而然的事嘛，有什么大惊小怪的，有什么了不得的。

天上那么多日月星辰，地上那么多山川草木，世上那么多生灵生命，是谁生下来的呢？是谁造出来的呢？

该不是写字的写出来的，画画的画出来的，唱歌的唱出来的，也不是吟诗的吟出来的吧？

该是有个造物者的。

但是，造物者却从不露面，从不声张，从不自以为是，从不声称自己是大师巨匠，从不索要产权和著作权，到现在我们也不知道造物者究竟是谁。

民间有言：真人不露面，露面非真人。

诗人说：我们唯一能获得的智慧是谦卑的智慧。

先知说：除了永恒，没有什么是永恒的。

哲人说：真正的伟大就是向永恒无条件示弱，并把自己彻底消融于永恒的怀抱。

造物者不露面，是因为他忙于造物，他没有时间打扮自己，也不屑于以一个小丑的形象华丽出场。

谁见过女娲是什么样子，是几级发明家？几级造人师？

谁见过盘古是什么样子，是几级教授？几级工程师？

谁见过上帝是什么样子，是几级神灵？是几级泰斗？几级大师？几级巨匠？

大音无声，大功无功，大名无名，大美无言，大匠无形。

宇宙和万物，它已经被那位永不露面的造物者造好了，而且造得如此奇妙，如此辽阔，如此丰盛，如此庄严，如此雍容。

我辈小儿，包括李白，不过是看见了它，感受了它，被震撼了，被养育了，被洗礼了，被教诲了，然后，说出一点内心的战栗和心得，表示感激、惊奇和尊敬。如此而已。

那么，李子树下走过一个诗仙，算个什么了不得的事呢？

就像李子树枝丫上结一些李子，又算个什么了不得的事呢？

李子树上不结李子，算什么李子树呢？

李白不写一点好诗，算什么李白呢？

何况他喝了那么多酒。

所以，到现在，李子树也不因为与李白同姓、与老子同姓而有丝毫的自以为是，或者自以为已不是朴素的李子树了，而是一种智慧树，是一种诗仙树。

是的，李子树，与天地同生，一直是那清清爽爽的样子，一直结着朴朴素素的李子。

当然，李聃和后来的李白，都从李子树下走过去了。

李子树记得他们孤独的背影。

——我坐在秦岭深山一棵李子树下，顺手摘了十几颗李子，慢慢吃了，微醉，想入非非，有了如上冥思。

此时，万籁寂静。

一颗李子掉下来，砸中我不安分的愚蠢额头。

“砰”。

无边寂静中，唯此幽响，一直不停地沉下去，沉下去，沉下去。

却一直不能触底。

直到沉到天地的鸿蒙初始……

野草莓刺绣着田埂

野草莓不是蔬菜。但是，每当我想起蔬菜的时候就想起了野草莓。我小时候，吃过很多野草莓，以至于我把它当作日常蔬菜储藏在记忆里了。人的大部分记忆来自小时候的经历，早年的记忆在暗中左右我们的一生，支配着我们对生活的情感和理解。想删除或修改这些记忆很难，你试试改一下早年的记忆，改不了的。

记得小时候，我们那里的田野上、山坡上，一到春天，到处都生长着野草莓，许多田埂简直成了野草莓绣花的秘密花房，铺满青绿的叶子，红色的白色的草莓花儿和果儿。几场春雨过后，一条条田埂，变成了一条条花径，一条条香径。大人告诉我们，野草莓也叫长虫奶奶，是长虫（蛇）小时候吃奶的奶头，被长虫吃了的，是白颜色草莓，还没被长虫咂过奶汁的，是红颜色草莓。大人说长虫吃过的人不能吃，长虫吃过了的，就把它身上的毒粘在草莓上了。对此，我们是深信不疑的，我们不吃白颜色的草莓，只吃红的草莓，其实那也是成熟的草莓（后来才知道野草莓与蛇并没有关系，野草莓也不是长虫的奶奶，看来这是为了保护野草莓不被过度采食而设下的禁忌）。那时候，人们普遍遵循世代传下来的规矩和禁忌，对上苍和自然充满了尊敬，绝不滥用人的智力，忌讳在自然面前逞强使狠耍小聪明。比如：对河流要尊敬，不能慢待，更不能糟蹋，在河流面前说脏话、吐唾沫、投炸药、扔杂物，都是对河神的不敬和羞辱，河会发洪水，会干旱断流，河里的鱼会生病；对大山、对小山坡都要有礼貌，山上埋着我们世世代代的先人，他们的灵魂都变成了护山的山灵，对山怀着敬仰和礼貌，就是对祖先、对山灵的敬仰和礼貌。砍树、打鸟、炸山、杀生等等粗暴行为，都是犯忌的，你得罪的，就不只是山，你也得罪了埋在山上的世世代代的祖先，得罪了护山的山灵。（现在我们终于明白，正是我们的先人严守这些禁忌和敬畏，万千年来华夏大地虽养育了无数人民和生灵，却一直保持着河山壮丽，国土庄严。）

我们小时候一直遵守着民间的禁忌，田野的禁忌，吃草莓的禁忌，多少年多少年，在田野山坡吃了多少野草莓，我们从来没有吃坏过肚子，也没有被长虫伤过。对田野的尊敬，对苗苗草草、虫虫鸟鸟的尊敬，使我们也得到了田野宽厚的友爱。年年春天，我们总有吃不完的野草莓，有时，我们这些田野小孩，在一片鸟叫声里，在扑鼻的野花清香里，就躺在田埂上读连环画看小人书，渴了，就顺手采下红颜色草莓喂进嘴里。困了，就在草莓的绣花巾上香香地睡一觉，醒来，发现草莓又红了一片，三叶草又长出一枚叶子，田里的麦苗伸着懒腰又长高了一寸，狗尾巴草偷偷将毛茸茸的尾巴伸进了脖子，为我们搔痒儿哩……

这么多年，每次回到故乡，我总要在田野里转一会儿，心里才踏实。但是，现在的田野已不是过去的田野了，据说是进步了，现代了，农药、化肥、除草剂、塑料膜，大规模进入农业和田野。传统农人的背影已渐去渐远；尊敬泥土、精耕细作的父亲已一步走出田垄的那边，再不回来；唐诗里的田园已经彻底藏进唐诗的深处；总是多情地守候溪畔路边的那些可爱的野草野花也已经离乡远去。我在村头田边，闻见了浓重的化学的味儿，农药的味儿，除草剂的味儿，商业的味儿。当然，泥土的味儿，花草的味儿，缭绕童年的那些好闻的味儿，不是一点没有，却是越来越稀薄了。

那天回乡，我走上一条细瘦的田埂，它细瘦得几乎经不起踩踏，似乎越来越逼仄的田野容不得浪费，容不得去长什么无用的杂草，开什么无益的闲花，寸土寸金，寸土存用，寸土都要出效益，所以这田埂就被删削得骨瘦如柴，窄如刀背，不容任何闲情野趣通行。我想，这么细瘦的田埂，假如陶渊明从这里路过，他一脚踏上去是会摔跤的，颠着摔伤的腿，闻着呛鼻的农药，陶老先生无论如何是无法“悠然见南山”的，也是梦不到桃花源的。假使王维走上这“小径”，一边忍受农药的袭击，一边提心吊胆移动着步子，他也许只能全神贯注于脚下的安全和鼻子的卫生,田园的诗意和灵感是决然不会造访他的。水泥的路上,化学的路上,农药的路上,商业的路上,不可能再有诗神漫步,也不可能有灵感降临。

现代横扫的地方,古典不再,诗意不存,这点我是知道的。所以,我回乡已经不再是为了寻找诗意,而只是寻找能重温过去时光的一点残存的线索,但这样的线索越来越少,快断绝了。我不再抱着寻诗的奢侈,但我还怀着别的念想,比如,我想尝尝小时候吃过的田野上的野草莓。

你会想到,这肯定也是个奢望。在化学、农药笼罩的田野,被反复惊吓和伤害的野草莓,早已离乡出走,它或许已经找不到回乡的路,或许已有多年没见过天真的孩子,也许,它只能在深山更深处,怀念过去的田园时光,怀念昔日那些在草木和鸟声里漫游的田园诗人。

在机械、化学和商业的天空下,山还在,但有山而无泉;河还在,但有河而不流;原还在,但有原而无野。现代的原野,是一片荒原,没有野草莓,没有野鸟,没有野河,没有野草,没有野趣,没有记忆,没有故事,没有风情,没有诗……

野草莓，来自上古的芳心

人活世上，人有人格；物活世上，也该有物格吧？

人之情感、心肠、智慧、识见、言语、气度、德行，合在一起，成其人格。

物之功用、气息、形态、品质，形成物的“物格”。

若此说成立，那么，土有土格，水有水格，瓦有瓦格，笔有笔格，鸟有鸟格，树有树格，草有草格……

作为人，有时我觉得自己的人格很高尚而且高贵，有时候就觉得不怎么高尚高贵，有时候竟觉得自己的人格连一株植物都不如，心里还真为自己惭愧不已。

一个人若是被人性中的低级情欲，如贪嗔痴、嫉妒恨支配的时候，其为人处世的表现，肯定是低劣的，其人格，不仅不及格，而且很可能降至负值以下，因为他对人、对世界带来的不是正面的增益，而是负面的伤害。

这时候，这个人的人格，实在低于任何一个物的“物格”——

低于一片瓦的瓦格：瓦在庇护贫寒，人可能在恃强凌弱。

低于一撮土的土格：土在滋养化育，人可能在抢掠毁坏。

低于一棵树的树格：树在制氧增绿，人可能在追腥逐臭。

甚至，低于一泡牛粪的“粪格”：牛粪藏在土里默默支持禾苗，托举花朵，人可能躲在暗处嫉贤妒能，陷害忠良。

就说我自己吧。

大前天，我公然对人撒了一次谎，说自己到西边出差去了，其实是在东边忙自己的事。

——看看头顶的燕子，这吉祥鸟也这样撒过谎吗？说自己到美国飞了一趟，其实一直就没有离开祖国的领空。燕子从古至今没有撒过一次谎。我的人格，实不及一只鸟的鸟格。

前天，读了一本境界不高的书，网上看了几个没意思的视频，心里泛起一些见不得人的俗念，还说了不止一句脏话，一整天的光阴白白浪费了，心魂里罩上了一层灰。

——看看那汪泉水，心地洁净，谈吐清澈，闲暇时，就静下来，收藏树影鸟影云影月影，何曾有过不洁的念头和浑浊的言语？我的人格，实不如一汪泉水的水格。

连续两天没干正事，游手好闲，心里杂念丛生，我竟然不以为过，还以为比起那些贪污盗窃之人，自己还算高尚的，也不想想自己每天的生活，已经占有了自然界多少资源和同胞们的多少劳动，我吃了那么多，喝了那么多，用了那么多，有意无意中糟蹋伤害了那么多，而论起我究竟拿出了什么，去回报同胞，去反哺自然，去感恩上苍，实在是汗颜，简直连“以滴水之意报涌泉之泽”都是谈不上的，却还以为比起那些多吃多占的贪婪之徒，自己并没有多占，自己享用这些都是理所当然。

——此时，我走在偏僻山野里，面对这一丛丛、一串串野草莓，心里一阵微颤，接着，心里很深的地方，被触动了，醒过来了。

我坐下来，静静地凝视她们。

她们本是草的一种，谦卑地生长在路边溪畔或杂木林中，作为草，她们有时就长在草丛里，一眼望去，你只看见一片杂草，你甚至看不清她们朴素的面容。她们，这默默无闻几乎埋没在草丛里的草，却是那么认真地生活，认真地度过自己简单朴素的一生。她们只有小小的藤叶，细细的根须，只占一点寸土，是的，是寸土，这不是形容，她们真的只有寸土。她们占的那点土，放不下我的一根手指，若是把我的手种在那土里，能长出什么？啥都不长，种进土里半年、一年，就种一年吧，我也不会长出什么，为了保证我活着，这一年，还得为难家庭或国家，专门安排一个人给我送饭喂饭，一年后，拔出我的手，一看，啥都没长出来，仍是那荒凉的手，只不过有些浮肿变形。可是，你看这野草莓，她就生在这草野里，在寸土上，安静本分认真地生长着，雨来了，她记住雨的情义；风来了，她不忘风的叮咛；她懂得并感念蝴蝶的善意，她理解并同情蜜蜂的辛勤；她看重并珍惜毛毛虫对她的问候。谁从她身旁经过，都能感受到她芬芳的呼吸和温润的心意。惨白的闪电,凶险地划过她羞怯的眉睫;甲壳虫的齿轮,蛮横地碾过她单薄的衣裙;她受过大惊吓,遭过大伤害,她虽然渺小到卑微,卑微到谁都可以对她视若不见,但是卑微的她却知道山高水长地厚天阔,她小小的胸怀里,揣着一颗我们看不见的宽阔的天地心。所以她不记恨,不记仇,不埋怨,她把自己的敏感和聪明,都用来感受雨对她的好,风对她的好,蝴蝶对她的好,蜜蜂对她的好,毛毛虫对她的好,她把自己的敏感和聪明,都用来感受天地对她的好。她知道太阳没小看她,月亮没小看她,星星没小看她,连天上那么大一条银河也没有小看她,每一个晴朗的夜晚,整整一条银河的温暖波涛,都慷慨地洒向这山野,洒在她露天的闺房里,洒满她小小的手心手背。她把这恩情都铭记在心里,都珍藏在叶脉里。在清晨,早起的行人,总能看到她用微颤的小手,捧着晶亮露珠,向路过的人、马、牛、松鼠、兔子,以及蚂蚁、蝈蝈、毛毛虫们,表示问候并以露珠的眼神致注目礼。

现在,她长大了,成熟了,她认真地总结自己小小的、朴素的一生。她的总结报告,就是这浑圆的、饱满的、温润的草莓。她把短暂一生里的所见、所闻、所得、所失、所疼、所苦、所感、所念,她把闪电的训诫、甲壳虫的刺激、蝴蝶的馈赠、蜜蜂的劝慰、毛毛虫的邂逅,以及土地风雨的恩泽,以及整整一条银河对她的语重心长的教诲和神谕——她把收藏在她小小心房里的这一切,是的,这一切都在她的芳心里,得到了最温柔、最细腻的酿造，和最纯正、最精到的提炼。现在，她把自己小小的、短短的一生的总结报告拿出来了，就是这一串串甘美，一行行诗句，一颗颗宝石。

那么，路人，请鉴定吧。

我坐在草莓面前，我俯身久久凝视她，心里升起对她的由衷怜惜和敬意。草莓，一种草本植物，野草莓，一种野生草本植物。她是草的一种，然而，草有草格，多么纯洁感人的草格！在一种草面前，在她近于完美的品格面前，我觉得，我作为一个人是不怎么纯粹的，也是不怎么高尚的，我的人格是有待继续完善和修行的，在她面前，我自惭形秽，自愧弗如。

我终于没有采摘草莓。留她在山野里吧，千万别让她失传，也不要用转基因技术修改她质朴的基因，就让她生长在山野里，为古道不存的人世，保存一种古老的物种，保存一种古风古德，保存一种醇厚的营养，保存一颗来自上古的纯真芳心……

自然与心灵｜后记

山中清泉那纯真的谈吐；路边小溪透明的、有几分羞怯的眼神；瀑布飞溅的、出口成章的诗句；倒影叠着倒影的清澈河流；月光下，那似乎在梦游中轻轻摇曳、与微风说着耳语的芦苇；山湾那让人思接千载的森森古木；蝉声如雨又忽然寂静下来的河畔柳林；雨后一碧万顷的晴空，晴空之上悄然出现的彩虹，描摹着被你遗忘了的你的生命里最缤纷的超现实主义诗意部分；午夜那悄悄贴近窗口的月亮，把一封封素笺，从窗格投进来，整齐地放在你的枕畔，你醒来，突然看见这来自天上，却无法回复的神秘家书；冬天，你熟睡了一夜，早晨起来，推开门，发现漫天白雪已将昨天那个熟悉的、藏污纳垢的老世界藏起来了，白雪按照童话设计的方案，将世界改造成洁白的天国，这突然降临的奇迹使你惊喜莫名，在白雪融化之前，连续好几天你都沉浸在天国居民的欣悦之中，白雪使蒙尘的大地返璞归真，也让你蒙尘的心重温了童年的纯洁，这是上苍实施的大规模心灵洗礼工程，不只是你，多少人都接受了雪的邀请，返回到童年，找回了自己丢失多年的那份纯洁；你在午后的旷野漫步，一群鸟在天上漫步，这时，一只鸟的影子，与你投在地上的影子相遇、交叠在一起，鸟影和人影、天意与人世，相遇、交叠在一起，使这寻常的一刻，有了非常的暗示，有了深不可测的深度，有了不可言说的神秘……

古人和我们的上辈人随处可见的上述那些诗意情境，如今已是稀罕之物，一些旅游景点也许刻意保存或制造了一些“疑似诗意情境”，但那需要购票“消费”。我们随处可见的则是钢筋、水泥、轮胎、垃圾、污水、枯河、雾霾、灰烟、机械的狂乱尖叫、华而不实的电子霓虹，以及由商业和技术打造的人工化袖珍化的所谓“自然景观”，这种“人工自然”，实则是商业和技术的装饰性花边，虽以自然为名，恰恰极不自然，是毫无大自然原始魅力的伪自然，是自然的替代品，不可能像大自然本身那样给人以心灵洗礼、精神滋养和情感慰藉。

由此，我们就不难理解现代人何以罹患抑郁症者是那么多，除了都市的拥挤、喧嚣和生存压力，还有一个更深刻的原因，是人与大自然相分离，从而导致人与最本源、最丰富的生存基础、生命情境相分离，终日、终年甚至终生，都是如此分离着，几乎看不见或极少看见令人耳目一新、心胸豁然的自然景象和诗意情境，让人从封闭沉闷的自我甲壳里走出来，从格式化、数字化的生存格子间走出来，出一会儿神，放一会儿野马，从而调整一下生命频道，清理一下内心储存，置换一种生命状态。有多少都市人，尤其是大都市的人，一辈子都没有见过田野，没有见过瀑布，没有见过森林，没有见过彩虹，也很少见过一碧万顷的晴空和“被上帝的无数钻石镶嵌的壮丽星空”，现代世界切断了人和自然与生俱来的生命联系，没有了鲜活、辽阔、壮美的大自然向人源源不断提供生命启示、诗意感召和心灵乳汁，龟缩在狭窄生存格子间的人，他们的生命格局，怎不萎缩和逼仄；他们的心灵空间，怎不孤寂和郁闷？

以我本人为例，如果一天不望一会儿苍穹和星空，心里就发堵、憋闷，觉得宇宙弃我而去了，我成了一个锁定在单位里和尘埃里的伦理微生物，单位意识和功利意识遮蔽甚至取代了宇宙意识，心胸就缩小了，似乎要向一粒甲壳虫的规格看齐；如果连续若干天不到深山和旷野里漫步和深呼吸，就觉得自己的肺活量包括精神的肺活量都萎缩了很多，虽不至于锱铢必较、不至于满心都是羡慕嫉妒恨，但那种辽阔的胸怀、旷远的心境则是渐渐淡弱了。

因此，能经常走出城市，走出人工环境，到旷野里去，到山野里去，到田野里去，随时与飞鸟交换心情，与白云交换手语，与静静加深的妩媚山色交换一下内心的颜色，让磅礴于天地间的浩然气象重新换洗和结构自己的内在生命，该是一种多么大的福气，这是天赐之福。如果，你安静地坐在春日的坡地上，长久凝视那安静生长和开放的不知名的野花野草们，是的，它们在这不为人知的深山僻野，却活得如此安静、清洁而且认真，它们认真地，一丝不苟、一瓣不少地开着一朵朵或鲜艳或素净的小花，它们也在认真安顿自己小小的、清洁的一生。这时，你的心境会变得十分纯真、宁静和温柔，山野里一丛朴素野花带给你内心的感染、净化和慰藉，绝不低于或少于一座大理石教堂里的说教所能给我们的。由此，我们可以认定：大自然就是我们心灵的教堂，她的山河草木、飞鸟游鱼、繁星皎月，哪怕是微物小虫、细雨轻风，她的一切存在，都是生命之诗，都是心灵读本，都是大自然在为我们的心灵授课，为我们讲解我们短促生命里的永恒意味。

因此，在人工世界不断扩张的过程里，若能千方百计呵护自然，挽留大自然的诗意不致过多过快弃我们而去，就成了现代人自我拯救的内容之一，这既是对日益沦陷和破败的大自然的拯救，也是对我们无处安放的心灵的拯救。那些随意伤害自然、蹂躏生灵、暴殄天物的人，必然是欲望强烈、薄情寡义、心肠冷硬之人，他们不只是令自然恐惧和厌恶的人，也是为真正的文明人类所不齿和厌恶的人。相反，那些对自然万物心怀敬畏、心存怜惜，而且在行动中不忍伤害自然，总是以柔软的心肠和善良的动作，维护和修复着自然，像对自己的老母亲那样对自然也怀着心疼、怜爱、恭敬的深沉感情——这样的人，就是我心目中真正值得尊敬的好人。若是大自然知道了他，饱受伤害的大自然也会含着眼泪向他微笑和祝福。

李汉荣